Sonate de l'assassin

Jean-Baptiste DESTREMAU

Sonate de l'assassin

© Max Milo Éditions, 2008

Pour Anne-Laure

Un pianiste est un homme déguisé en croque-mort, avec en face de lui, constamment, son piano qui ressemble à un corbillard.

Arthur RUBINSTEIN

La bonne musique ne se trompe pas, et va droit au fond de l'âme chercher le chagrin qui nous dévore.

STENDHAL

Exposition

Un pianiste singulier

Chapitre 1

Laszlo

Je ne tue jamais le lundi.

C'est une question d'exigence personnelle et de rythme. Il ne faut y voir ni superstition, ni vieille habitude de célibataire. J'ai toujours préféré les fins de semaine pour réaliser cette partie de mon œuvre.

Ma vie est réglée comme une partition.
Le lundi, je travaille à la maison.
À la maison, tout est propre et rangé. J'y veille personnellement, je fais le ménage moi-même, et ce n'est pas une question d'argent, mais de principe : il n'est pas envisageable de laisser quiconque voir mon linge sale, mes brouillons dans les corbeilles, toutes les imperfections que mon corps évacue, et qui finissent en poussière. Je suis parfois un peu maniaque pour l'ordre et la propreté.

J'ai tout arrangé moi-même, dans cet hôtel particulier de la rue Pergolèse, fruit des cachets généreux accumulés ces dernières années. Les pièces sont rangées, on n'y trouve rien d'inutile à mes yeux. La pièce d'études, une grande salle d'une cinquantaine de mètres carrés, est entourée de grands miroirs, sans sofa ni fauteuils. Elle abrite un Yamaha 1980 demi-queue, une épinette et un clavecin que j'ai personnellement assemblés, ainsi qu'un petit orgue. C'est une pièce de travail où n'entrent que mes élèves ou des musiciens étrangers qu'il m'arrive parfois d'héberger. De l'autre côté de l'entrée se trouve la salle de séjour, qui contient un grand piano, un Steinway modèle B, sur une estrade où siègent quelques lutrins. Cette pièce est conçue pour des réceptions, j'y ai disposé de nombreux fauteuils et, plus loin, dans une rotonde, une série de canapés. La pièce est ouverte à l'extrémité opposée sur un jardin d'hiver baigné de soleil où j'ai installé une véritable jungle de plantes exotiques. Yuccas, mandariniers, orchidées, petit manguier de Birmanie... En son centre trône une harpe, celle de ma mère décédée, qui n'est jouée que très rarement par des amis de passage. Au-dessus du piano, un plafond moulé simplement dans un style Art déco et, tout autour, des portes en ferronnerie ornées de vitraux de la même époque. Je reçois dans cette pièce, pour de petits concerts ou des soirées mondaines. Il y a çà et là, sur les murs, s'étalant sous cinq mètres de hauteur, un triptyque de Pasquale Calemard, *Rochers de Bretagne*, deux toiles de Jean-Michel Basquiat, payées fort cher, et l'affiche d'un concert de Rupert Puppkin. Je dors dans une pièce attenante, assez petite, aux volets continuellement fermés car il me faut l'obscurité absolue pour trouver le sommeil. Mon lit est vaste et souvent vide. Un grand bureau orne cette pièce, il me vient de mon grand-père, un diplomate qui avait beaucoup voyagé et rapporté d'Asie des trésors dont, seul héritier, j'ai gardé quelques meubles. Sur le bureau se dresse un ordinateur. Le long des murs, des rangées de bibliothèques où figurent mes romans favoris ainsi que des ouvrages sur la musique. Je crois que ma maison ressemble à mon esprit.

Mes doigts ont besoin de se dérouiller le matin, une heure de mise en condition, gammes et autres études, que je sélectionne pour travailler une difficulté particulière, un enchaînement un peu technique, un passage délicat.

J'aime les difficultés. Je les décortique, je les analyse, je les décompose en petits problèmes faciles à résoudre. Quand j'étais au conservatoire, plus jeune, j'étais connu pour mon souci du détail et les professeurs plaisantaient entre eux sur ce trait de mon caractère. Il en a toujours été ainsi. Je suis différent. Je suis incomparable.

Le mardi, j'ai rendez-vous avec mon agent à 9 heures. C'est immuable. Mon agent est un homme aimable d'une cinquantaine d'années, bien habillé, qui travaille au sixième étage d'un immeuble du boulevard Haussmann, dans un bureau au luxe ostentatoire qui me fait parfois penser que je le paye trop.

Georges Imirzian a su le premier découvrir le pianiste que j'étais, il y a dix ans de cela. Depuis, les agents se pressent à ma porte, bien sûr, mais je suis plutôt fidèle, en amitié comme en affaires, et je n'ai pas cédé aux sirènes des concurrents. Georges était venu m'écouter dans une petite salle du sud de la France, un été où je courais les festivals à l'affût d'un succès qui ne venait pas, et m'avait plu par sa sincérité et la confiance qu'il avait dans mon talent, dont j'étais jusqu'alors le seul à être convaincu. Je me souviens de son accent arménien lors de notre première conversation. Je l'avais remarqué dans l'assistance car il me regardait avec intensité, guettant vainement une erreur, une imprécision. Je ne commets jamais d'erreur. Il l'avait vu, et alors que je soutenais son regard après avoir terminé la *Valse Impromptu* de Franz Liszt – je m'en souviens comme si c'était hier –, il s'était levé et avait marché vers moi avec l'air d'un grand seigneur.

— Monsieur Dumas, votre jeu est la perfection même, aussi vrai que je m'appelle Georges Imirzian. Il ne vous manque qu'un peu d'ardeur pour devenir un des meilleurs de votre génération. Accordez-moi votre confiance, je ferai de vous une Étoile.

J'ai accepté. Je ne l'ai jamais regretté par la suite. Même si Georges n'avait fait que révéler ce qui devait se réaliser, il l'avait fait d'une façon correcte et acceptable pour moi. À cette époque déjà j'avais cessé de supporter la désapprobation des autres et c'était sans doute une des raisons de ma solitude médiatique. Je rongeais mon frein en répugnant à écouter les critiques de mes amis ou confrères, persuadé de leur jalousie, et ne voulais réussir que par moi-même. Le conseil de Georges me semblait juste, et dès lors, avec son aide, je mis tout en œuvre pour donner à mon jeu la profondeur qui lui manquait. J'étais un être un peu mécanique et froid, mon toucher s'en ressentait, il fallait que je trouve la racine et la matière de mes émotions.

En sortant de chez mon agent, je vais voir ma tante Marthe qui habite rue du Faubourg-Poissonnière avec ses deux chiens-loups. Ces molosses sont si vieux qu'il me semble les avoir toujours vus, si bêtes et méchants qu'à chaque visite hebdomadaire, ils se ruent sur moi et manquent de me mordre, bien qu'ils me connaissent depuis toujours. Tante Marthe est veuve d'un médecin de la marine qui, après avoir passé sa vie au long cours, ne voyant sa femme qu'une fois ou deux par an, mourut d'ennui après six mois de retraite. Il avait semé des enfants partout sauf en son propre foyer, et ses derniers jours furent accompagnés d'aboiements continus et ravis des monstres qui avaient d'instinct senti rôder la mort du vieil homme dont ils n'appréciaient guère la présence autoritaire.

Je vénère tante Marthe. Elle m'a, dès mon plus jeune âge, pris sous sa coupe pour m'apprendre le piano. D'un talent et d'une sensibilité hors du commun, premier prix du conservatoire de Paris, prix Marguerite-Long, beaucoup d'éléments l'avaient prédestinée à une carrière de concertiste, mais une timidité maladive, une sensibilité à fleur de peau, ainsi que l'absence réprobatrice de son mari, avaient eu raison d'elle. Elle avait peu joué en public et avait donné des leçons privées toute sa vie aux élèves que lui envoyaient des collègues bienveillants. Tout ce qui, dans mon jeu, n'est pas technique, rationnel ou mathématique, doit beaucoup à son enseignement. La sensibilité du toucher, qualité que les critiques m'accordèrent à l'unisson après que j'eus enfin découvert comment donner plus de corps à mon jeu, venait droit de son cœur à elle. Je le savais, c'était un non-dit indéniable entre nous. Quand elle venait m'écouter *Salle Pleyel* ou ailleurs, je la sentais à la fois fière de moi et quelque peu amère d'entendre ce qu'il y avait de meilleur en elle ressortir par magie de mes doigts. Elle avait semé le bon grain, ma découverte permit une récolte mirobolante.

Après avoir quitté le Faubourg-Poissonnière, je vais généralement donner une master class que j'anime rue du Faubourg-Saint-Honoré, avant de rentrer répéter à la maison. Je choisis une œuvre, disserte dessus, en joue quelques passages puis demande aux élèves de continuer la démonstration. Je suis impitoyable avec eux, je sélectionne les meilleurs, j'élimine les plus faibles : ils le savent, en sont terrorisés et fascinés. Ils en redemandent et se sentent pousser des ailes en m'écoutant... Sentir que je fais la pluie et le beau temps sur le moral de ces jeunes pianistes me procure, je l'avoue, une certaine jouissance, différente de celle qui m'étreint lorsque j'envoûte une salle avec mon instrument, peut-être légèrement plus malsaine.

Mes soirées sont souvent rythmées par les concerts. Georges sait que je ne souhaite pas plus de deux tournées chaque trimestre, deux semaines chacune. Une à l'étranger, une en France. Je ne veux pas tomber dans le piège de certains de mes confrères, qui consacrent tellement de temps aux concerts publics qu'ils n'en ont plus pour perfectionner leur jeu, et finissent par perdre leur personnalité.

Je reviens d'une tournée de dix jours aux États-Unis. Le mois prochain, je joue deux semaines durant les premiers *Concertos* de Rachmaninov *Salle Pleyel*. Entre-temps, quelques soirées uniques prévues, à Londres, Lyon, Rome. Je pourrais jouer davantage si je le désirais. Je le fais assez pour maintenir ma réputation, sans cesser d'exister. Si je jouais trop, je n'aurais plus le temps de me ressourcer.

Je suis né dans un piano. Tout le monde était musicien dans ma famille, amateur ou professionnel, et rien n'avait plus de valeur que la musique. Pas d'argent, pas de lettres, peu d'esprit, mais un respect inconditionnel et aveugle de la pratique musicale. À dix ans, je jouais déjà six heures par jour et les murs de notre maison avaient des oreilles ; je n'étais jamais seul, mon père ou ma mère, ma grand-mère, quelque oncle de passage étaient toujours là pour écouter mes gammes et mes exercices, pour reprendre mes erreurs quand je répétais les morceaux. Mon père, un homme sévère, fonctionnaire au ministère des Postes et Télécommunications, avait raté sa vocation et, petit chef aigri au bureau, exerçait sa tyrannie en famille pour une noble cause dont il se sentait le garant et le porteur de flambeau : veiller à ce que son fils accomplisse la carrière de concertiste qu'il n'avait pu mener. Pauvre égaré entre un père ambassadeur et brillant pianiste lui-même, une mère qui avait chanté à la *Scala* à 26 ans, dans le rôle de Musetta, performance qui malheureusement avait marqué l'apogée d'une carrière qui allait finir en cours particuliers pour maisons de retraite, une épouse harpiste décédée jeune en pleine ascension, dans un tragique accident d'avion en revenant de New York où elle avait joué en soliste devant deux mille personnes au *Carnegie Hall*, mon père, malheureux et déprimé jusqu'à sa fin prématurée, avait su forger en moi cette exigence du détail, à force de coups de nerf de bœuf sur les fesses dont le souvenir me fait, aujourd'hui encore, monter les larmes aux yeux d'humiliation et de douleur contenues.

Il y a cette musique en moi, comme une sonate ininterrompue qui m'accompagne où que je sois, quoi que je fasse, au long de ma vie. Quand je lis, quand je mange, quand je me rase, quand je parle, quand je dors, je l'entends. C'est une partition familière et pourtant renouvelée, je la connais sans la reconnaître. Elle ne me quitte que rarement, quand je joue en concert par exemple, ou quand je suis particulièrement tendu ou concentré.

Je crois que je l'ai toujours entendue. Dès mon enfance, c'était comme si un autre moi-même, qui ne s'exprimait qu'au clavier, racontait jour après jour ma vie en la jouant. La sonate égrenait ses premières notes. Elle était ma révolte secrète, un cri qui me permettait de dire ce que je devais taire : la honte des coups reçus, le désarroi devant la difficulté des partitions à travailler, la peur de l'école et des autres ; la haine surtout, de ceux qui se moquaient, me trouvaient différent, ne comprenaient pas, ne savaient pas que, pendant qu'ils jouaient au football ou collaient des images, je me perfectionnais, je commençais mon parcours sur le chemin de l'éternité. Sans la sonate, sans la joie du soutien silencieux de Maman, que serais-je devenu ?

De l'enfance à l'adolescence, cette musique intérieure m'avait guidé, me montrant la voie à suivre lors des choix importants de ma vie, m'offrant un abri loin du regard des autres. Une accélération de rythme, un *forte*, un long silence, un arpège, étaient autant de signes que je savais interpréter. Intuition, inspiration, prémonition... Mon esprit s'était habitué à recevoir des messages musicaux. La sonate était fidèle, elle ne me trahissait jamais. Pourtant, elle n'avait pas réponse à tout, je savais qu'elle n'était qu'un relais, que ma créativité et mon énergie provenaient d'ailleurs, de beaucoup plus profond. Elle agissait comme une drogue douce, me précipitant parfois dans le doute et la confusion. Comme un ami trop docile, qui n'osait pas tout dire, et qui se taisait lorsque j'avais le plus besoin de lui. Quand je jouais, le silence intérieur me submergeait et je n'avais plus que mes doigts, pantins aux fils détachés de la matrice, pour dire aux autres ma musique.

Après avoir rencontré Georges, je cherchais en moi les réponses aux multiples interrogations que sa simple remarque avait soulevées. Pourquoi ma sensibilité ne s'exprimait-elle pas, pourquoi ma voix restait-elle silencieuse alors que mon âme était le berceau d'une création artistique sans cesse renouvelée ? Je le savais, je le voyais, je le ressentais par tous les pores de ma peau, par mes sens aux aguets... La musique s'y interprétait, s'y transformait, y devenait intelligible et personnelle, les partitions que je déchiffrais en ressortaient empreintes d'une image absolue... sans jamais pouvoir dépasser les portes de ma conscience. Ni la sonate intérieure ni mon jeu personnel n'étaient le reflet fidèle de la richesse que je savais celée au fond de moi. J'aurais voulu réaliser la synthèse entre cette image musicale et ma virtuosité. Je tâchais de me ressourcer en pratiquant le yoga et la relaxation, me retirant pour de courts séjours loin du monde, en retraite dans une abbaye, mais ma petite sonate restait monotone. Fluide et légère comme une arabesque, elle m'ennuyait pourtant. Je m'ennuyais.

C'est alors qu'un soir, fatigué et un peu déprimé, je commis une erreur sur scène, dans la ville de Sablé où j'étais venu pour un festival baroque accompagner au clavecin une *Sonate pour viole de gambe* de Jean-Sébastien Bach. La faute était mineure, mais face à une partie du public de ce type de festival, souvent très orthodoxe et connaisseur, je sentis que je perdais mes moyens et m'enfonçais dans l'erreur. Ce fut assez frappant pour être audible au moins par une oreille experte, un spectateur assis au premier rang, qui remarqua la maladresse et se mit à me fixer avec un air contrarié, son sourcil se fronçant à chaque nouvelle hésitation. La faible hauteur de l'instrument et sa position sur la scène me permettaient de dévisager l'inconnu et j'éprouvai une honte incommensurable à l'idée d'avoir été pris en flagrant délit de méprise, sur une œuvre que je maîtrisais parfaitement. Presque instantanément, je ressentis une douleur dans le bas du dos, et compris qu'elle n'était qu'une réminiscence des coups de nerf de bœuf que mon père m'avait infligés des années durant, sans que je réagisse, à chaque fois qu'il me prenait en faute. Les larmes me vinrent aux yeux alors que je tentais de récupérer le fil de la partition. La bévue était minime, et mon tourneur de pages lui-même n'avait rien remarqué. Mais j'étais percé à jour. J'avais commis une erreur en public, et il se trouvait un témoin. Qui saurait. Qui pourrait tout dire. Qui peut-être chercherait à me perdre, à me déstabiliser, à prendre ma place auprès de Georges Imirzian. Je délirais, de grosses gouttes de sueur coulaient le long de mes tempes et je finis tant bien que mal la pièce de Bach avec mon partenaire. Quand je me levai, j'étais au bord de l'évanouissement. Je sortis pour reprendre mes esprits, et alors que je marchais dans le cloître de l'église, la petite sonate intérieure recommença, un peu trop rapide, effarée, au diapason de mes émotions. Dans la foule qui sortait prendre l'air en attendant la reprise, je reconnus mon homme. Je m'approchai insensiblement pour l'écouter parler à la femme qui l'accompagnait, et appris incidemment qu'il était enseignant en sciences naturelles à Paris au lycée Buffon, amateur de musique ancienne et de claviers antiques. M'éloignant, je sentis soudain une rage sourdre en moi, comme accompagnée par la musique dans ma tête qui se faisait plus lourde et saccadée. C'est à ce moment, poussé par je ne sais quel coup de génie, que je décidai de le tuer. Il le méritait. Je devais calmer cette tempête en moi, je devais venger ces coups sur le derrière, ces heures de honte ; personne n'avait le droit d'être mon père et de me traiter de la sorte, personne ne pouvait se substituer au tyran dont je n'avais ni pu ni voulu me venger, dans l'ignorance subie de mon adolescence. Jocelyn devait mourir pour cela. Disparaître à jamais, s'évaporer, dépasser le *do* de la septième octave. Il serait ma victime, mon unique victime, et permettrait par son sacrifice ma rédemption. Ma sonate s'accélérait, comme si son interprète était conquis par la décision que je venais de prendre.

Je ne pensais ni aux conditions ni aux risques, et sentais descendre sur moi comme une aura qui me protégeait du commun des mortels. J'étais déjà tellement supérieur, je le serais encore plus après avoir accompli cet acte de délivrance ! Je quittai l'église après la fin du concert, serein et persuadé du bien-fondé de ma cause. Dans le train qui me ramenait à Paris, je fus le témoin muet et ravi de la nouvelle ardeur qui semblait animer l'impérieuse musique de mon âme.

Rentré, je n'eus de cesse que je n'aie accompli le meurtre que j'avais projeté. Je me découvris une patience, une prudence et une imagination fort utiles dans la préparation de la mission, et après avoir attendu et suivi ma victime à la sortie du lycée sur le boulevard Pasteur, appris qu'il s'appelait Jocelyn Demarolle, célibataire, professeur certifié en biologie, habitant au 25 boulevard de Grenelle, près du métro Bir Hakeim, je passai à l'acte : un bonnet enfoncé sur le crâne, un pantalon de survêtement et une paire de baskets m'aidèrent à entrer dans l'anonymat. Dans la rame de métro qu'il emprunta à la station Pasteur ce samedi à 10 h 40, je m'assis à courte distance de lui, méconnaissable, attentif aux moindres détails de mon environnement. Mon rythme cardiaque s'était emballé et battait la mesure du flux de notes un peu désordonné qui m'accompagnait. Je me sentais supporté, acclamé par cette musique, et le temps que passent les cinq stations, j'avais atteint un état intérieur proche de la transe, quoique rien dans mon apparence ne le révélât. Je le suivis. Sur mon épaule, un sac à dos renfermait l'arme, un grand couteau plat japonais acheté au marché aux poissons de Tsukiji, dont la fonction primitive était de transformer des thons en parallélépipèdes. Je l'avais aiguisé avec soin et roulé dans une pièce de tissu pour en protéger la lame. Mon cœur battait de plus en plus fort ; allais-je oser, allais-je franchir le Rubicon ? Je tâchais de concentrer mon regard sur l'homme pour focaliser ma haine à son encontre.

Tu vas crever, bonhomme, tu vas disparaître de la surface de la terre où tu n'aurais jamais dû mettre les pieds, misérable vermine qui osa douter de moi.
Nul ne peut m'égaler, sache-le, raclure, et sache aussi mourir avec panache en mesurant l'importance de ton sacrifice et la vanité de ton existence.
Tu ne valais rien, et ta mort va servir mon œuvre. Dans l'au-delà tu survivras par la musique, tu participeras à ma transformation irréversible.
Dieu a daigné te laisser vivre jusqu'à ce jour, n'en doute pas, parce qu'était gravé depuis longtemps ce destin qu'il t'avait écrit. Homoncule, hominidé minuscule, il a fallu qu'un don pour la musique te rende plus attentif que les autres : comme tu vas regretter cette connaissance, comme tu vas souhaiter n'avoir jamais eu cette passion, comme tu vas geindre, hurler, te répandre en larmes quand tu comprendras que ton orgueil démesuré t'a tué, que c'était folie de vouloir me mettre en défaut et souhaiter ma chute.

J'avais répété le plan des dizaines de fois dans ma tête. Il avait rendez-vous à 11 heures chez lui le samedi pour une livraison de vin de chez Nicolas. Avant cela, il était en cours de travaux pratiques au lycée. J'avais arpenté le magasin avec lui la veille, vaguement grimé, avec une casquette, pour qu'il ne me reconnaisse pas, et noté sa commande. Une caisse de champagne, une de bordeaux rouge, une de bourgogne blanc. Livraison gratuite chez Monsieur. Une soirée d'anniversaire. Les codes, l'étage, j'avais tout enregistré. Je m'étais procuré trois caisses similaires dans un autre magasin. J'avais soigneusement reporté la livraison au lundi en téléphonant au magasin dès 10 heures, puis déposé les caisses au quatrième étage, juste au-dessus de ma future victime. Je n'avais plus qu'à attendre que le piège se refermât. À 10 h 55, je pénétrai dans l'immeuble, cinq minutes après le professeur, montai au quatrième en ascenseur, redescendis les caisses, et très sûr de moi, sonnai, après avoir écouté quelques secondes la musique qui venait de l'appartement, une pièce de Lully.

— Monsieur Demarolle ?
— Oui, c'est bien moi. Vous êtes en avance, mettez ça dans la cuisine, je suis à vous tout de suite.

Il me laissa entrer et je le vis se diriger vers un petit séjour où trônait un magnifique clavecin ouvert. Il le referma avec soin, sembla fouiller dans un tas de partitions, et je le rejoignis après avoir fait glisser les caisses sur le parquet et refermé la porte.

— Je signe quelque part ? J'ai déjà réglé.
— Oui, voici le reçu, tenez.

J'avais déposé une facture sur le clavecin, il se pencha pour apposer sa signature, s'aperçut probablement que quelque chose clochait et ce fut là, dans la pénombre de cette pièce aux rideaux bordeaux fermés, qu'il expira dans un gargouillement mais sans un cri quand je lui tranchai la gorge. Le couteau effilé était doux à manier. D'une main je lui tirai les cheveux en arrière, de l'autre je poussai la lame sur son cou, au-delà de la carotide et de la trachée. Il eut à peine un geste et s'effondra dans mes bras tandis que je recouvrais sa gorge de l'écharpe apportée à cet effet, achetée chez Monoprix le matin même. Le regard de Jocelyn s'était déjà figé quand je le couchai par terre. Je rassemblai mes affaires en silence, portai le cadavre jusqu'à son lit, essuyai les taches de sang sur le parquet et l'instrument, et me changeai. Je ne pus m'empêcher de m'asseoir au clavier, et jouai, comme pour le prolonger, le mouvement lent et magistral de ma sonate infinie. Je compris que je venais d'accomplir l'acte le plus important de ma vie.

Je partis en claquant la porte, puis avec calme montai dans ma voiture et rentrai chez moi pour m'affaler sur mon lit le reste de la journée. Je n'avais pas été vu, c'était une chance, pas de concierge ni de voisin, le crime était parfait. J'étais vengé.

J'étais alors persuadé que ce meurtre prémédité serait ma première et dernière expérience. Je pouvais déjà percevoir l'effet qu'aurait sur ma personnalité cet acte fondateur. J'avais osé. Je n'avais plus de limite. Ma supériorité sur les autres était infinie, puisque je les dominais non seulement par le talent musical, mais aussi par ma capacité à les assujettir à ma volonté. Je n'avais plus besoin de tuer puisque je le pouvais. J'avais droit de vie ou de mort.

Restait à savoir quel effet cela aurait sur mon jeu. Je participais justement, le mardi suivant, à une soirée prestigieuse, en première partie du récital que donnait le pianiste François-René Duchâble. Georges m'avait trouvé cette scène où, disait-il, je pourrais faire mes preuves devant le gotha musical parisien.

Ce fut extraordinaire : quelque chose avait changé au plus profond de moi. La musique intérieure s'affolait, se remettait en question, et ne racontait plus la même litanie virtuose et ennuyeuse. Quand je répétais, je sentais que la foudre, la grâce ou je ne sais quel autre mystère étaient passés par là. Mon jeu était d'une intensité que je ne lui avais jamais connue. *Les notes couraient, faciles, heureuses, au bout de mes doigts*, dit une chanson de Barbara qu'aimait ma mère ; c'était tout à fait cela. Chacune des notes me semblait un miracle, je les écoutais comme jouées par un autre. J'étais infatigable, et deux jours durant je travaillai *Islamey* de Balakirev, une œuvre diabolique extrêmement virtuose que j'avais proposée pour me démarquer des classiques. Ne disait-on pas que le compositeur n'osait pas la jouer en public, et que Scriabine lui-même se serait cassé la main en l'exécutant ? Georges, passé gentiment me voir le lundi soir pour m'écouter répéter, en était resté bouche bée.

— Laszlo, je n'ai jamais entendu cela, jamais ! Tu les mets en bouche avec le prélude de Rachmaninov, puis tu les assassines avec ça !

Il s'emportait. Je le regardai du coin de l'œil avec une vague inquiétude, puis tentai de répondre à ses questions enthousiastes.

— Que t'est-il arrivé ? C'est exactement ce qui te manquait, ce corps et ce cœur dans ton jeu. Tu te laisses parler, tu te racontes...

Puis, reprenant une coupe que je lui avais servie :

— On verra, Laszlo, comment réagissent les critiques, mais il se pourrait bien qu'on parle plus de toi que de Duchâble !

C'était avant que Duchâble ne largue son piano au fond d'un lac en mettant fin à sa carrière d'interprète... Et le jour venu, ce mardi où je jouais en première partie de son concert à la *Salle Gaveau*, il se passa quelque chose de magique, comme un frémissement, une électricité qui rayonna de rangée en rangée dès les premières notes du prélude, pour s'achever en apothéose et tonnerre d'applaudissements à la fin tumultueuse d'*Islamey*. Une forme de transe opérait entre le public, le piano et moi-même, des gens se levèrent et me demandèrent de bisser le Balakirev. Je voyais Duchâble et son agent impatients qui tournaient en rond dans les coulisses. Je saluai, rejoignis Georges qui jubilait.

— Ne les fais pas enrager, et laisse-toi désirer par ton public. Ne rejoue pas cette fois. Tu auras ton heure.

J'obtempérai et remerciai chaudement l'artiste qui m'avait prêté sa scène. J'étais comme sur des charbons ardents.

Regagnant la chambre de la rue Montorgueil où j'habitais alors, je sentis une plénitude m'envahir, et la musique me submergea en un *presto furioso* tandis que, presque hors d'haleine, je courais seul dans les rues de Paris.

Chapitre 2
Arthur

Maman est la plus jolie. Je n'ai que sept ans et demi, mais ça n'est pas difficile à voir. Les autres sont toutes trop maquillées ou trop grosses ou trop maigres. Il y en a même une qui ressemble à une poupée Barbie.

Je suis né le 1er janvier de l'an 2000. C'est facile à retenir ! Papa est parti quand j'avais cinq ans. Je crois qu'il était fatigué et il est allé vivre en Australie ; il a de la chance. Je le vois seulement à Noël et l'été ; j'ai beaucoup de copains qui ont des parents séparés, mais on n'en parle pas trop. J'ai l'impression que je suis le seul qui trouve ça un peu triste.

Maman est maîtresse comme Martine mais pour les enfants plus grands. Elle joue du violoncelle et moi de la flûte, et le dimanche on peut jouer ensemble. Je vois bien que Maman est triste quelquefois. Mais on a plein d'amis, et puis il y a mon grand-père et ma grand-mère, les parents de Maman, qui habitent en Bretagne mais viennent souvent nous voir à la maison.

Mon meilleur ami s'appelle Alexandre, la maîtresse nous appelle les « doubles À » parce qu'on est toujours ensemble.

J'aime bien jouer à Lego Starwar sur l'ordinateur, j'adore faire du vélo et de la trottinette, mon plat préféré c'est les frites, et aussi la glace au chocolat. Comme sport, je fais de la piscine, du foot et du judo. Je suis plutôt très fort en judo mais moyen en foot.

Je suis trop content aujourd'hui : Maman m'a promis qu'à mon anniversaire de huit ans, en janvier, je pourrai enfin lire le cinquième tome d'*Harry Potter*, qui s'appelle *Harry Potter et l'ordre du Phénix*. C'est parce qu'elle dit que je suis encore trop petit, elle ne veut pas que je lise tout d'un coup ! Sinon j'aurais déjà terminé le dernier tome !

Chapitre 3
Laszlo

Je me dis souvent que par certains côtés, je vis comme au siècle dernier. La profession d'artiste interprète est presque immuable, et rien ne permettra jamais de remplacer un pianiste par un ordinateur. Même si les nouvelles générations d'instruments offrent des possibilités techniques incomparables, même si je passe ma vie entre deux avions, pour l'essentiel rien n'aurait été différent en 1950 ou en 1860. Le meilleur aujourd'hui, j'aurais été le meilleur alors. Je fais parfois ce rêve d'une salle de concert occupée par un panthéon des plus grands pianistes, ceux qui, au fil de l'histoire, ont su marquer leur génération par leur talent et leur virtuosité, et je les vois m'acclamer comme le meilleur d'entre eux. Ils sont là, debout, Richter, Lipatti, Horowitz, Michelangeli, Gould, Rubinstein, Argerich, Arrau et les autres, ils m'applaudissent et je les salue.

S'il y a pourtant un domaine où je sacrifie à la modernité, c'est Internet. Quand je ne joue pas ou ne tue pas, je surfe. J'aime surtout l'anonymat que procure ce passe-temps. Célèbre dans le monde réel, je suis inconnu dans le virtuel, je me fonds dans la masse, je donne mon avis comme tout un chacun, j'utilise le pseudonyme de *Jolan* pour discuter en ligne sur différents forums de mélomanes, j'écris un blog sur le métier de pianiste, je mets à jour directement mon site officiel, laszlodumas.com, et joue plusieurs fois par jour des parties d'échecs ou d'Othello avec des partenaires inconnus. Cette superficialité me rassure, me repose l'esprit, je me sens exister, je rentre dans la norme avec la même excitation qu'un enfant devant son jeu vidéo favori.

Chaque semaine, le mercredi matin est dédié à une séance au club de sport de l'avenue Victor-Hugo. Avec l'aide d'un entraîneur, je m'occupe de mon corps en transpirant sur des machines qui le sculptent. Je suis très attentif à mon apparence, c'est un des rares domaines où les faux-semblants valent le temps qu'on y passe. J'aime sentir les muscles de mon corps réagir nerveusement et puissamment quand je les bande. Naturellement, je suis obligé de protéger mes mains quand je m'entraîne.

En sortant, je vais souvent déjeuner avec un ami. J'ai toujours choisi des amis en dehors du milieu musical. Des amis utiles et pas jaloux. Ils sont financiers, sportifs, publicitaires, journalistes, députés, etc. Je les entretiens comme on entretient un meuble. Un petit coup de chiffon de temps en temps pour dépoussiérer, une couche de vernis si nécessaire, des décorations. Sans être mondain, je n'ai jamais dédaigné me montrer chez les uns ou les autres, et reçois fréquemment dans mon hôtel particulier. Pendant ces soirées très courues, je me permets de divertir mes invités par des récitals privés dont ils sont friands. Peu d'entre eux ont la capacité d'apprécier mon jeu, mais la plupart sont très sensibles à la valeur sociale et médiatique de l'événement.

— Pensez, un petit concert privé chez Laszlo Dumas, délicieux, il nous sert lui-même à boire puis va jouer un impromptu, l'air de rien, tout ça dans un décor fabuleux, mon cher...

Je crois bien n'avoir eu jusqu'à ce jour que de faux amis. De mes années d'école où, classé comme autiste par la majorité de mes camarades, je puisais mes ressources dans la musique et dans la relation avec mon instrument, j'ai retenu que la lâcheté collective et le crétinisme moutonnier sont sans limites. Pour fuir la vindicte des autres enfants qui me huaient dans la cour de récréation, inventaient des mauvais tours et m'espionnaient par l'intermédiaire de traîtres à l'air angélique dont les questions candides sur la musique m'avaient plus d'une fois donné de faux espoirs, je m'étais réfugié dans un mutisme forcé, n'accordant ma confiance qu'au compte-gouttes. Plus tard, du jour où les critiques me reconnurent après une traversée du désert particulièrement éprouvante pour mon amour-propre, je vis soudain venir à moi de nombreux collègues instrumentistes qui m'avaient superbement ignoré auparavant. Leur hypocrisie suave ne fit que confirmer l'irrespect dans lequel je tenais le genre humain en général. En dehors de Georges et Marthe, je ne crois pas aimer qui que ce soit.

Quand je songe aujourd'hui à ce premier meurtre, à ce récital étonnant et au véritable concert de louanges qui monta jusqu'à moi dans les jours qui suivirent, critiques dithyrambiques dans la presse, coups de téléphone, invitations, je ne suis pas surpris de m'être laissé emporter par mon enthousiasme. Rien ne pouvait m'arrêter, j'avais accompli là un acte fondateur qui, je n'en doutais plus, avait agi comme un catalyseur. Il avait fait ressortir le meilleur de mon inspiration des tréfonds de mon âme, exhumé mon génie dans toute sa puissance génératrice, alors que seule sa partie émergée s'était exprimée jusqu'alors. Je n'entendis jamais parler du meurtre de Jocelyn dans la presse, affaire probablement classée, et passai les semaines qui suivirent dans une béatitude absolue, félicité à tout bout de champ par Georges dont l'euphorie contagieuse était devenue irrépressible. Il réussit à me programmer une tournée de trois semaines dès le début de l'année suivante. J'avais un mois et demi pour monter les nouveaux morceaux en travaillant d'arrache-pied. Parallèlement, il me fit enregistrer un premier disque pour mettre mon nom sur le marché ; je dus précipitamment annuler toutes mes leçons, me faire remplacer pour les quelques concerts de Noël prévus çà et là en province, et vécus d'une rente financée par Georges pendant ces quelques mois. Je jouais à quitte ou double, pour tenter d'attraper au vol la renommée, qui semblait me tendre une perche. J'avais vingt-cinq ans. C'était déjà tard, incroyablement tard dans ma profession. J'avais obtenu un premier prix au conservatoire de Paris à dix-huit ans, mais donné un peu du bout des doigts par un jury qui n'avait rien trouvé cette année-là à se mettre sous la dent et qui, sans être passionné par mon jeu, avait su y reconnaître les qualités techniques sans failles qui le sous-tendaient. Premier prix, comme ma tante Marthe... Quelle fierté ce jour-là dans son regard, quel poids que l'absence de Papa, qui s'était suicidé quelques années auparavant, et de Maman, au firmament des artistes disparus prématurément. Un aboutissement, et pourtant... après quelques années d'errements fiers, de concerts donnés un peu partout en Europe qui n'avaient rencontré aucun écho, je m'étais résigné à la carrière typique de mes congénères, gagne-pain dans un conservatoire et quelques leçons privées à domicile, chez des élèves aspirant à divers prix et concours. J'étais aidé par ma réputation de bon pédagogue et de prodige technique, mais mon ambition s'étiolait année après année. Il m'avait fallu reconnaître, au prix de quelle fureur contenue, que ce n'était peut-être pas le monde qui n'était pas prêt pour moi, mais bien moi qui avais encore beaucoup à prouver. Jusqu'à la révélation...

Durant la tournée qui suivit ce premier succès, au début de l'année 1998, le fil de mon destin s'était déroulé comme prévu. J'étais inconnu, bien sûr, il avait fallu les critiques du concert de Duchâble pour faire accepter aux directeurs de salles, réticents, une affiche avec Laszlo Dumas pour seul interprète. Laszlo Dumas, ça ne rameutait pas les foules, Laszlo Dumas, ça sonnait bizarrement, exotique et ambigu. Je jouai donc, vingt soirs de suite, en faisant un tour de France des salles moyennes. Au début, elles étaient à moitié vides, et même un peu tristes avant que ne commence le concert. Mais chaque soirée se terminait en apothéose, avec des gens debout, qui pleuraient, qui criaient comme si j'étais une rock star. Il ne fallut que quelques jours pour que les échos de mon succès se fraient un chemin dans les méandres de la presse, régionale puis nationale, et au bout de cinq représentations, les salles étaient combles. Lyon, Marseille, Nice, Monaco, Aix, Menton, me firent un très beau succès.

Je me souviens des titres à la page culture des quotidiens.

« *Dumas, un pianiste à cœur ouvert.* »
« *Laszlo Dumas fait vibrer le théâtre Toursky.* »
« *Standing ovation pour un pianiste inconnu.* »

Je jouissais enfin de la reconnaissance des autres, qui était bien le moindre des hommages que me devait cette génération. Leur dette serait longue à payer, j'en avais la conviction. Je me prédisais intérieurement une longue carrière, aveuglément confiant dans ma virtuosité enfin révélée et mon inspiration servie par une énergie, une impétuosité qui m'étonnaient chaque jour. Une tournée est une véritable épreuve de force, voyages, hôtels, stress, courtes nuits… mais ma jeunesse et mon invincibilité me protégeaient, et je me portais comme un charme. Quand nous finîmes le voyage, dans le train de retour vers Paris, Georges, qui avait tenu à m'accompagner, me confia que le résultat dépassait toutes ses espérances.

— Je n'aurais jamais cru que tu trouverais si vite la réponse. Ce ton juste, cet équilibre subtil dans ton jeu entre légèreté et intensité musicale, on dirait l'aboutissement d'une lente maturation, je n'arrive pas à comprendre. C'était en toi, tu n'as pas pu inventer cela si vite. Que t'est-il arrivé, comment as-tu fait ?

Je grommelai quelques vérités sur l'art, la solitude, l'amitié, en guise d'explication.

— Laszlo, c'est de la magie ! Profites-en, mais ne perds pas le fil, on est sur la bonne voie. Et moi je suis le plus heureux des imprésarios. J'ai l'impression d'avoir découvert Claudio Arrau ou Glenn Gould... Tu es heureux, au moins ?

Heureux ? Aujourd'hui comme alors, cet adjectif sonne étrangement à mes oreilles. Est-il hors de mon vocabulaire, inaccessible à mon entendement ? J'ai l'impression de ne même pas comprendre à quelle émotion il fait référence. Si l'on parle de l'état d'hébétude béat qui saisit parfois les visages des amoureux transis, des gagnants du loto ou des supporters de football quand leur équipe a marqué, alors je ne connais pas.

— Non, Georges, je ne dirais pas cela. Confiant, peut-être. Attentif. Ambitieux. Surpris aussi. Affamé. Pressé. Mais pas heureux. Je ne sais pas ce que ça veut dire, heureux. Prêt à tout, ça oui !

Il avait dû me regarder d'un air bizarre et murmurer pour lui-même une quelconque banalité sur le tempérament des artistes. Cela m'avait échappé ; tourné vers moi-même, je ne voyais pas venir la suite, lancé comme un train à grande vitesse.

Le mercredi après-midi, quand je sors de déjeuner avec mon ami du jour, soigneusement choisi dans la liste de ceux qui, innombrables, m'assaillent de messages pour profiter d'un brunch en ma présence, je rentre chez moi à pied en devisant sur la vanité des relations humaines, pour travailler jusqu'au soir. Dans la grande salle d'étude, je m'enferme plusieurs heures. J'improvise, je déchiffre pour élargir mon répertoire, je joue à l'envers, inversant gauche et droite, très lentement sur un morceau rapide ou vice versa, je chante une voix en jouant l'autre, je réduis des partitions d'orchestre, pour me mettre en condition et me préparer à l'essentiel : rejouer ma sonate intérieure. Je l'écoute, je tâche de me souvenir des mélodies et des rythmes entendus les jours précédents, je cherche le message musical qu'elle me transmet, car ce message guidera ma façon de jouer. L'interminable sonate de ma vie... elle est une porte entre mon âme et mes mains... En tuant, il y a dix ans, j'ai ouvert la porte. C'est un processus qui s'apparente à une naissance, douloureux et merveilleux, indispensable. Plus le temps passe, plus j'ai du mal à effectuer ce travail, comme si l'âge d'or de l'enfantement était déjà passé pour moi.

Chapitre 4
Arthur

Harry Potter, c'est l'histoire d'un enfant sorcier qui a perdu ses parents parce que Lord Voldemort les a tués. Il a des amis sorciers, il va à une école de sorciers. Lord Voldemort est le grand chef des méchants et veut tuer Harry tout le temps. Alors il se défend.

J'aimerais bien être un sorcier. Avec ma baguette magique, je transformerais tous les jours d'école en jours de vacances, le poisson en steak, les choux de Bruxelles en frites, et je rendrais Maman heureuse. Elle fait des efforts pour être gaie avec moi, mais je la vois pleurer quelquefois, le soir quand je me relève. Je suis sûr qu'elle n'aime pas être seule à la maison sans Papa. Je ne comprends pas très bien pourquoi, quand on est fatigué, on doit partir en Australie, mais le résultat, c'est que quand je suis couché Maman n'a plus personne pour jouer. Alors elle pleure, c'est normal elle s'ennuie.

À l'école on joue aux billes et moi je suis très fort. Ce n'est pas pour me vanter, mais j'ai gagné trois calots et dix agates à Émilien, la grosse brute. En tout j'ai 83 billes alors ça peut aller !

À la maison, après avoir fini mes devoirs, je joue à mon jeu sur l'ordinateur de Maman, pendant qu'elle corrige ses copies en écoutant de la musique. Quand je vais me coucher elle va jouer aussi sur l'ordinateur. Elle m'a dit qu'elle parlait à des gens sur des forums, que ça lui faisait comme d'autres amis, que même quelquefois c'était possible de rencontrer les gens. Un forum c'est comme un endroit pour rencontrer des gens qui sont intéressés par les mêmes choses que nous, mais on peut prendre des faux noms, alors c'est drôle c'est un peu comme au cinéma quand un acteur joue le rôle d'un gentil ou d'un méchant. Le vrai nom de Maman c'est Lorraine, son faux nom c'est Cristina. C'est des blagues, je ne crois pas du tout que les gens puissent sortir de l'ordinateur pour s'asseoir sur le canapé avec Maman et jouer avec elle.

J'ai retrouvé presque tous mes copains de l'an dernier à l'école. Je suis rentré en CE2 il y a deux semaines.

Chapitre 5
Laszlo

Mes jeudis sont en général consacrés au travail et aux répétitions. Je me déplace si nécessaire pour jouer en formation, mais tâche de rester à la maison autant que possible.

Avant de commencer à travailler, il y a un rituel que je ne manque pour rien au monde : faire le point sur les prochaines victimes.

Après le meurtre de Jocelyn et ma première tournée, j'étais persuadé d'avoir réussi la transformation, et n'aurais jamais imaginé avoir à perpétrer d'autres crimes. Hélas, il ne me fallut que quelques semaines pour me rendre compte que la porte de mon âme se refermait lentement. Je manquais d'inspiration, étais pris de curieux accès de fatigue, et ma sonate intérieure retrouvait ses accents mièvres du passé. Je me souviens d'une répétition à laquelle assistait Georges, avant un concert important, *Salle Pleyel*, sur un répertoire classique de *Sonates* de Beethoven. Il semblait attendre, enfoncé dans son siège. Mes notes défilaient les unes après les autres, mais sans esprit, sans force, un vide, un grand silence se faisaient en moi.

— Alors, Laszlo, tu te lances ? Les répétitions techniques, garde-les pour chez toi, tu n'as plus qu'une semaine pour trouver le ton ou les gens vont s'ennuyer !

Il savait être ferme avec moi, et de lui seul je pouvais accepter les critiques.

— Je sais, Georges, j'ai perdu le fil, je suis comme un aveugle.

La vérité commençait à s'imposer à moi, douloureuse. Cet assassinat n'avait que temporairement amélioré ma situation. Jour après jour, mon jeu redevenait plus ordinaire. Pris d'une crise de panique, je dus me lever et quitter la salle. Il me fallut encore plusieurs jours pour dérouler le fil logique de l'implacable évidence. Tuer m'avait procuré l'inspiration nécessaire pour bien jouer, mais les effets de cet acte barbare et rédempteur s'estompaient avec le temps. Devais-je tuer à nouveau, pour retrouver cette sensation extraordinaire, cette maîtrise ? Il fallait essayer, et vite de préférence. Mais je n'avais personne à tuer, il me fallait une victime, un objet de haine, je ne pouvais pas choisir au hasard, comme cela, le premier venu. Comment haïr ? L'effet ne serait pas le même si je tuais gratuitement, sans passion... Recréer les mêmes conditions qui avaient condamné le malheureux Jocelyn Demarolle... Il fallait que je commette une erreur en scène, que quelqu'un la remarque, que je m'en aperçoive, et que la rage me pousse à le punir en l'exécutant. L'idée faisait son chemin... J'allais tendre mes filets, ajouter volontairement d'infimes erreurs dans mon jeu, et repérer ceux qui, parce que leur connaissance de l'œuvre était meilleure, parce que leur ouïe était plus fine, parce qu'ils étaient plus attentifs, s'apercevaient de l'altération musicale. Par cette méthode, j'éliminerais les potentiels concurrents et autres graines de critiques, les jaloux, les frustrés, les nuisibles de toutes sortes. Je n'aurais pas à subir l'humiliation de Sablé. Personne n'avait le droit de douter de moi.

Mon second meurtre fut un peu précipité. Je le perpétrai dans les jours qui suivirent la répétition sur la personne d'une étudiante en harmonie qui, assistant à un concert de bienfaisance donné au conservatoire du 7e arrondissement où je jouais une *Partita* de Bach, avait remarqué l'ajout subtil d'un trille absent de la partition. Pour son plus grand malheur, je la noyai dans la Seine le week-end, après l'avoir suivie, avoir simulé une rencontre de hasard, m'être fait reconnaître, l'avoir séduite un brin et copieusement soûlée. Ce crime me laissa une légère amertume. Trop peu préparé, trop de risques, car je voulais absolument avoir agi avant mon concert à *Pleyel*. Je retrouvai presque instantanément les sensations enivrantes de la domination. Mon instrument m'était soumis, il réagissait sous mes doigts avec souplesse et docilité, en lien direct avec mon feu intérieur. Dès le dimanche, la petite musique au fond de moi s'était ranimée, me rassurant au-delà de mes espérances. Le concert fut un triomphe. Et cette fois, j'avais décidé d'anticiper, en introduisant à nouveau une petite erreur dans la première *Sonate* de Beethoven.

Choisir mes victimes devint un rituel précis. Dans bien des cas, la configuration de la salle rendait la tâche difficile. Je les prenais toujours au premier ou au deuxième rang, car il fallait que je sois assez proche d'eux pour remarquer leurs émotions. Je faisais toujours une ou plusieurs vérifications. Par exemple, en jouant une *Sonate* de Mozart je commettais une erreur en remplaçant un accord à la main gauche, *si-ré-fa*, par *sol-si-fa*. Si personne ne réagissait, j'arrêtais là l'expérience. Si par contre, je repérais deux ou trois sourcils froncés, j'attendais quelques mesures et, à la main droite, modifiais légèrement un trait rapide. Si une seule personne du même groupe que le précédent remarquait ma nouvelle bévue, je devais considérer comme proche de zéro la probabilité que son attention ait été retenue deux fois de suite au hasard. Il ou elle devenait ma prochaine victime. Si plusieurs levaient la tête, je continuais le processus par élimination jusqu'à ce qu'il n'en reste plus qu'un. Une victime était nécessairement une personne des deux premiers rangs ayant été la seule à remarquer l'ensemble des erreurs que j'avais commises à dessein. Dans tous les autres cas de figure, j'abandonnais la partie. Durant les neuf dernières années, je n'ai jamais dérogé à cette règle. Il pouvait arriver que, plusieurs mois d'affilée, personne ne remplisse les critères, mais mon jeu ne s'en trouvait pas affecté. Je savais qu'un jour ou l'autre, une proie se présenterait, et cette certitude suffisait à maintenir le lien magique. En revanche, je devais systématiquement me prêter au petit jeu des erreurs, concert après concert, car la cohérence de l'édifice mental que j'avais construit n'aurait pas souffert un manquement à ce principe. Je ne pouvais pas me permettre de rater des victimes potentielles. Le seul paramètre sur lequel j'influais, pour ajuster en plus ou en moins les probabilités qu'un spectateur réponde aux critères, était la difficulté de l'erreur introduite.

Choisir était une chose, encore fallait-il être en mesure d'identifier les impétrants. Je m'inventai une lubie d'artiste en faisant un scandale auprès de Georges pour qu'on lui transmette à chaque concert la liste des spectateurs ayant réservé, et leur place précise. Je prétextais une peur des attentats, des fanatiques, qui convainquit peu mais fut acceptée à mesure que ma popularité grandissait. Depuis, dans la plupart des cas, le secrétariat de mon agent reçoit, à la veille des concerts, une liste informatisée détaillant l'occupation prévue de la salle avec les places réservées. Bien sûr, il me manque souvent des données, les gens peuvent arriver au dernier moment sans avoir réservé, ou laisser leurs places à des amis, à cause d'un empêchement quelconque, sans compter que la salle peut être à placement libre. Je m'aperçus au fil des ans que les gens des premiers rangs avaient souvent pris leurs places à l'avance, et que la plupart de ceux que je choisissais avaient réservé.

Une fois choisies et identifiées, les victimes potentielles devenaient réelles. En neuf ans, il n'est arrivé que trois ou quatre fois que je ne concrétise pas en meurtre la sélection opérée. Quand je le peux, je laisse toujours un temps assez long, de quelques semaines à quelques mois, entre le choix et l'exécution. Pour réduire les risques. Pour durer. Je mène l'enquête, repère les habitudes, me grime, interroge, observe, espionne, jusqu'à ce que se présente une opportunité. Je maintiens le tempo jusqu'au bout, gardant ma haine bien au chaud. Je la fais grandir, jour après jour, selon un scénario presque immuable. La personne a eu l'affront de me croire capable de commettre en public une erreur, c'est donc qu'elle doute de moi et de mon talent. Par ailleurs elle menace peut-être ma position par ses capacités musicales au-dessus du lot, et par le risque de révélation de mes faux pas. Plusieurs raisons suffisantes pour mourir, n'était la plus grande : permettre à mon talent de s'exprimer quelques semaines de plus, permettre la révélation au monde du plus grand prodige de tous les temps que je suis devenu. Neuf années, et quarante-huit victimes à ce jour. Le prix n'est pas élevé au regard de l'humanité tout entière ; je le lui rends au centuple. Apportant, victime après victime, mes pierres à l'édifice, je suis conscient de l'importance vitale de ma mission, et pas seulement pour la gloire et les avantages matériels qu'elle me procure. Pour le plus grand bien de tous.

Je consigne soigneusement les noms de ces insignifiantes créatures, notant maints détails qui me permettent d'établir une sociologie typique, un pedigree de mes victimes. Je n'ai malheureusement pas assez de données pour en tirer des statistiques très concluantes, et l'information que je stocke est souvent assez superficielle. Mais je suis en mesure de comparer les patronymes, les métiers, tailles et poids approximatifs, les âges, les signes apparents de richesse, avec des tableaux de l'INSEE relatifs à l'ensemble de la population française. Seulement huit victimes étrangères sur mes quarante-huit, et je puis dire aujourd'hui que ce sont des hommes à quatre-vingts pour cent, d'une tranche d'âge un peu plus élevée que la moyenne française, quarante-six ans, de professions musicales (46 %) ou culturelles au sens large (76 % en incluant les précédentes), cadres du public ou du privé (17 %), et ayant fait des études longues (90 %). Leurs noms et religions ne sont pas caractéristiques, dans l'ensemble ils sont plus riches visiblement que la moyenne nationale, mais avec de fortes disparités. Les particularités esthétiques m'ont paru peu parlantes, quant aux aptitudes intellectuelles, rien ne m'a permis de les juger, si ce n'est le fort a priori révélé par leur capacité à déceler de mémoire d'infimes erreurs, ce qui penche aussi d'ailleurs à faire d'eux des tempéraments pointilleux et légèrement paranoïaques, détail qui me donnait parfois du fil à retordre et m'obligeait à redoubler de prudence. J'ai commencé à écrire un essai relatif à ce sujet, que je consigne sur mon ordinateur, dans un fichier caché, avec mes tableaux de données et le texte de ce journal. Pourquoi ? Je me figure que la postérité appréciera, que ces idées sans doute inacceptables pour beaucoup de mes concitoyens aujourd'hui, seront comprises plus tard. Je n'éprouve aucune honte à agir ainsi, il se trouve que je me cache car notre époque et nos lois ne le permettent pas, mais si je venais à disparaître, je voudrais que le monde connaisse mon histoire et sache comment j'ai réussi.

Chapitre 6
Arthur

Mon cousin Martin est très intelligent. C'est ce que n'arrête pas de dire Maman. Il est très maigre et ne parle pas beaucoup. Il a quatorze ans mais il est déjà en terminale ; normalement à quatorze ans on est en quatrième ou en troisième. Il est super doué, je crois qu'on dit comme ça.

Son problème c'est qu'il ne mange pas beaucoup. En fait il ne mange presque rien alors ça inquiète sa maman qui est la sœur de Maman et comme elle est inquiète elle téléphone à Maman pendant des heures et après ça lui fait du bien mais c'est Maman qui ne va plus trop bien alors elle m'en parle c'est pour ça que je sais. Moi ça va je me sens bien je ne comprends vraiment pas trop comment on peut ne pas vouloir manger. C'est le contraire pour moi, il faudra que j'en parle un jour à Martin et que je lui mette une grosse assiette de frites sous les yeux on verra s'il résiste longtemps.

Martin et ses parents viennent quelquefois à la maison, je les aime bien. Martin n'est pas comme les autres grands de son âge, il veut bien jouer avec moi au Monopoly ou m'accompagner au piano. Parfois il m'apporte des Warhammer, c'est des espèces de guerriers figurines qu'il peint lui-même et qui ont l'air terrible. Je crois qu'il a un peu honte de jouer à ça devant ses copains de terminale qui ont tous dix-sept ou dix-huit ans.

Comme j'ai dit avant, Martin joue du piano. Il joue même très bien et ne sait pas encore si plus tard il voudrait faire pianiste ou pilote de chasse ou mathématicien. En tout cas il est tellement fort qu'il a déjà fini l'école de musique, et l'an prochain il ne sait même pas ce qu'il fera. Comme il est en avance, peut-être qu'il pourra faire les trois métiers ?

Sophie, la grande sœur de Maman qui est aussi ma marraine, est venue avec lui ce soir. Maman est la marraine de Martin. Ils voulaient parler de ça, elle était très fière parce que son fils venait d'être pris par un grand professeur de piano qui allait lui donner des leçons chez lui pour préparer son examen.

Moi je ne sais vraiment pas ce que je ferai plus tard. Pompier c'est bien mais Papa dit que ça ne gagne pas beaucoup d'argent. Chanteur peut-être.

Chapitre 7

Laszlo

Aujourd'hui nous sommes le 22 septembre. Samedi. Je viens d'accepter une tournée des grandes villes d'Asie pour le printemps prochain. Hong Kong, Singapour, Séoul, Shanghai, Pékin, Tokyo... J'espère terminer au moment des cerisiers en fleur, je n'ai jamais vu ça de ma vie, et il paraît que c'est un spectacle étonnant de voir tous ces Japonais qui viennent contempler les fleurs en buvant du saké.

J'étais au Japon l'hiver dernier pour une série de récitals qui durait une semaine. Répertoire assez classique, mais plaisant. J'aime bien voyager dans ce pays, le public y est attentif et silencieux, l'organisation parfaite. Je jouais cette fois au *Suntory Hall* de l'Ark Mori building, dans cette grande salle moderne au cœur d'un immeuble de bureaux, sur une place respectueusement nommée Karajan. Alors que j'attaquais le passage d'une *Ballade* de Chopin, au cours duquel j'avais malicieusement prévu d'introduire une infime erreur dans un arpège, presque indécelable car je restais dans l'harmonie originale, je remarquai au premier rang un personnage qui détonnait par sa tenue vestimentaire. Les cheveux frisés, vêtu d'un pull-over orange, au milieu d'une cohorte de costumes cravatés, il me toisa avec un mépris à peine feint au moment précis où je venais de jouer la fausse note. C'était la première fois, sur mes quatre passages au pays du Soleil Levant, qu'un spectateur manifestait son mécontentement. Peut-être à cause de la politesse bien connue des Nippons. Passé le choc initial, je me repris et cherchai comment vérifier l'affaire. Je n'avais pas prévu de seconde erreur, et la perspective de devoir affronter une langue inconnue pour retrouver ma victime potentielle me déplaisait fort. J'eus enfin, à la fin du morceau, l'occasion d'introduire une seconde faute dans la *Ballade*, encore plus subtile que la première, en espérant que mon inconnu ne remarquerait rien. Mais il se signala à nouveau par un froncement de sourcil et une moue d'agacement qui ne me laissèrent aucun doute. Affolé, je finis le concert, puis écoutai, absent, le correspondant de Georges qui m'accompagnait m'assurer que tout s'était bien passé même si comme à son habitude, le public japonais ne manifestait pas son émotion de façon très expressive. Le soir, dans ma chambre d'hôtel, je fouillai ma messagerie et trouvai le mail que Brigitte, la secrétaire de Georges, m'envoyait avant chaque représentation. Le tableau était rempli, en lettres latines ainsi qu'en japonais, des noms des spectateurs, et il me fut facile de retrouver le nom de l'audacieux qui avait su remarquer mes imperfections. Mikyo Okada, 2-23-20 Kohinata, Bunkyo-Ku. Je m'y rendis en taxi. Le building, un curieux mélange architectural à mi-chemin entre un temple grec et un château, portait le nom surprenant de GRAND MUSÉE. Il était une heure du matin quand je quittai les lieux, après une inspection discrète. Visiblement habité de familles aisées et d'expatriés, d'après les boîtes aux lettres, l'immeuble était décoré avec goût et luxe. J'ouvris la boîte aux lettres sur laquelle étaient gravés les signes du nom OKADA que j'avais repérés et dessinés, et trouvai à l'intérieur plusieurs enveloppes écrites en japonais, ainsi que plusieurs autres en anglais. L'une d'elles frappa mon attention. Elle provenait du fabricant de pianos Fazioli, qui l'envoyait de son siège à Sacile, près de Venise. Ouvrant la missive, je parcourus la lettre qui faisait référence au magasin *Mon Beau Piano*, situé à Ginza, et remerciait Okada san pour une commande importante. Je notai cela et partis, marchant une bonne demi-heure avant de trouver un taxi qui me ramena à l'hôtel.

Dès le lendemain matin, je téléphonai à Tanaka san, l'imprésario, pour l'informer que je lui donnais quartier libre jusqu'à l'après-midi, où nous devions nous retrouver à l'hôtel *Impérial* pour une interview. Il sembla gêné, habitué à ne pas me lâcher d'une semelle, insista pour m'accompagner, mais je lui raccrochai au nez. Je partis vers le quartier de Ginza pour faire l'ouverture du magasin de M. Okada. Sur le trottoir d'en face, je vis arriver vers 9 h 45 une limousine noire d'où il sortit, accompagné d'un autre homme au teint plus sombre et aux cheveux frisés également. En m'interrogeant sur cette mode curieuse, je notai les va-et-vient du personnel, m'aperçus que M. Okada en personne venait parler à des clients, se mettant au clavier pour faire des démonstrations. Il pouvait avoir une cinquantaine d'années, l'air riche, habillé à nouveau de façon originale, un tweed bleu ciel qui tranchait sur le noir brillant de ses instruments. Je préférai ne pas entrer pour ne pas me faire repérer ou filmer, et commençais à désespérer, quand une nouvelle voiture déposa une jeune femme blanche devant le magasin. À sa manière de s'habiller et sa démarche chaloupée, je doutai que ce fût une interprète venue choisir un modèle de chez Fazioli ou Bösendorfer. Je décidai d'attendre, mon rendez-vous me permettant encore quelques heures d'observation. Si je voulais mettre mon projet à exécution, il me restait peu de temps, nous étions jeudi et mon avion repartait le dimanche en fin de matinée, ma journée du samedi étant heureusement libre. Au bout d'une heure, que je passai dans un café bien situé, au chaud derrière une vitrine avec vue sur *Mon Beau Piano*, la fille ressortit, à pied, et tourna dans l'avenue. Je sortis, traversai et la suivis. Nous descendîmes dans le métro, et sans bien savoir où cette filature allait me mener, je continuai. À la station Omotesando, elle descendit. Après un parcours dans un dédale de petites ruelles, je la vis entrer dans un bâtiment à la vitrine explicite. Le « GG bar » – *gaijin girls*, c'est-à-dire « filles étrangères » –, comme me l'expliqua en anglais le rabatteur qui battait le pavé, était un bar à hôtesses typique où des Japonais venaient fantasmer sur les mensurations de rêve de quelques filles venues de l'Est et d'ailleurs. Mais je n'avais pas à m'inquiéter, on y acceptait aussi les étrangers, ceux qui payent, ajouta-t-il en me donnant une grande claque dans le dos. J'entrai, m'assis au comptoir en faisant mine de dévisager les filles. Un frisé vint vers moi, me demanda dans un anglais hésitant ce que je voulais. Je dis que je voudrais revenir le soir, après minuit, et, ayant repéré la fille qui discutait avec une autre contre un miroir au fond de la salle, la pointai du doigt. L'homme acquiesça, et prononça *Ivana* avec l'air gourmand. Puis il me glissa à l'oreille :

— *I book for you midnight, do not touch in the bar OK...* suivi d'un éclat de rire qui fit se retourner les filles.

— *OK OK, I will come. Aligato...* finis-je.

Je passai l'après-midi entre l'agent Tanaka, une journaliste habillée en étudiante de seize ans, Oki san, et un traducteur français, Lionel, qui avait passé les vingt dernières années de sa vie à Tokyo après une carrière de journaliste correspondant mise à mal par l'explosion d'Internet. Un type complètement tatamisé, sympathique, dont je lisais régulièrement les récits de déambulations dans Tokyo qu'il publiait sur un blog célèbre, et qui m'avait fait découvrir en personne deux ou trois quartiers lors de mes précédentes tournées. À ma demande, on lui avait confié la tâche d'interprète pendant l'interview. J'aime bien les interviews, je m'y dépeins comme un original, sans détours, décrivant mes habitudes, mon caractère particulier, parfois ombrageux, ne cachant ni mon exigence proverbiale avec mes élèves, ni mon dédain pour la plupart de mes congénères. Je raconte ma découverte de l'instrument, ma tante fantasque et ses chiens-loups, digne d'un roman de Garcia Marquez, mes improvisations dès l'âge de huit ans, ma musique intérieure, la fuite en avant, la recherche de l'inaccessible, la découverte enfin, il y a dix ans, de la voix la plus juste. Tout y passe, depuis ma passion des clavecins que je fabrique année après année, à la main, seul, dans un atelier sous ma maison, jusqu'à ma théorie de l'image musicale, que j'ai décrite dans un ouvrage paru l'an dernier. À la fin de cette entrevue marathonienne, j'allai dîner avec Lionel dans le quartier de Kagurazaka, puis rentrai me changer avant de repartir vers le « GG bar », où j'arrivai vers minuit.

La salle était comble, l'ambiance très différente de l'après-midi. Ma table était réservée, et je traversai l'espace qui me séparait d'elle avec lenteur, songeant à la bonne tactique à adopter, indifférent aux danses lascives que de plantureuses jeunes femmes exécutaient ici ou là, debout sur les tables, exposées à tous, tandis que d'autres, dépassant parfois d'une tête leurs clients, leur servaient à boire en riant et en relevant les cheveux en arrière, ce qui avait pour effet de faire tressauter leurs seins à hauteur du visage de leurs partenaires, rouges de plaisir et d'alcool mal assimilé.

Je m'assis, bientôt suivi par la jeune Ivana, sortie je ne sais d'où, qui me sourit largement et commença à m'entretenir dans un anglais au fort accent slave. Nous échangeâmes quelques banalités, j'étais un banquier belge de passage pour affaires, et justement, elle adorait la finance, ça l'avait toujours passionnée ; elle-même était là pour étudier et travaillait quelquefois le soir comme *escort girl* pour businessmen. Elle pensait partir pour Londres l'année suivante. Justement, je travaillais à Londres, dans une grande salle de marché. Ses yeux brillaient. Elle hésitait visiblement sur la stratégie à adopter. Après qu'elle eut tenté une avance pitoyable, je posai ma main sur la sienne en la fixant.

— Désolé, Ivana, je ne suis pas là pour... ça, j'ai juste besoin de parler. Tu sais je suis plutôt un romantique, je voudrais prendre le temps de fonder une famille, j'ai gagné beaucoup d'argent, beaucoup travaillé, eu beaucoup de filles faciles, mais toute cette époque, c'est fini pour moi.

Je laissai passer un instant.

— Mais toi, dis-moi, tu ne fais pas vraiment ça par choix, si ?

Elle rougit légèrement, affolée.

— Tu veux qu'on en parle ailleurs ? ajoutai-je.

Après quelques hésitations, regards apeurés autour d'elle, elle se lança.

— Tu as raison, Raphaël, je ne suis pas vraiment libre. Je n'ai plus mon passeport, je donne un tiers de ce que je gagne à un *yakuza*, un autre tiers à un Ukrainien qui m'a trouvé le boulot, et avec le reste j'économise. Je veux m'en sortir... Tu peux m'aider ?

Je pris l'air inspiré.

— On va faire quelques pas ? Tu n'as qu'à dire que tu m'accompagnes à l'hôtel.

On se leva et on marcha en direction du temple Meiji. Elle faisait les questions et les réponses, en larmes dans la rue, et je m'amusais beaucoup. Je devais faire monter l'espoir en elle.

— Écoute, que fais-tu ce week-end ? Où est ton passeport ?

Elle étouffa un sanglot.

— Je vais à Hakone avec mon *yak*, je dois aller le voir tous les matins pour... et samedi il m'emmène dans un *onsen*.

— Un *onsen* ?

— Une source chaude, on se fout à poil dans de l'eau à 45 degrés qui monte droit d'un volcan. Ils adorent ça, ici.

— Et ton passeport ?

— C'est lui qui a mon passeport, il le garde dans son bureau, au magasin.

— Au magasin ?

— Oui, il est propriétaire d'un bazar à pianos, c'est son dada la musique, c'est un yak artiste, je ne suis pas si mal tombée.

— Écoute-moi bien, Ivana.

— Oui, je t'écoute.

— Tu l'aimes ce type ?

— Non, je le hais, il me viole presque à chaque fois, il m'a promis de me donner mon argent et mon passeport à la fin de mon contrat, après je rentrerai.

— C'est quand, la fin de ton contrat ?

— Dans dix-huit mois.

— Tu as la force d'attendre dix-huit mois ? Je vais te dire ce qui va se passer, moi. C'est toujours la même histoire, ils vous racontent des bobards, ils ne vous relâchent jamais ; ils attendent que vous deveniez grosse et moche, alors ils vous laissent partir, mais sans un sou. Mes collègues m'ont parlé de ce trafic. Tu te fais avoir, Ivana.

Ses larmes avaient cessé. Elle m'implorait maintenant du regard. C'était le bon moment.

— Alors écoute-moi bien, Ivana, tu veux t'en sortir ?

— Oui, oui, je... tu... tu veux m'aider, tu veux m'emmener ?

— Commençons par le commencement. Tu vas me donner le nom et l'adresse de l'hôtel où vous résiderez.

— OK facile, je les ai sur moi...

— Voilà ce qu'on va faire : samedi soir quand il dormira, je viendrai voler sa clef du magasin. Je repartirai à Tokyo, irai prendre le passeport dans son bureau, et le garderai avec moi à l'hôtel. Il mettra sûrement quelques jours à s'en apercevoir. Et toi, dès dimanche à ton retour, tu fonces à l'aéroport et je t'attendrai pour prendre le BA855 pour Londres. Le reste, on verra après.

— Mais mon argent ?

— Écoute Ivana, de l'argent j'en ai, j'en ai trop. Tu ne vas pas risquer ta vie pour quelques milliers de dollars, si ?

— Non, bien sûr, mais vingt mille dollars quand même...

— Ça n'est rien, je m'occuperai de toi au début. Écoute je ne veux pas te forcer, je ne veux pas te brusquer. Nous deux, je ne sais pas si ça ira plus loin, mais en tout cas je veux t'aider. Alors...

— Raphaël ?

— Oui.

— Tu es un amour, j'accepte.

— OK, on se retrouve demain vendredi pour régler les détails. Je serai devant le bar à 10 heures.

— Non, je serai chez Okada, et il faut être plus discret. C'est dangereux, il y a un garde du corps qui me surveille souvent, c'est lui qui vient me chercher pour la séance du matin. Rejoins-moi au magasin à 11 heures, nous prendrons un taxi ensemble et tu me poseras au bar. J'aurai tout préparé, tu n'auras qu'à réserver ton train. Je t'expliquerai.

Elle s'excitait, déjà lancée avec fougue dans l'aventure de sa vie, et je devinai que sa nuit allait être agitée. Je la quittai sur un regard langoureux et partis me coucher. Fier de moi.

Le reste nécessita une bonne organisation. Ivana avait fantasmé toute la nuit et gobé ma fable avec l'appétit d'un indigent. Dans le taxi qui nous emmenait de Ginza à Omotesando, elle me donna tous les détails demandés, m'expliqua que je pouvais me rendre au *onsen* comme simple touriste, pour m'y baigner, que le lieu fermait à 9 heures pour les non-résidents.

— Ça ne doit pas poser de problème. Comme d'habitude, on ira dans notre bain privé vers 5 heures, puis on dînera en kimono dans notre chambre, la numéro 8, vers 6 h 30, avant de se coucher autour de 8 heures. Mikyo sera ivre comme à chaque fois. Il voudra me faire l'amour. Et après, juste après, il retournera prendre un bain tout seul, avant de venir s'écrouler sur son futon. C'est à ce moment qu'il faut que tu viennes. Je te donnerai la clef. Il croira l'avoir égarée. Mais attention, la chambre d'à côté sera sûrement occupée par Katsuo, le garde dont je t'ai parlé. Dangereux. Et armé.

Je passai à la gare de Tokyo pour me renseigner sur les horaires, puis allai m'enfermer dans ma chambre pour mettre au point le scénario du lendemain. Le soir, je jouai au *Hall NHK*, eus un triomphe, passai un coup de téléphone à Georges et me couchai tôt.

J'avais décidé d'aller repérer les lieux et pris un train le matin ; le 10 h 59 était un express et au bout d'une grosse heure j'arrivai à la gare de Hakone Yumoto. L'*onsen* était accessible à pied, et je trouvai mon chemin tant bien que mal dans la station thermale.

C'était la première fois que je faisais l'expérience des bains japonais. C'est amusant de voir cette humanité dénudée, qui se frotte et se lave soigneusement avant d'aller reposer dans un bassin à quarante degrés, au milieu d'un jardin recouvert de neige, avec le mont Fuji en toile de fond. Très joli vraiment, et si j'étais accessible au romantisme je pense que j'aurais aimé y emmener ma petite amie. Après avoir trempé une heure, je fis le tour du bâtiment et remarquai dans un couloir au rez-de-chaussée quatre chambres plus luxueuses que les autres qui possédaient chacune un jardin privé équipé d'un petit bassin de pierres. Je m'arrangeai pour pénétrer dans la numéro 7, vide, pour faire mon repérage des lieux, et regarder de l'extérieur le jardin de la 8, puis quittai la résidence pour aller vaquer en ville et visiter un temple. Le soir, je revins après avoir dîné, retournai me baigner mais rapidement, et une fois en kimono, me dirigeai vers le couloir comme si j'étais client de l'hôtel. En passant le long des chambres, j'entendis des rires fuser, et quand j'arrivai à la 8, je tendis l'oreille. Quelques gémissements se faisaient entendre à l'intérieur, et je décidai d'aller me mettre en place. Je retournai au grand bassin puis, nu, me cachai derrière la haie de bambous qui servait de clôture. La neige me brûlait les pieds, mais je continuai dans l'obscurité à longer les palissades de bois, jusqu'à me retrouver en face de celle du numéro 8. Là, je me glissai silencieusement dans le jardin, et allongé à même le sol gelé, attendis au bord du bassin, le corps entièrement caché par le parapet de pierres. Il faisait froid, j'étais un peu engourdi et il me fallut une énergie démesurée pour faire monter en moi la haine nécessaire, une vague aux assauts successifs, en me repassant comme un film les différentes étapes de la sélection.

Une véritable ordure, la lie de l'humanité, celui-ci.
Un yakuza *tortionnaire et esclavagiste, qui non content de faire gratuitement du mal aux autres, se permet le luxe d'avoir assez de talent pour remarquer mes erreurs.*
Un danger public, cet homme-là !
Mon plus beau tableau de chasse.

Le temps passa, une dizaine de minutes, tandis que je tâchais de survivre au froid qui me paralysait en rejouant dans ma tête le dernier concert, quand je vis, entre les deux pierres situées près de mon visage, un homme s'avancer, sortant de la chambre. Il sembla inspecter les alentours, puis prononça quelques sons gutturaux incompréhensibles à mon oreille. Je l'avais reconnu ; le garde du corps faisait mal son travail, mais sa présence allait compliquer les choses. Soudain mal à l'aise, je me demandai si je n'étais pas en train de tomber dans un piège, et si Ivana n'avait pas parlé et tout avoué à son patron. À ce stade, que risquais-je au pire ? Une bonne correction peut-être...

L'homme rentra brusquement, et Mikyo sortit, dévêtu. En couinant, il s'approcha à petits pas dans la neige, puis plongea dans l'eau bouillante, ne laissant dépasser que sa tête. Lentement, comme en nageant, il se déplaça vers l'autre côté du bassin et se retourna, la tête posée contre une pierre ronde située à quelques dizaines de centimètres de moi. Il sembla regarder vaguement en direction de la chambre, fermée d'un rideau, hoqueta, émit un ou deux rots, rigola, puis s'assoupit, relâchant ses muscles et fermant les yeux, assis sur un rocher. Sans perdre un instant, je me levai et me glissai silencieusement dans l'eau, couvert par le bruit du petit torrent d'eau chaude qui se déversait poétiquement dans le bassin. Dans à peine un mètre de profondeur, je m'avançai et appuyai violemment mes mains sur sa tête avant qu'il ait le temps d'ouvrir les yeux. Il commença à se débattre, mais j'avais saisi un de ses bras en clef par-derrière, tandis que de l'autre main je continuai à lui appuyer la tête vers le fond. Il était quasiment immobilisé, je le maintenais assez profond, l'ayant agenouillé par un coup de pied derrière les genoux, et ses mouvements désordonnés sous l'eau pour me faire lâcher prise étaient inutiles et silencieux. Mon cœur battait très vite, très fort, j'étais accompagné par ma sonate, dont le flux ininterrompu de notes me grisait, rythmant mes coups, puis la puissance de mes doigts lorsque, après qu'il eut cessé de se débattre, je décidai de le finir en l'étranglant sous l'eau. Après, retrouvant mon calme, je lui ouvris la bouche pour laisser ses poumons se remplir complètement et l'abandonnai là, coulé au beau milieu de sa baignoire naturelle, drapé dans les tatouages qui recouvraient son corps. Puis, discrètement, je sortis, insensible au froid dans la fièvre qui me portait, et refis à l'envers le même chemin, pour me retrouver à nouveau dans le bassin public. Je m'y replongeai, reprenant mes esprits, laissant à mon muscle cardiaque le temps de ralentir, quand un employé vint nous prévenir que c'était l'heure de partir. Il était près de 9 heures, je me rhabillai sans passer par la chambre 8, sortis et courus vers la gare pour attraper le 21 h 53 qui me mit à Tokyo vers 11 h 30. De la gare de Shinjuku, je me rendis à l'appartement d'Ivana, dans un immeuble proche du « GG bar » et laissai dans sa boîte aux lettres un mot. « *Chère Ivana, je sais que je vais beaucoup te décevoir. Je me suis emporté l'autre jour, j'étais ivre ; je n'ai pas eu le courage de te le dire hier, j'hésitais encore. Mais je suis lâche, je n'ai plus l'intention de faire ce que nous avons dit. Je rentre en Angleterre demain. Bon courage. Raphaël.* »

Chapitre 8

Arthur

Ma nouvelle maîtresse m'a dit que je lisais très bien. Elle me fait lire devant tout le monde en classe parce que je suis celui qui va le plus vite. Par contre je dois faire des progrès en propreté et apprendre à ranger mon cartable.

J'aimerais bien savoir ce que Maman prépare. Depuis quelques jours je la vois s'enfermer dans sa chambre à peine revenue du lycée. Quand je suis entré l'autre jour, sans faire de bruit, elle était devant son ordinateur, elle tapait assez vite tout en riant et en disant des choses comme si elle parlait à une amie. Quand je l'ai appelée elle s'est retournée et elle a un peu rougi ; oh j'ai bien vu qu'elle prenait son air comme si de rien n'était, mais elle a quand même rougi. Je ne sais pas pourquoi. On dirait qu'elle a trouvé des nouveaux amis sur son forum. Des nouveaux amis pour Maman ! Chouette alors... Martin m'a dit hier quand il est venu dîner à la maison que je ne devais pas me faire de souci pour elle parce que belle comme elle est c'est sûr qu'un jour elle va se remarier. Lui il a une petite amie je crois qui s'appelle Valentine. Enfin je ne suis pas sûr que ça soit sa petite amie mais quand même l'autre jour quand ils m'ont emmené au jardin du Luxembourg pour jouer je les ai vus s'embrasser. Martin va mieux et d'après Maman il a repris du poids cette semaine. Moi je pèse vingt-neuf kilos et Papa quatre-vingts. Martin je crois qu'il a enfin réussi à remonter au-dessus de cinquante kilos. On dirait que ça fait beaucoup mais en fait Martin est très grand aussi grand que Papa et je vous assure que je l'ai vu à la piscine il est vraiment très maigre. Il m'a raconté sa leçon chez le grand pianiste qui s'appelle Dumas. Il est allé chez lui dans sa grande maison et il avait très peur de jouer devant lui mais apparemment ça s'est bien passé parce que d'habitude il est très sévère mais là il a souri.

Chapitre 9
Laszlo

Les autres musiciens ne m'aiment pas beaucoup, et je le leur rends bien ; ceux qui m'admirent sont jaloux, d'autres disent que j'ai un *truc* pour passer en public. J'essaie autant que possible d'éviter les contacts avec eux. Ainsi je joue beaucoup plus souvent avec des orchestres et des chefs étrangers de passage à Paris qu'avec mes concitoyens. Mais Georges sait que je donne le meilleur de moi-même seul, et essaie autant que possible d'orienter mon activité de concert vers des récitals de pur piano.

Je n'ai jamais invité chez moi d'autres musiciens que ceux que la décence m'interdisait de priver de ces mondanités. Un directeur de la musique, quelques chefs d'orchestre célèbres, se sont parfois côtoyés dans mon grand salon, mais il y a à Paris une rumeur sur ma relation ambiguë avec le milieu musical, décrite par un journaliste du *Nouvel Observateur*, selon laquelle je suis un imposteur. Observant ma réticence à me confronter à mes pairs et leur dépit, il recueillit des interviews anonymes de quelques concurrents mal intentionnés.

« Il a peur… »

« Devant des vrais professionnels il ne fait pas le poids... »

« C'est un névrosé notoire, un déséquilibré... »

« Il est bon pour le grand public, mais son nom sera vite oublié. »

« Laszlo Dumas, c'est le prêt-à-porter du piano classique. »

Si j'avais réussi à identifier les auteurs de ces maximes diffamatoires, ils eussent été des victimes parfaitement appropriées à l'expression de ma haine la plus féroce, et leur minable existence eût pu allonger la liste toujours plus longue de ceux à qui j'avais fait dépasser le *do* de la dernière octave. Nul doute que ces exécutions m'eussent procuré quelque inspiration, mais je ne fis jamais l'enquête nécessaire, car j'avais toujours le souci de ne pas mêler ma sphère personnelle aux meurtres, pour éviter tout soupçon. Ainsi, le milieu musical se trouva-t-il en partie épargné par ma vindicte.

Ma réussite insolente, après cinq à dix ans d'anonymat, n'arrangeait rien. Les quelques relations que j'avais tissées comme professeur ne résistèrent pas au succès de ma carrière. Les gens choisissent leurs amis parmi ceux qui ne leur font pas d'ombre, et construisent autour d'eux un monde qui ne les dérange pas, ne les remet pas en question. Ils vivent dans un confort stérile qui ne supporte pas l'éclat. Il est si commode d'avoir un ami qui réussit moins bien, qui a du mal à percer, qui ne fera rien de sa vie. Me voir réussir fut sans doute trop difficile à supporter pour ceux qui s'étaient prétendus mes proches, et dans l'année qui suivit mon concert avec Duchâble, je renouvelai entièrement mon réseau relationnel.

Plus le temps passait, moins je fréquentais de musiciens, et quand vint la richesse, j'étais presque totalement affranchi du milieu.

J'ai toujours été fasciné par l'argent. Les banquiers, traders ou autres stars de la finance, sont par contre légion dans mon cercle. Ils sont ravis de mon intérêt pour leurs fonctions, me donnent des conseils pour gérer ma fortune, et entretiennent dans ma maison un brouhaha agréable de gens qui n'ont pas de soucis essentiels. Certains sont des amateurs éclairés, pianistes eux-mêmes, d'autres de simples butors ravis de me rajouter dans la liste des célébrités qu'ils peuvent appeler sur leur portable et tutoyer devant leurs amis. J'ai appris à fréquenter cette communauté et à en classer les membres en trois catégories humaines : les *bons*, à l'intelligence vive et à la conscience lisse, jonglant tant bien que mal entre leur éthique et les vicissitudes de leur métier ; les *brutes*, au cou large et à l'œil porcin, qui foncent en tentant d'emporter tout sur leur passage ; et les *truands*, intuitifs dont l'essentiel du temps passe à manipuler l'information et les relations avec leurs pairs, dans un jeu dont ils ont seuls les clefs.

J'ai également, avec le temps, développé un autre type de relations. Je les appelle mes « rencontres informatiques ». Informelles. Infiniment superficielles… En ce moment, je parle avec cette fille, sur le Net. Elle s'est mise à m'envoyer des mails, et nous discutons musique sur un forum. Cette fois, je suis tombé sur une passionnée. Je me suis pris au jeu, et il m'a bien fallu une heure pour terminer une discussion enflammée sur le contrepoint. Exemples tirés de ma pratique à l'appui, *Art de la Fugue, Variations Goldberg*... Je me sentais interpellé par ses questions, comme un professeur, et me devais d'en venir à bout, et de la convaincre à force d'arguments techniques de la cohérence absolue de ma théorie. Elle avait des connaissances musicales solides, c'est sans doute une bonne amatrice. Il y a une photo d'elle sur le site, à la page « Profil ». À onze ou douze ans... Plutôt jolie à l'époque ! En ce qui me concerne, pas de photo attachée à mon profil, mais un avatar, pour rester incognito... Mon image est celle d'un génie sortant d'une lampe, et mon pseudonyme le plus courant : *Jolan*. La fille a choisi comme nom virtuel *Cristina* ; peut-être est-ce son vrai nom : cristina17@gmail.com parle à jolan@wanadoo.fr, quelle poésie ! Ou comment faire naître l'amour...

Je n'ai jamais eu beaucoup de femmes. Mon père disait, bien longtemps après que Maman eut disparu : « J'ai été l'homme d'une seule femme et je le resterai. » Je l'ai toujours cru, mais ce n'est pas à cette fidélité potentiellement héréditaire que je dois mon peu d'expérience en la matière. J'ai juste eu peu d'intérêt pour la chose jusqu'alors. Il a bien fallu me déniaiser quelques fois, et je crois bien compter deux ou trois aventures amoureuses à mon palmarès... mais la dernière a plus de dix ans, et date de l'époque où je cherchais des émotions fortes et des ressources dans la banalité du monde. Depuis que je tue, je n'ai plus aimé. Je n'ai plus ressenti ce besoin, ni physique, ni affectif. Les meurtres et les concerts m'apportent leur lot de tension, de plaisir, de joies et de peines, et coiffent au poteau l'éventail des pulsions amoureuses. Au risque de me faire fustiger par les gourous de la libération des sens, j'ose affirmer bien fort que je n'ai pas fait l'amour depuis dix ans et que je m'en porte très bien. J'ai parfois tenté de jouer le jeu, poursuivant par des rencontres en chair et en os des relations commencées sur divers sites, forums ou blogs. J'ai toujours été déçu ; probablement parce que je ne cherchais pas le contact. J'y répondais avec bonne volonté, sans y croire. Les gens m'agacent souvent par leur étroitesse de pensée. On croit connaître un homme ou une femme parce qu'on a parlé quelques heures avec lui, étalées sur un ou deux mois, et que sa pensée nous a paru cohérente, son langage construit et sensé, parce que sa chaleur humaine était bien distillée, mais dans la réalité, ces gens sont insignifiants, et le contact réel est souvent insupportable. Que pourraient-ils m'apporter à moi, Laszlo Dumas, quarante ans, en passe de devenir le plus grand pianiste de tous les temps, et pouvant accessoirement me prévaloir de dix millions de dollars sur mon compte en banque, à moi qui ai quarante-neuf meurtres à mon actif sans avoir une seule fois été inquiété… Rien, ils ne peuvent rien m'apporter. Je les imagine chez eux, coincés dans leurs petites existences : ces contacts donnent un sens à leur vie, à ce qu'ils croient, à leur passion. Pour moi c'est un moyen rapide de m'encanailler. Plonger dans la masse, la populace… Je reste, finalement, un homme du passé.

Cette *Cristina* est professeur, je crois. Quelque chose dans son ton docte… La description sommaire qu'elle donne d'elle-même, quand on consulte son profil d'internaute, nous apprend qu'elle joue du violoncelle, que son morceau favori est la *Sonate pour arpeggione* de Schubert. Vais-je répondre par l'affirmative à sa demande de rendez-vous ? Dans un café, dit-elle, pour confronter nos points de vue, discuter de vive voix, se voir... Elle eut cette remarque sur le fait que je connaissais son visage et pas elle. Alors que je l'interrompais pour dire que la photo datait un peu, elle eut l'aplomb de m'écrire d'un ton candide : « Mais j'ai 12 ans ! »

Je suis resté silencieux, sans doute assez longtemps pour qu'elle prenne peur de m'avoir effrayé. Je vois alors apparaître à l'écran : « Je plaisante, bien sûr. »

Je suis soulagé et troublé. Cette conversation virtuelle supposée anodine et technique révèle soudain une charge émotionnelle que je n'arrive pas à interpréter, ne sachant nullement à quel phénomène l'attribuer. Je me demande quelle curiosité la pousse à vouloir me rencontrer. Aurais-je imprudemment laissé deviner mon identité ? J'ai bien dû dire que je connaissais le piano, j'ai évoqué des leçons, mes clavecins, que sais-je encore... mais de là à imaginer que... Et puis, ai-je vraiment le temps de me laisser distraire par ces peccadilles, à cinq jours d'un concert important dont j'ai un peu bâclé la préparation, absorbé que j'étais par l'exécution d'une grand-mère qui a nécessité beaucoup d'ingéniosité ? Non, je ne vais pas me disperser aujourd'hui. Que dit la musique ? Ma sonate intérieure me joue un air qui fleure le mystère. Peut-être quelque chose se prépare-t-il derrière cette discussion de comptoir sur la Toile.

Dimanche dernier j'ai égorgé une mamie qui n'avait l'air de rien, avec son petit cabas et ses poireaux, mais devait avoir une sacrée oreille, pour m'avoir percé à jour dans le deuxième *Nocturne* de Chopin, trois fois de suite. Comme quoi tout le monde joue à être ordinaire... C'est fatiguant d'être exceptionnel vingt-quatre heures sur vingt-quatre ! En ce qui me concerne, entre les concerts, avec la concentration exceptionnelle qu'ils requièrent, et les meurtres, d'une fréquence moyenne d'un tous les deux mois et demi, les soirées où je suis malgré tout en représentation parmi mes *amis*, les interviews que je donne à la presse ici ou là, les enregistrements, etc., il me reste très peu de temps pour être Monsieur Tout le Monde. Alors j'en profite.

Nous sommes le jeudi 5 octobre. Le programme de la journée est simple : travailler les *Études* de Chopin, y préparer les trois ou quatre erreurs de réserve, que j'introduirai dans le concert. La disposition de la salle, mardi prochain, devrait me permettre d'opérer une sélection fructueuse. Mes filets sont vides... C'est un état dans lequel je n'aime pas rester trop longtemps. Je me sens comme nu, impuissant, incertain du futur. Je sais que tout ira mieux quand j'aurai un nom sur la liste. Alors, je pourrai faire mûrir, attendre le bon moment, en prenant mon temps.

Je suis ainsi fait. Dans ma toute-puissance, je suis aussi fragile qu'un enfant, et les années de succès criminels et musicaux n'y changent rien. Le meilleur pianiste du monde un jour, je peux être au bord de la dépression le lendemain, si un grain de sable s'est glissé dans les rouages précis et délicats du processus. Il suffit d'un rien, une adresse introuvable, une difficulté d'identification, une incertitude trop forte, un éclairage déficient... pour que je me retrouve démuni... avec au-dessus de ma tête une épée de Damoclès : perdre le feu sacré, me trouver en manque d'inspiration, sentir jour après jour mon jeu se dégrader, ne plus réussir à travailler, voir revenir mes défauts des pires années, perdre le sommeil, entendre ma sonate s'étioler, s'affaiblir, et me laisser entraîner sans retour possible vers le désespoir, l'oubli, la mort.

Ce jeudi, je décide donc de laisser tomber *Cristina* pour quelques jours, et me mets au travail comme un forcené. J'ai une leçon dans l'après-midi, un élève qui prépare son prix, très jeune, et que Georges m'a conseillé de prendre. Ma sévérité extrême fait plutôt fuir les élèves potentiellement intéressés par mon enseignement, mais il s'en trouve quelques-uns, inconscients, jeunes ou exceptionnellement doués, qui courent le risque. Je les préviens : pas de cadeaux, pas de répit pour eux. Le petit Martin aura son prix, il est meilleur que moi à son âge, mais il souffre d'une anorexie qui à mon avis le rendra inapte à faire carrière. Je le lui ai dit cet après-midi, pour le mettre face à ses responsabilités avant de l'écouter me jouer sa partition. Il ne manque ni de courage, ni de doigté. Dans la salle de répétition, il martèle le Yamaha tandis que, tournant en rond sur l'estrade, analysant le flux ininterrompu de notes, j'ai de violents soupirs, des gestes saccadés qui ont l'air de l'inquiéter un peu. Je suis à moitié avec lui, à moitié dans ma sonate, à moitié dans mon prochain concert, à moitié en ligne avec *Cristina*... quelle démultiplication magistrale ! Mais le temps a passé, la leçon touche à sa fin et je laisse partir Martin sans lui jeter un regard, sans lui avoir dit trois mots intelligibles. Qu'importe, il a l'air satisfait. De ne s'être pas fait massacrer, de la façon dont il a joué, de sa fierté d'être ici...

Quand la porte claque, je m'installe sur la chaise à harpe du jardin tropical et laisse glisser mes doigts sur les cordes en fermant les yeux. Maman m'apparaît dans un halo de lumière, me souriant au milieu des plantes.

Chapitre 10
Arthur

Tante Sophie est venue dîner à la maison hier soir. J'avais invité Alexandre à coucher et on a joué aux agents secrets « doubles À » avant qu'il s'endorme. Quand il a commencé à ronfler je me suis levé tout doucement et je suis allé me cacher derrière la porte du salon, assis sur la moquette trop douce, avec mon petit lecteur de cassettes rouge que m'a offert mon parrain. Je fais souvent ça, quand je veux savoir ce qui se passe. Après j'enregistre, et je réécoute tout seul dans mon lit, pour comprendre. Personne ne m'entend aller et venir, je suis silencieux comme un chat.

Je les ai écoutées toutes les deux. J'ai appuyé sur le bouton de l'appareil, pour pouvoir faire croire à Alexandre le lendemain que pendant qu'il dormait, j'avais surpris deux agentes secrètes sur le balcon, qui préparaient une chose terrible. Il ne pourra pas dire que je mens. Malheureusement elles papotaient en se racontant leur semaine. Les histoires du lycée pour Maman, de courses et de coiffeur pour Sophie, qui a aussi dit comment s'était passée la première leçon de piano de Martin avec le type super connu, j'ai oublié son nom. Maman a dit :

— Ah c'est drôle, justement je vais le voir en concert mardi prochain, j'ai eu deux places par mon groupe de musique de chambre, et je me disais que j'emmènerais Martin. Un beau programme, tu lui diras que c'est du Chopin, les *Études*. Ça lui ferait plaisir, tu crois ?

Sophie a répondu que malheureusement, Martin n'était pas libre ce soir-là, ils avaient invité des amis à dîner qui venaient accompagnés de leur fils violoniste, un de ses copains. Maman a dit que tant pis, ça serait mon premier concert. Après elles ont continué à discuter, un peu plus doucement, je crois que Sophie parlait de Jérôme son mari qui travaille beaucoup dans son magasin de clous, et puis Maman a commencé à raconter qu'elle s'amusait bien en classe parce qu'elle essayait des nouveaux trucs avec ses élèves. Je ne comprends pas trop ce qu'elle voulait dire, mais elle rigolait en racontant les exposés qu'elle donnait aux élèves en éducation chimique ou civique je ne sais plus tellement. Maman, elle est professeur d'histoire, de géographie et d'éducation chimique dans un lycée à Neuilly. Neuilly c'est la ville où le président de la République était le maire, avant d'être le président. Alors pour les exposés ou les dossiers à préparer, c'était par exemple (je recopie ce que j'ai entendu sur la cassette parce que je ne comprends pas tout) : *L'hyper médiatisation de la présidence de la République est-elle un danger pour la démocratie ?* Ou encore : *Faites une enquête sur les logements sociaux dans votre ville. Expliquez pourquoi la loi française n'y est pas appliquée dans ce domaine.*

Maman et Sophie riaient beaucoup. J'adore le rire de Maman. Il me rend heureux de l'intérieur, comme si mon cœur lui aussi se mettait à sourire. Après, Maman a expliqué à sa sœur ce qu'elle faisait le soir en discutant sur ces forums de gens qui aiment la musique. Elle a parlé d'un drôle de type avec qui elle discute quelquefois, qui a l'air sympa et original, qu'elle va peut-être rencontrer. Sophie lui a dit de faire attention quand même :

— On ne sait pas qui on rencontre sur Internet...

Et Maman a dit qu'elle était une grande fille et puis je suis parti me coucher très vite parce qu'elle a dit qu'elle allait préparer une tisane et je ne voulais surtout pas qu'elle me voie !

Ça va être chouette, ça, d'aller au concert avec Maman ! Moi je joue de la flûte mais ce n'est pas grave, je veux bien aller écouter. Le problème c'est que ce matin, en allant petit-déjeuner, j'ai parlé du piano et elle a compris que j'avais entendu leur conversation d'hier soir. Oh là là, je me suis fait gronder !

— Arthur, je ne suis pas contente du tout !

J'ai essayé de ne pas pleurer, parce que Alexandre était encore là. Mais je n'ai pas réussi.

Chapitre 11
Laszlo

Mardi 9 octobre, je m'éveille vers 7 heures, les narines émoustillées par l'odeur de café qui s'échappe par l'interstice de la porte, me lève dans l'obscurité absolue de ma chambre pour aller ouvrir à tâtons les rideaux doublés, la fenêtre puis les volets d'aluminium. Je laisse l'air frais du dehors chasser l'atmosphère renfermée de la pièce, et garde les yeux fermés assez longtemps pour m'habituer à la lumière. Je suis le fumet qui m'entraîne vers la cuisine, où la cafetière électrique programmée pour 6 h 55 a bien fonctionné, et déguste une tasse en laissant progressivement mes autres sens s'éveiller. Je répète silencieusement Chopin, que je dois jouer le soir même. Les *Études* s'enchaînent tandis que le liquide chaud coule le long de ma gorge.

Un quart d'heure plus tard, habillé, je prends la direction du bois de Boulogne pour un peu d'exercice matinal. Quarante-cinq minutes de course à pied, pour m'aérer les méninges, faire transpirer mon corps et me préparer à la performance du soir. Je cours autour du grand lac, fais un tour à travers les arbres, en dehors des sentiers ; les marcheurs pressés, cadres joggers, enseignants cyclistes, côtoient ce qui reste du monde de la nuit, travelos fatigués aux paupières alourdies par le sommeil, êtres asexués aux cheveux courts, femmes vieillies aux visages si marqués qu'on ne saurait croire qu'elles trouvent encore des clients. Ce matin, la lumière a gardé une couleur d'été, un jaune doré qui éveille un à un les sens de la forêt qu'a dû être autrefois ce bois civilisé, et ses occupants naturels ont, pour quelques heures, la priorité sur les hommes et leur commerce. Je croise un lapin au cul blanc qui fuit devant moi, un couple de pigeons qui se prendraient presque pour des palombes, un écureuil affairé, quelques corbeaux gras et antipathiques. Les rayons me chauffent la peau, déjà rougie par l'effort, et je jouis du spectacle de la nature. Avec le temps, j'ai pris goût aux balades campagnardes, et dans ma propriété proche des falaises d'Étretat, achetée il y a quelques années, je sillonne avec plaisir les sentiers pédestres, en bord de mer ou ailleurs, plongé dans des rêveries solitaires.

Pour l'heure, dans la chaleur montante, je me sens étrangement bien : ce concert sera une réussite, c'est un registre qui plaît et que je vais jouer de façon surprenante. Je lis déjà les critiques dithyrambiques qu'il me vaudra. Cela fait longtemps que je n'ai plus d'ennemi affiché parmi ces vautours de la musique, ces ratés qui, faute d'agir, se perdent en commentaires et règlent des comptes. Il s'en est bien trouvé certains qui, dans les premières années de l'ère Dumas, ont protesté pour la forme, ont dit que mon jeu était facile et populaire, mais il est presque impossible à un critique d'aller contre le public. On le paie pour souffler dans le sens du vent. Cela dit, je suis quand même prudent avec eux, certains figurent dans mon carnet d'adresses, et j'ai toujours exclu cette profession de la liste de mes victimes potentielles. Plus d'une fois, l'un ou l'une d'entre eux eût pu remplir les conditions, et il me semble que j'aurais pris un malin plaisir à l'exécuter. Mais il me fut toujours possible, sans trahir mes principes, d'éviter ce risque et de trouver d'autres expédients.

Je rentre à la maison en marchant, me change, et me rends boulevard Haussmann pour mon rendez-vous hebdomadaire chez Georges. Je le trouve en pleine activité – il n'est pourtant que neuf heures et quart – pris entre la promotion de ma tournée aux États-Unis, un clarinettiste bulgare qu'il vient de découvrir, un contrôleur fiscal qui l'attend dans la pièce à côté.

— Laszlo, comment vas-tu ?
— Bien, Georges, très bien même !
— Quand je pense que tu viens toujours me voir, le mardi, alors qu'avec ta notoriété, maintenant, c'est moi qui devrais me déplacer ! Lorsque je raconte ça à Paolo ou Nadine, ils tombent par terre. Eux, ils sont obligés de faire des ronds de flans pour leurs petites stars. Et je ne te raconte même pas comment ça se passe en variété. Tu es resté simple !
— Ça me fait plaisir, Georges. Tu sais, ce soir...
— Oui ?
— Chopin, je pense... ça va être incroyable. J'ai trouvé quelque chose de nouveau...
— C'est bien ! Tu as confiance en toi, tu vas bien jouer. Il y aura du beau monde. Le Premier

ministre et sa femme. Sixième rang. Ah tiens, voici la liste que Brigitte a préparée... Il y a pas mal de trous, comme d'habitude...

— Ça ira... Ça me rassure, je sais que c'est un peu ridicule.

— Comme fantaisie de star, j'ai déjà vu pire !

— Ah bon ?

— Oui, par exemple, ce violoniste qui ne voulait pas commencer à jouer tant qu'il n'avait pas fait trois fois pipi, pour être sûr de ne pas être gêné, ou ce pianiste israélien qui avait demandé au directeur d'une grande salle à Chicago de refuser les spectateurs arabes... On lui avait dit non, bien sûr, et à la fin du concert, il avait quitté la scène en courant au moment où une jeune femme au teint basané s'approchait de lui pour lui offrir un bouquet. Ou encore ce chanteur russe qui ne donnait de la voix qu'en présence d'une femme nue, qu'on cachait dans les coulisses par bienséance, mais qu'il pouvait toujours apercevoir. Alors toi, avec ta liste des spectateurs qui ont réservé et cette histoire de places attribuées... c'est d'un banal... pas même de quoi intéresser les journalistes !

— Nous autres, musiciens, nous n'intéressons pas tellement la presse, de toute façon.

— Je te trouve très *people*, au contraire !

— C'est parce que je suis différent.

— C'est bien, reste-le surtout !

Georges m'offre un *ristretto*, puis vaque à ses occupations. Il y a une salle insonorisée et un piano d'études à l'étage, j'y passe une demi-heure avant de partir.

Je rejoins la rue du Faubourg-Poissonnière. Dans la rue, j'ai l'impression que les gens me sourient, que certains me reconnaissent, je me sens inhabituellement léger.

La visite chez tante Marthe est une pièce de théâtre sans cesse renouvelée, et faut-il que je l'aime pour supporter la comédie que nous nous jouons chaque semaine.

Butor et Brutus, les deux adorables canidés qu'elle abrite, m'ont à nouveau fait la fête, l'un me saute dessus, pattes en avant sur la poitrine, tandis que l'autre aboie sans cesse. Tante Marthe me crie de rentrer.

— Bonjour Marthe, quand donc te résigneras-tu à faire piquer ces deux chiens ! Tu n'as pas entendu parler de ce couple de vieillards qu'on a retrouvés à moitié dévorés parce que toutou avait faim pendant leur sieste ?

— Laszlo, tu es un horrible garnement ; ils sont si mignons... D'ailleurs ils t'adorent, tu sais !

— Ils m'adorent tellement que je risque de me faire mordre les mains chaque mardi en les empêchant de m'égorger.

— Pas du tout, ils ne feraient pas de mal à une mouche !

— Mon assureur m'a expressément spécifié que les morsures d'animaux domestiques ne donneraient lieu à aucune indemnité.

— Laszlo...

— Je plaisante, Marthe. Comment vas-tu ?

— Je vieillis.

— Moi aussi je vieillis...

— Mais moi, c'est vrai, et c'est plus grave. Je n'arrive plus à jouer comme avant, je me dégrade mois après mois. Parle-moi plutôt de toi.

— Je joue ce soir les *Études* de Chopin. Grande salle, public impressionnant. Tout va bien, je n'ai même pas le trac. Tu sais qu'il y a toujours une place pour toi, tu n'as qu'un coup de fil à passer...

— Tu sais bien que je ne me déplace plus, Laszlo, mais je t'entends quand même à la radio ou à la télévision quelquefois. Viens, tu as un peu de temps aujourd'hui ?

— Une heure.

— Je te prépare un thé. Accompagne-moi, je voudrais te jouer quelque chose, et puis ça me ferait plaisir que tu me joues une ou deux *Études*.

Nous nous installons, elle au clavier, moi sur le petit canapé. La pièce a le charme désuet des intérieurs bourgeois du début du XXe siècle. Tableaux de famille, chaises Louis XVI héritées, tapis sur parquet de Hongrie, cheminée surplombée d'un miroir, petites boîtes chinées déposées çà et là sur des meubles délicats aux multiples rayonnages. Elle n'a pas changé depuis l'époque où enfant, puis jeune homme, je la fréquentais pour mes leçons. Il y règne une odeur de poussière et de travail, un grand piano à queue siège dans un coin, recouvert de monceaux de partitions mal rangées, et d'un vase aux reflets violets contenant un bouquet de pivoines.

Je n'ai jamais besoin de me forcer pour écouter jouer Marthe, je suis un admirateur inconditionnel. Ce mardi, elle a préparé deux pièces de Mendelssohn, les délicates *Romances sans paroles*, dans l'interprétation sensible qui est sa marque de fabrique.

À mon tour, comme un candidat aux concours, je me lève pour jouer une partie du programme de la soirée. J'interprète *Le Torrent*, puis *Tristesse*, et enfin *La chromatique*, œuvre dans laquelle j'ai prévu d'introduire le soir même une erreur. Vélocité, mélancolie, virtuosité... trois œuvres si connues que j'ai pourtant revisitées, inspiré par la certitude absolue de découvrir ce soir-là une victime, et porté par un élan nouveau, par la troublante impression d'être à l'aube de nouvelles découvertes.

— C'est très bien, Laszlo, c'est différent, c'est osé, c'est, comment dire, inspiré. Il n'y a pas beaucoup de possibilités de se dépasser sur des œuvres comme celles-là, mais tu es parvenu à me surprendre.

— Merci, Marthe, tes jugements valent plus pour moi qu'une critique dans le *New York Times*. J'ai essayé de...

— ... de te détacher de tes habitudes, de tes pulsions naturelles, de tes... imitations inconscientes, cette synthèse que tu as si bien réussie... tu vois ce que je veux dire ?

— Oui, tout à fait, notamment ma façon de t'imiter...

— Je ne voulais pas te vexer !

— Tu ne me vexes pas, tu as raison, et je m'en détache justement. Pour le bien ou pour le mal.

— Pour le mieux, je crois, si tu accomplis la transformation jusqu'à son terme. Ne reste pas entre les deux, cela te désarçonnerait. Sois indifférent aux réactions de ton public. N'écoute que ta voix intérieure, ne fais plus partager que ta propre image musicale, tu atteins l'âge de la maturité.

Je sortis à l'heure du déjeuner, mangeai un sandwich, avant de rejoindre mon cours qui passa en un éclair, puis rentrai à la maison dormir un peu. Je répétai une fois les pièces les plus difficiles du concert, mais dans une disposition un peu particulière, que j'avais mise au point au fil des ans après de multiples variantes et essais : nu, je m'asseyais sur le siège de mon Steinway, et jouais, démultiplié par les trois immenses miroirs qui bordent l'estrade sur laquelle il trône. Je jouais lentement, sans passion, sans nuances, avec calme, comme pour faire pénétrer les notes une dernière fois au travers de mes doigts.

J'avais autrefois tenté les répétitions intégrales durant les heures précédant les représentations, pour m'apercevoir qu'elles m'épuisaient. J'avais essayé de ne pas toucher mon instrument pendant vingt-quatre heures avant le concert, mais là aussi, le résultat médiocre m'avait fait renoncer. La nudité et la lenteur étaient un luxe métaphysique que ma solitude absolue au cœur de la grande maison rendait possible sans trop d'embarras.

À 7 heures, on sonna. Georges avait envoyé, cette fois, une voiture qui m'emmena. Après les civilités d'usage avec le directeur, visiblement enchanté que j'aie fait honneur à sa salle au détriment des halls plus célèbres de la capitale, j'allai me recueillir dans la loge, puis faire quelques pas sur la scène et feuilleter une dernière fois mes partitions. Je n'avais rien mangé, j'étais serein et le trac fit son apparition plus tard que d'habitude.

Georges avait manœuvré pour me faire jouer ici, pour des raisons probablement inavouables, mais auxquelles j'avais d'autant plus facilement adhéré que je connaissais l'endroit et sa disposition donnant à l'artiste une visibilité parfaite sur les quatre cinquièmes situés à droite des trois premiers rangs, même dans l'obscurité du spectacle. Un agencement idéal pour opérer la sélection d'une victime...

Quand je montai sur scène, l'ambiance était électrique. L'excitation du public, attisée par la présence de quelques célébrités, était de bon augure. Salué par les applaudissements d'usage, je m'inclinai, puis après avoir ajusté ma position, commençai à jouer.

Chapitre 12
Arthur

En sortant de l'école, aujourd'hui, Maman m'a donné mon goûter et on est rentrés à la maison. Comme on va au concert ce soir, elle était contente mais elle m'a quand même dit de prendre un bain, de travailler mon instrument, d'apprendre ma leçon de grammaire, et de me faire beau. J'ai fait tout ça et j'ai même trouvé le temps d'aller jouer à mes *Playmobil*, et de lire un peu *Harry Potter 4* que j'ai déjà fini mais je veux bien m'en souvenir avant de lire le 5, après mon anniversaire en janvier. Après on a dîné, et on est partis en métro, Maman sentait bon et avait mis une robe verte.

La salle était très belle, avec des décorations rouge et or un peu partout. Il y avait beaucoup de gens. On nous a installés au dernier rang, je ne voyais absolument rien parce que devant nous il y avait trois types grands et gros qui cachaient la vue. Maman a essayé de me faire un coussin avec nos manteaux, mais c'était toujours trop bas. On a attendu en lisant le petit livret sur Laszlo Dumas, le pianiste qui devait jouer ce soir. Il y avait son histoire, ses disques, ses concerts, et des photos.

— Tu te rends compte, Arthur, c'est lui le professeur de Martin maintenant ! Il est très connu, et il a commencé au même conservatoire que lui, il a eu le même prix, le premier prix.

— Ça veut dire que Martin aussi il va devenir un pianiste célèbre ? Moi je crois qu'il a plutôt envie de devenir pilote de chasse ou mathématichien.

— Mathématicien, Arthur ! Pas chien !

— Je chais, Maman, je fais exprès.

Une dame est passée près de nos chaises et m'a regardé. Elle est partie, puis revenue au bout de cinq minutes en souriant.

— Madame, il y a deux places libres au premier rang. Le concert va commencer et on ne laissera plus rentrer personne jusqu'à l'entracte. Si vous voulez, pour le petit...

— Merci c'est très gentil. On va y aller, bien sûr. Tu viens, Arthur, prends ton manteau.

C'était génial, on s'est retrouvés au premier rang, le nez sur la scène, à quelques mètres seulement du piano. Tout le monde nous regardait parce que je bougeais pas mal, mais à ce moment le pianiste est entré, les lumières se sont éteintes doucement et on a applaudi. Les gens avaient l'air contents, il y en avait beaucoup qui se retournaient pour regarder derrière nous, et Maman m'a dit que le Premier ministre était dans la salle, mais qu'on n'était pas venus pour le voir, mais pour écouter Laszlo Dumas.

Alors il s'est mis à jouer, et tout le monde s'est arrêté de chuchoter, de parler, de remuer, et même de penser. Comme si un sorcier avait paralysé toute la salle sauf lui. Il jouait des morceaux rapides, lents, gais ou tristes, et c'était comme s'il racontait une histoire. Les gens étaient immobiles, sans applaudir entre les morceaux, sauf moi la première fois, mais après j'ai regardé ce que faisaient les autres, pour ne pas me ridiculiser. De temps en temps, Maman se penchait vers moi pour me dire d'arrêter de bouger. Au bout d'un moment il y a eu comme un tonnerre derrière moi, je me suis retourné et c'étaient les gens qui applaudissaient très fort. Je me suis levé et j'ai aussi applaudi. Puis on s'est rassis, et il a recommencé à jouer. Je le fixais, pour essayer de voir ce qu'il pensait ; il était tout près de nous, et regardait soit devant lui, en roulant les épaules, soit ses doigts quand ça partait très vite, soit vers nous, comme s'il voulait reconnaître un ami. À un moment j'ai eu l'impression qu'il me regardait, mais tout le monde doit penser ça. C'était juste quand Maman me racontait dans l'oreille une petite histoire sur le morceau qu'il jouait, comme quoi un chanteur connu en avait fait une chanson. On a encore applaudi, et puis c'était l'entracte, ça veut dire qu'on pouvait aller manger une glace. La dame est revenue avec deux vieux.

— Je m'excuse, ces messieurs avaient réservé et sont arrivés après le début de la représentation. Je vais devoir vous demander de retourner à vos places...

— Mais bien sûr, merci encore, nous en avons bien profité.

Nous sommes allés poser nos manteaux au fond, puis Maman a tenu sa promesse pour la glace au chocolat et nous sommes retournés voir la fin du concert. Je m'endormais un peu, je ne voyais plus vraiment le pianiste, mais j'entendais sa musique, derrière la forêt de têtes qui me barrait la vue. Je crois que j'aime bien Chopin, et Maman aussi apparemment. Il faudra que je demande à mon professeur de flûte si ce compositeur a écrit des morceaux que je peux jouer.

Chapitre 13
Laszlo

Je suis rentré un peu tard chez moi.

Comment décrire ce concert ? Je m'approche si sûrement de l'apogée de ma carrière qu'il faut que je me méfie de ne pas dépasser ce point sans m'en apercevoir. Sur un programme rarement donné et très technique, je m'en suis magistralement sorti. Le public était visiblement ému aux larmes, j'ai pu m'en apercevoir à plusieurs reprises. Poignée de main du Premier ministre et de son épouse, du directeur de la musique, félicitations, photos, journalistes, bouquets, et surtout... un postulant à l'emploi de victime, ou plutôt : une postulante.

J'étais dans l'*Étude* opus 10 numéro 2, la fameuse *Chromatique* ; à la mesure prévue pour l'erreur, je fixai les premiers rangs et la vis distinctement sourire et se pencher vers ses voisins dans les secondes qui suivirent l'instant de la fausse note. Elle était belle, avec l'air un brin rebelle et bravache, des cheveux blonds dégoulinant sur ses épaules recouvertes d'une robe de soirée verte, assise à côté d'un petit garçon qui lui ressemblait et d'une vieille dame à moitié endormie. Plus tard, quand je jouai la fameuse numéro 3, popularisée par la chanson de Gainsbourg *Lemon Incest*, elle recommença à bavarder, comme avec un geste d'énervement, la main sur le côté de la tête, lors d'un passage délicat où l'altération introduite à la main gauche sur des notes graves était particulièrement difficile à déceler.

Cela me suffisait, j'en savais assez. Fin de partie pour elle, qui en savait désormais trop sur moi. Quelle insolence, quelle désinvolture dans sa façon de signifier son agacement, rendant presque publiques mes erreurs ! Ses voisins proches avaient vraisemblablement remarqué ses moqueries, et peut-être se posaient-ils eux aussi des questions... Devais-je tuer toute la rangée ?

Je regarde rarement mon public, à part dans l'exécution des erreurs programmées. Je suis trop pris par la musique, trop tendu dans cette épreuve véritablement physique qu'est un concert. Mais ce soir, je n'ai pu m'empêcher de jeter des coups d'œil du côté du Premier ministre pour vérifier si par hasard, lui aussi, avait l'oreille trop musicale... Qu'aurais-je fait alors ? Je ne puis me renier, il aurait bien fallu... Heureusement, c'est sans doute un parfait ignorant en la matière, et par ailleurs il était placé un peu trop loin pour que je puisse avec certitude interpréter ses éventuels froncements de sourcils.

La jeune femme et son enfant ont disparu à l'entracte, remplacés par d'autres spectateurs. J'ai eu beau les chercher du regard, ils sont sans doute partis au milieu du spectacle... L'enfant avait sommeil, ou... la mère ne supportait plus mon jeu. Quoi qu'il en soit, cela ne va pas faciliter l'identification. Je me suis aperçu à la lecture du document de Brigitte que les deux places en question avaient été réservées au nom de *Bigart*, il va falloir que j'enquête mais c'est un peu maigre...

En attendant, j'ai reçu un message de cette *Cristina*, qui souhaite qu'on se rencontre. Pourquoi pas ? Essayer le jeu de l'amour et du hasard... Jouer, tuer, c'est mon ordinaire, c'est mon pain quotidien. Nul n'a rien à m'apprendre en ce domaine. Si j'en crois mes brèves expériences passées, je ne suis pas certain d'être apte à aimer. Alors pourquoi la rencontrer ? Pourquoi accepter ? Qu'a-t-elle éveillé en moi ? Je ne connais même pas son visage...

Après tout, je ne risque rien à essayer. Un détour par la cuisine pour me servir un verre de chablis, vieille habitude de célibataire que je perpétue après chaque concert, et je rejoins l'ordinateur qui se trouve sur le bureau chinois aux tiroirs rouges, j'ouvre ma messagerie, relis le mail de *Cristina*, sirote mon vin en me penchant en arrière, puis me décidant :

De : jolan@wanadoo.fr
À : cristina@gmail.com
Objet : Se rencontrer ?
Chère Cristina,
Merci de ton message de cet après-midi, je suis désolé de ne pas t'avoir contactée la semaine dernière, mais mon travail m'a beaucoup occupé ces derniers jours et je ne me suis même pas connecté une fois au forum.
Comme toi, j'apprécie beaucoup nos conversations de ces derniers mois, et vu que nous habitons la même ville, pourquoi ne pas nous rencontrer... Ne t'étonne pas de ressentir une légère

gêne dans ma prose, il est vrai que j'hésite toujours à transformer en contacts de chair et d'os ces liens virtuels qu'il nous arrive de tisser avec des inconnus sur la Toile, parce que j'ai déjà été déçu par le manque d'intérêt profond que revêt d'ordinaire ce type de rencontre. Quoi ! Parce qu'un individu, projetant par passion, calcul ou intérêt, une partie de lui-même sur la Toile, a l'heur d'y trouver une image semblable, le voilà qui s'émoustille d'avoir trouvé l'âme sœur ! Je me suis aperçu que bien souvent, les personnes que j'acceptais de rencontrer avaient déjà montré le meilleur d'eux-mêmes, le reste étant hideux ou insignifiant. Peut-être pensaient-ils la même chose de moi, mais une fois le charme rompu, la gêne qui subsistait était si tangible que toute relation devenait impossible. Voilà, ma chère Cristina, les raisons de mon hésitation initiale.

Sache aussi que c'est bien la certitude qu'entre nous, les choses pourraient être différentes, qui m'a convaincu de répondre OUI à ta demande.

Je te propose un déjeuner à La Coupole, boulevard du Montparnasse, samedi prochain.

Amitiés musicales.

Jolan

P.-S. : Est-il possible qu'à la révélation de nos véritables identités, la surprise soit de taille ? Es-tu une actrice connue en quête de quelque perversité ? Suis-je un octogénaire crapuleux pratiquant la traite des blanches ?

Après avoir cliqué sur *Envoyer*, je me suis levé. Comme tous les soirs, j'ai fermé les volets et les rideaux hermétiques, je suis allé préparer le café du lendemain, brancher la minuterie, puis, seul dans mon grand lit, dans l'obscurité absolue, j'ai pensé à l'avenir. Un concert réussi, une victime choisie, le succès, l'argent, une rencontre, peut-être l'amour. Que pouvais-je souhaiter de plus ? Tout cela pouvait-il continuer avec la même insolente réussite ? Allongé sans couverture, les yeux grands ouverts, j'ai laissé monter en moi la sonate, ma petite musique intérieure, qui se réveillait petit à petit pour m'accompagner durant la nuit. Ses notes piquées et rapides se détachaient avec une facilité déconcertante, m'entraînant dans un rêve au parcours incertain.

Développement

Un étrange amour

Chapitre 14

Lorraine

Le samedi 13 octobre, après avoir accompagné Arthur à l'école, je passe chez ma sœur qui habite le même quartier. Sophie m'ouvre en robe de chambre.

— Salut, tu m'offres un café ?
— Bien sûr, entre. On est en train de petit-déjeuner avec Martin.
— Je m'incruste... J'ai un rendez-vous de coiffeur à 9 heures, donc j'ai un quart d'heure chrono.
— Un rendez-vous de coiffeur... Eh bien, je suppose que je sais pourquoi tu m'as demandé de m'occuper d'Arthur. Il y a du nouveau ?
— Nous nous rencontrons à midi. À *La Coupole*...
— Rien que ça ! Elle jeta un regard oblique à son fils silencieusement penché sur un bol de céréales. Alors, ce concert ?

L'adolescent relève les yeux.

— C'est gentil de m'avoir invité, Lorraine, j'aurais adoré le voir jouer en vrai. Tu sais pendant les cours c'est surtout moi qui suis au clavier. Il est glacial, mais je crois qu'il ne me déteste pas trop.

— Il était merveilleux, Martin, j'aurais voulu que tu sois là. En plus on a eu de la chance, Arthur et moi, on nous a placés au premier rang avant l'entracte. Dans cette salle… c'était un vrai bonheur. C'est un pur virtuose.
— Qu'a-t-il joué ?
— Les *Études* de Chopin. Un registre pas très habituel pour un concert, mais là, rien d'autre, et pourtant je te promets, il y avait une tension dans la salle. Il nous menait du bout des doigts… J'ai adoré, vraiment.
— Tiens, Lorraine, ton café. Je te fais un toast au miel ?
— Plutôt la confiture de Papa, s'il te plaît ! Et en plus, il y avait du beau monde, le Premier ministre et Madame…
— Eh bien… Il est encore jeune, non ?
— Qui, le Premier ministre ?
— Non, Laszlo Dumas.
— Il doit avoir autour de trente-cinq ans. Martin ?
Il acquiesça en silence, toujours immobile au-dessus de son bol.
— Le bel âge, murmura Sophie. Tu manges, mon grand.
— Maman !
— Ah çà, je ne peux jamais lui parler de nourriture sans qu'il monte sur ses grands chevaux. Dis-lui, toi, Lorraine, qu'il pourrait manger un peu plus…
— Oui, je sais, je suis *tout maigre*…
— Bon, merci pour le petit déjeuner, je me sauve ! À cet après-midi, Sophie.
— Attends, je te raccompagne. Tu as dit à Arthur où tu allais, que je ne gaffe pas ?

— Mais il n'y a pas de gaffe à commettre, chère sœur. Je vais rencontrer un ami que je n'ai jamais vu et qui aime bien la musique, comme moi. C'est tout...
— Pour le moment... Fais attention à toi.
— À tout à l'heure !

C'est étrange comme nous sommes restées proches, Sophie et moi. Elle a quatre ans de plus que moi, et depuis que nous sommes enfants, nous nous entendons comme larrons en foire, sœurs de lait, sœurs de bêtises, sœurs pour rire ou pour pleurer, confidentes... Nous avons construit durant notre enfance une relation forte qui a su résister au temps, à l'adolescence, aux petites jalousies, à la vie qui nous a souvent séparées. J'ai beaucoup de chance de l'avoir. Depuis que Jérémie est parti, combien de fois m'a-t-elle aidée à tenir le coup, à espérer, puis à cesser de le faire, à garder bonne figure devant mon petit Arthur, abandonné à cinq ans par un père ingrat, obsessionnel, maniaco-dépressif, infidèle, vénal, et que j'ai pourtant aimé à la folie. C'est grâce à elle que j'ai remonté la pente, que j'ai recommencé à sortir, à me faire de nouveaux amis, un groupe de musique de chambre, une équipe de course d'orientation, une chorale... Je n'en pouvais plus de voir dans les regards de tous ceux qui nous avaient connus à deux cette pitié silencieuse qui n'osait pas s'exprimer, cet air surpris, à chaque fois, que l'autre ne soit pas là. J'ai eu besoin de renaître à moi-même, un beau matin, de repartir dans une nouvelle vie. Arthur et Sophie ont été mes deux béquilles de convalescente, précieuses, nécessaires, uniques.

J'entre chez le coiffeur, la tête haute, les cheveux en arrière, jette un regard glamour autour de moi, et prends place, m'apprêtant à feuilleter d'un air détaché les magazines où s'étalent en général des mannequins hallucinants, à la peau de satin, au teint de rose, à la chevelure éclatante.

— Que vous fait-on aujourd'hui ?

Elle en a de bonnes ! Que me fait-on aujourd'hui ? Mais on me fait belle, ma grande, la plus belle, la plus séduisante, comme celle-là, dans le journal, pareil. Époustouflante ! Je souris en pensant à la chanson de Lynda Lemay.

— Belle... finis-je par répondre, à court de mots.

— Alors, laissez-moi faire. J'ai l'habitude des belles du samedi soir, je suis connue pour ça dans le quartier !

À la voir on ne dirait pas, mais comme je suis déjà passée entre ses mains dans des circonstances moins éminentes, et que le résultat m'avait plutôt satisfaite, je souris.

— Moi, c'est pour midi.

— Ah eh bien, tant mieux, ça tiendra, pas de souci !

Et me voilà partie pour une heure et demie de petits soins. Je ne déteste pas ça... Pendant qu'on me sert un thé à la menthe, dans ce décor de harem moderne qu'a voulu le décorateur du salon, je me prends à réfléchir, allongée sur mon siège en attendant la shampouineuse... Qu'est-ce qui m'a pris de provoquer ce rendez-vous avec un inconnu ? À part sa culture musicale hors du commun, je ne sais rien de lui... Si, son sens de l'humour, son esprit vif, il est sûrement jeune... pas plus que moi j'espère. Et s'il était trop vieux ?

Quatre-vingts ans, disait-il ? Ce... ce n'est pas vraisemblable. Mais qu'est-ce qui t'arrive, Lorraine ? Ma vieille, il faut se ressaisir, tu n'es pas le genre midinette sans cervelle qui court à son premier rendez-vous, n'essaie même pas de donner cette image, c'est peine perdue ! Oui mais... depuis combien de temps déjà est-ce que j'essaie sans trop le dire de rencontrer quelqu'un ? Tous ces sites à qui j'ai confié mon destin, et pour quels résultats ! Depuis un an, deux fois je suis allée au rendez-vous. La première fois ça s'est terminé par ma main sur sa figure au bout d'une demi-heure, quand j'ai senti la sienne sur mes fesses ; la seconde, j'ai tenu trois semaines, trois concerts de rap, deux films débiles, quarante litres de bière et trois mois pour soigner la foulure au pouce que je m'étais faite en allant pratiquer avec lui le week-end son sport favori, le lancer de poids. Une autre fois, c'est un gentil garçon, plus jeune que moi, avec qui je chantais dans la chorale de la rue Raynouard, qui avait tenté sa chance auprès de moi. C'était un beau ténébreux à la voix grave, le genre de type capable de prendre sa guitare et de chanter du Brassens toute la soirée, ou de lire du Baudelaire en buvant du vin à la lueur d'une bougie. Il voulait écrire un roman. Sa mère l'avait inscrit à cette chorale connue pour être un véritable marché des aspirants au mariage, malgré ses vingt-neuf ans. Il me plaisait bien, mais quand il apprit que j'avais un garçon de six ans d'un autre homme, il lui fallut un mois pour m'avouer qu'il n'était pas prêt à assumer ça. Son égérie ne pouvait être qu'une jeune fille pure, la virginité, passe encore, mais la maternité, c'était trop. D'ailleurs, ses parents n'auraient pas voulu en entendre parler. Une divorcée de trente-quatre ans, c'était trop demander pour leur petit chéri. Nous sommes restés deux mois ensemble, suffisamment pour que je retrouve confiance en moi, et redécouvre la femme que j'avais su être. Depuis, je me suis juré de toujours parler d'Arthur au premier rendez-vous.

La fille qui m'a lavé la tête sans que je m'en aperçoive m'appuie doucement sur l'épaule et me sourit.

— Vous vous endormez ? Une dure semaine ?
— Non, je suis très bien. On y va ?
— Catherine est toujours occupée par sa cliente africaine. Je vous propose un service manucure express en attendant, si vous voulez, fait-elle d'un air charmant.
— Va pour les ongles !

Et je m'assois pour m'abandonner à ce nouveau plaisir. Tandis que, princesse arabe, je me prélasse aux mains d'une douzaine de vierges qui me caressent, m'oignent d'huiles extraordinaires et me parfument, je me mets à songer à ce *Jolan*. C'est Arthur qui m'a révélé qui était le personnage.

— *Tu sais, Maman, c'est le fils de Thorgal !*
— *Thorgal... Thorgal...*
— *Mais si, la bande dessinée que je lis tout le temps à la bibliothèque ! Il tire très bien à l'arc et il a épousé une princesse Viking et comme enfants ils ont eu Jolan et Louve.*

Je crois que si cette rencontre me stimule tant, c'est que notre amitié est fortuite. Ce forum sur lequel nous échangeons, je le fréquente depuis des années, pour parler avec n'importe qui de musique, d'harmonie, de concerts, d'instruments, recommander des enregistrements… Rien à voir avec les jeux de rôles complexes auxquels se livrent les membres des sites de rencontres, qui ont la plupart du temps payé, comme je l'ai fait, pour pouvoir afficher leur photo et dialoguer dans le but avoué de trouver quelqu'un avec qui faire leur vie.

J'émerge. La manucure est terminée et on m'invite à rejoindre le coin de Catherine, une serviette sur les cheveux. Il va falloir lui faire la conversation, échapper à ma rêverie un moment. Je lui souris, elle est sympathique et de bonne volonté.

Quand je sors de ses mains, une heure plus tard, je suis presque contente du résultat, un coup d'œil au miroir et le regard croisé de quelques clientes me convainc que je ne suis pas trop mal. C'est presque sereine que je paie en sortant, lançant à la volée un au revoir seigneurial. Il ne me reste plus qu'à repasser à la maison pour le rafistolage final, crèmes, mascara, rouge à lèvres, parfum, jupe, foulard.

Quand je prends le métro en direction de Montparnasse, il est midi. Nous avons rendez-vous au quart. Mon retard sera réglementaire. Je profite du rythme tressautant de la rame pour fermer les yeux et me concentrer. Je ne veux pas rater la rencontre. Je l'ai provoquée, au risque de perdre le compagnon agréable qu'il fut ces derniers mois, mais mon intuition me pousse à aller plus loin avec lui. Je suis excitée comme une gamine. Je fredonne la chanson de Trenet.

« *Au Grand Café, vous êtes entré par hasard*
Tout ébloui par les lumières du boul'vard
Bien installé devant la grande table
Vous avez bu, quelle soif indomptable
De beaux visages fardés vous disaient bonsoir
Et la caissière se levait pour mieux vous voir
Vous étiez beau vous étiez bien coiffé
Vous avez fait beaucoup d'effet
Beaucoup d'effet au Grand Café. »

Midi vingt-cinq, me voilà boulevard du Montparnasse, arrivant à mon rythme devant *La Coupole*. Je n'y ai jamais dîné. Devant, il y a un grand type aux cheveux mi-longs, châtains, qui a l'air de faire les cent pas. Je le reconnais tout de suite. C'est Laszlo Dumas en personne, le concertiste de mardi dernier. Ravie, je m'apprête à l'aborder pour le féliciter, jetant tout de même un coup d'œil furtif à l'intérieur du restaurant où doit m'attendre *Jolan*.

Je m'approche de lui.

— Excusez-moi, monsieur Dumas ?

Je l'ai surpris, il se retourne, interloqué.

— Je vous ai vu au concert mardi dernier, les *Études* de Chopin. Vous étiez…

Un étrange sourire éclaire son visage tourmenté.

— Mademoiselle ?

— Madame.

— Madame, je vous reconnais, vous étiez au premier rang l'autre jour. N'est-ce pas ?

— Oui, c'est exact. Jusqu'à l'entracte.

Je suis un peu abasourdie qu'il se souvienne de moi, mais après tout, Arthur a peut-être fait des siennes pour se faire remarquer et il m'aura aperçue, la scène était toute proche des fauteuils du premier rang. Impressionnée par l'homme, je laisse un silence s'installer, puis le brise en demandant :

— Monsieur Dumas, si j'osais…
— Je vous en prie.

Il a l'air pensif, comme s'il cherchait la solution à un problème que lui pose ma présence.

— Je ne veux surtout pas vous déranger. Savez-vous que mon neveu est votre élève ? Martin Tapis…

Il m'interrompt.

— Martin, ça alors, par quel hasard…
— J'ai failli l'emmener mardi, mais il était pris.
— Excusez-moi, mais, vous êtes partie au milieu du concert, non ?

Je lui explique la chance des places libérées en début de représentation, puis réalisant que l'heure tourne et que mon chevalier servant doit m'attendre à table en se demandant si après l'avoir quasiment supplié d'accepter ce rendez-vous, je suis en train de lui poser un lapin, je décide de couper court.

— Merci pour votre temps, si j'osais encore une chose…
— Je vous en prie ?
— Pourriez-vous me donner un autographe, pour mon fils et moi. Il a beaucoup aimé, ça lui ferait plaisir.

Il fait mine de réfléchir, comme si ma demande lui posait un problème de conscience, puis me sourit gentiment, comme s'il venait de découvrir la solution à son problème.

— Bien sûr, mademoiselle.

— Madame...

— Bien sûr, madame, je vais faire mieux. Je vais vous faire envoyer mon dernier disque dédicacé. Pourriez-vous me donner vos coordonnées, nom et adresse, s'il vous plaît ?

— Bien sûr.

Je sors une feuille de carnet de mon sac et griffonne.

Lorraine et Arthur Lascaux
118, rue La Fontaine
75016 PARIS

— Merci, merci bien. Au revoir, madame Lascaux.

— Au revoir, monsieur Dumas. J'ai été enchantée.

Je lui serre la main, et tourne casaque vers l'intérieur du restaurant, encore émue du hasard qui m'a fait croiser le célèbre interprète. Il s'agit maintenant de retrouver *Jolan*, et de m'excuser. Je fouille du regard la grande salle, et me dirige vers le bar où un maître d'hôtel m'aborde poliment pour me demander si j'ai réservé.

— J'ai un rendez-vous avec... M. *Jolan*, fais-je.

— M. Jolan, M. Jolan... Non, je n'ai pas ça dans mon carnet. Voulez-vous jeter un coup d'œil dans la salle ? Sinon il y a là un groupe de personnes qui attendent, peut-être y trouverez-vous votre ami.

Je fais quelques pas dans la salle, admirant les piliers et pilastres mythiques de ce temple de l'Art déco tout en me demandant si c'est vraiment un endroit pour une première rencontre, et comment je vais pouvoir payer la note. Au bout de quelques dizaines de secondes, je commence à m'inquiéter. M'aurait-il oubliée ?

Tout à coup l'évidence me frappe. Le cœur battant, je me précipite vers la sortie, et me retrouve nez à nez avec Laszlo Dumas qui vient de refermer la porte derrière lui. Il a l'air aussi ahuri que moi. Avant d'avoir osé dire un mot, nous éclatons de rire ensemble, et quand cela finit, j'ose enfin parler.

— Alors, *Jolan*, c'est vous ?
— Et *Cristina*, c'est…

Je ne sais pas lequel de nous deux est le plus surpris, mais il retrouve son calme et propose qu'on aille s'asseoir.

— Alors on se tutoie, *Cristina*, ou plutôt Lorraine !
— Bien sûr, Laszlo. Je n'en reviens pas, que vous… que tu sois cet inconnu qui me donnait des leçons sur le contrepoint. J'imagine que des conversations intéressantes sur la musique, tu n'as pas besoin d'aller rencontrer des inconnus sur Internet pour en avoir !
— C'est l'anonymat qui me plaît. Et la relation gratuite qui se noue. Ça m'arrive peu dans la vie réelle…
— Et…

Je m'interromps alors que nous nous asseyons, croisant le regard d'un client qui chuchote à l'oreille de sa femme car il vient de reconnaître Laszlo Dumas. Ce qui m'arrive est incroyable. Il est séduisant, il est célèbre… Ne pas gâcher ma chance, maintenant. Un garçon nous apporte deux cartes, qu'il consulte négligemment tandis que je réfléchis à une phrase moins terre à terre que les précédentes pour bien commencer le déjeuner.

— Champagne ? demande-t-il avec délicatesse. Je crois qu'il faut célébrer cette coïncidence extraordinaire.

— Avec joie. Je comprends mieux ta réticence à accepter les rendez-vous avec des inconnus...

— Il est vrai que ce n'est pas pour tromper ma solitude que je fréquente certains forums, contrairement à d'autres.

— Pour ma part, je suis une assidue de Musiclassiforum depuis au moins cinq ans, dis-je un peu gênée.

— C'est effectivement écrit dans ton profil.

Je me jette avec délices dans l'insouciante conversation qui suit. Nous déjeunons agréablement, parlons de nos vies, de tout et de rien ; la sienne est passionnante, forcément, et ma pauvre existence doit lui paraître insignifiante. Peut-être recherche-t-il une aventure avec une inconnue ? Nous devisons ensuite sur notre sujet favori, j'ose quelques remarques sur son jeu, craignant un peu le ridicule, puis il part dans une longue tirade sur le hasard et le destin, dont l'essence est qu'en génétique, c'est le hasard seul qui est responsable de l'apparition de la vie comme de l'évolution biologique, et que d'une certaine façon à l'échelle de l'histoire ou d'une vie humaine, c'est la même chose.

Je dialogue gaiement, parle de violoncelle, de Schubert, de mon petit garçon avec lequel je vis *seule*, je raconte mes dernières lectures, mais tout en parlant je me rends compte qu'au fond de moi, une petite flamme s'est allumée. Oh, ce n'est encore qu'une lueur vacillante, mais déjà sa chaleur irradie mon corps, je n'ai pas ressenti cela depuis si longtemps. Je le regarde parler, il y a un côté dur dans son visage, quelque chose comme un secret, mais il est rassurant, profond, drôle, peu importe ce qu'il dit, je voudrais qu'il ne s'arrête pas. Je ris, je jette ma chevelure en arrière. Je suis bien. Je voudrais que ça dure.

Chapitre 15
Arthur

J'ai déjeuné chez tante Sophie qui est venue me chercher à la place de Maman aujourd'hui, parce qu'elle allait déjeuner avec un ami. On a mangé des saucisses grillées et des petites pommes de terre sautées. Après, Sophie m'a raconté une histoire, et puis j'ai joué avec Martin à Othello. Il y a un damier de soixante-quatre cases, et deux joueurs. Au début on met deux pions de chaque couleur au milieu en diagonale. Ensuite chaque joueur pioche un nouveau pion et le pose sur le damier pour entourer des pions de l'autre. Quand on a entouré des pions de l'autre on les retourne et ils changent de couleur. À la fin celui qui a le plus de pions de sa couleur a gagné. Je joue souvent avec Martin et il me bat à chaque fois. Maman perd quelquefois contre moi, je ne sais pas si elle fait exprès mais ça me fait quand même plaisir.

Comme Maman n'arrivait pas, j'ai posé mon cartable sur la table du salon pour faire mes devoirs, une poésie à apprendre, les soustractions, tout ça… Facile ! Puis j'ai sorti *Harry Potter 4*, j'en étais à la première épreuve de la coupe des trois sorciers, où Harry doit voler l'œuf d'or au terrible dragon… Je l'ai déjà lu mais c'est trop bien !

Maman a sonné et je n'ai même pas eu le temps de courir à la porte, ma marraine avait déjà fait le chemin, et Maman a dû répondre à tout un tas de questions. Je ne l'avais jamais vue comme ça. On aurait dit un rayon de soleil qui souriait. Elle ne voulait pas trop parler et m'a fait signe de me préparer. Quand elle a claqué la porte, je l'ai vue faire un signe de téléphone à Sophie en souriant et en levant les yeux au plafond. Sur le chemin du retour, elle était gaie, on courait en se donnant la main, elle m'a acheté un éclair au chocolat, on a récité une poésie que j'avais apprise le matin à l'école et qu'elle connaissait. La seule chose un peu triste dans ce poème, c'est que ça parle d'un Papa… Moi je n'ai plus de Papa, et quand la maîtresse m'a demandé de le lire à haute voix pour toute la classe, j'avais une grosse boule dans la gorge. Les devinettes, c'est Maman, les jeux, c'est Maman, les devoirs c'est encore Maman. Les histoires, les cadeaux, les parties de foot, c'est toujours Maman.

Quand nous arrivons, elle est tellement de bonne humeur qu'elle oublie de me dire d'aller travailler ma flûte et mon solfège, et on va préparer des crêpes.

Chapitre 16
Laszlo

Dimanche 14 octobre, le matin à l'aube, un café à la main, assis dans le jardin d'hiver sur un fauteuil à bascule au design futuriste.

Que m'est-il arrivé ?

Ai-je jamais été autant le jouet du destin et du hasard, moi qui me targue de contrôler ma vie dans ses moindres détails ? Comment ai-je pu me retrouver dans cette situation ubuesque ? Que ma future victime soit justement cette fille avec qui je correspondais depuis trois mois relève du canular, qu'elle soit apparentée à l'un de mes élèves, de l'imbroglio, et que par ailleurs elle se révèle être non seulement charmante, mais parfaitement à mon goût, du mauvais vaudeville !

Je pourrais voir le bon côté des choses, et considérer qu'il s'agit d'un coup de pouce du destin, qui me sert l'identité de cette femme sur un plateau, m'évitant de pénibles recherches, et conclure que je ne dois en rien modifier mon plan, et l'exécuter au plus vite.

Des pensées éparses m'assaillent, désordonnées, insistantes, tandis que je me balance, avec la régularité d'un métronome, le visage fouetté par une branche feuillue, et la musique m'envahit. C'est celle des grands moments de ma vie, la même intensité qu'avant les concerts importants, la même virtuosité que dans les minutes précédant mes meurtres les plus réussis. Suis-je aveugle, ou sourd, pour ne pas vouloir admettre que ce changement imprévu dans ma routine n'est peut-être pas de mauvais présage ? Je me laisserai guider par la sonate. L'Amour, je ne l'ai jamais connu, mais si c'est là que ses notes veulent me mener, j'emprunterai ce chemin. Je crois que j'ai ressenti quelque chose qu'on pourrait appeler ainsi pour ma mère, quand j'étais petit garçon. La plupart des hommes ont la chance de vivre cet état à un moment ou à un autre de leur enfance, mais seuls les grands pianistes et les assassins ont la mémoire et la sensibilité à fleur de doigts nécessaires pour savoir revivre, tout au long de leur vie humaine, ces moments d'amour parfait. Les autres, leurs contemporains sur la terre, en gardent une nostalgie éternelle, sur laquelle ils cherchent, parfois vainement, à mettre des mots. Ils tâchent d'écrire, de raconter, d'accumuler, dans le but unique et inavoué de retrouver ces instants perdus.

Parmi mes autres expériences terrestres, je ne vois rien qui se rapproche de loin ou de près de cet Amour premier. Si l'on veut me parler de ces échanges corporels post-adolescents où l'introduction et le frottement tiennent lieu de faire-part, je dirais que la quête du plaisir physique, banale déclinaison d'un modèle d'optimisation du bonheur, n'est pas l'amour, et que je n'y ai d'ailleurs pris qu'une part modeste. Les quelques filles dans lesquelles je me suis introduit ont eu l'air d'y trouver plus de jouissance que moi. Et si c'est de romance qu'il est question, de ces transports de l'âme dont écrivains et cinéastes nous rebattent les oreilles, je n'y ai jamais été sensible ; seule la musique me fait vibrer. Je n'ai pas besoin de cette mièvrerie organisée pour apprécier la beauté physique ou l'intelligence.

La tuer... peut-être, plus tard... Je n'oublie pas l'outrage, je n'oublie jamais...
Tuer quelqu'un d'autre, peut-être.
Un substitut.

Chapitre 17

Lorraine

Dimanche 14 octobre, en début d'après-midi.

Mardi soir… je le revois mardi soir ! Quand il a proposé ce rendez-vous, j'ai eu du mal à cacher un sourire. Nul ne sait où me mènera cette aventure, mais Laszlo me plaît, et puis ce n'est pas comme avancer en terrain inconnu. Il y a ces mois passés à discuter, il y a cette attente, ce désir de le rencontrer qui est lentement apparu, sans que je force le destin. Comment ne pas se laisser aller à rêver, à quoi bon se protéger ? La vie est courte, je veux en profiter… Depuis mon divorce, j'ai ressenti de façon aiguë ce besoin de vivre en faisant ce qui me plaît, de ne pas refuser les petites aventures de la vie que je m'interdisais auparavant, par fidélité, par amour, mais peut-être aussi par paresse ou par indifférence. Il me semble avoir gagné en ouverture, en vivacité, depuis que je vis seule. Il y a des hauts et des bas, le moral est peut-être plus souvent en berne, mais je suis aussi plus gaie. « À l'affût, en chasse, tous les sens aux aguets », me dit parfois Sophie en se moquant gentiment. Elle a raison, mais il n'y a pas que les hommes que je chasse. C'est dans la vie de tous les jours que je me trouve changée, dans ma façon de regarder les gens dans la rue, de remercier les commerçants, de donner une pièce au mendiant au coin du boulevard, d'apprécier les remarques de mes élèves, ou encore de profiter d'une simple balade comme si elle était une invitation au voyage.

Je me prends à imaginer le couple que nous pourrions former... Je sais qu'il est trop tôt, que je me laisse griser par la surprise et l'enchantement de cette rencontre inattendue. Ma vie est-elle ce conte de fées ? *Il était une fois un prince charmant, riche et célèbre, qui rencontra une jeune bergère...* Si ce n'est pas aujourd'hui que je peux rêver à cette histoire, quand le ferai-je ? Quand il sera trop tard ? Quand ça n'aura pas marché ? Quand il se sera lassé, ou même peut-être avant cela, ce soir, demain, quand il regrettera d'avoir donné son rendez-vous !

J'ai récupéré Arthur hier soir chez ma sœur ; j'avais du mal à cacher mon excitation. Sophie me regardait avec les yeux en soucoupe, implorante de curiosité. Arthur m'a cuisinée lui aussi ; il a flairé quelque chose, et comme je l'ai surpris à nous écouter discuter plusieurs fois ces derniers temps, je pense qu'il attend que je lui révèle ce qui se passe. Il m'a posé deux ou trois questions, l'air de rien, mais je sentais bien que ça cogitait ferme dans sa caboche. Le pauvre n'avait que cinq ans quand son père nous a abandonnés, et cette épreuve a été plus dure pour lui que l'insouciance de son âge ne l'avait laissé croire. J'ai parfois bien du mal à remplacer un père, et je sais qu'il rêve à l'impossible : que Jérémie revienne vivre avec nous.

Jérémie et moi avions filé un amour sans histoire, deux ans seuls, puis avec le petit, jusqu'à ce que la disparition de ses parents dans un accident de voiture, puis la perte de son emploi le plongent dans un tel désarroi qu'il était devenu l'ombre de lui-même. Mois après mois, la situation s'était dégradée, il ne me parlait plus, il passait ses journées devant la télévision, avait perdu goût à tout ce qu'il aimait d'ordinaire. Notre vie de couple réduite à une peau de chagrin, il lui était resté la force de prendre la décision de partir. Comme un instinct de survie qu'il n'avait pu réprimer, n'écoutant ni ses amis, ni ses frères et sœurs, il m'avait suppliée d'accepter le principe d'un divorce et avait acheté un billet d'avion pour l'Australie. Désemparée, épuisée et dépitée de n'avoir su l'aider ou le garder, j'avais accepté, pour me protéger et sauver Arthur du naufrage certain où la présence de son père malade à la maison nous aurait tous embarqués. Depuis, une ou deux fois par an, il revenait. Pour la procédure de divorce, puis pour régler quelques affaires secrètes. Il voyait son fils quelques heures, le prenait parfois un jour ou deux pendant les vacances. Il me voyait cinq minutes, m'embrassait à peine du bout des lèvres sur le front, jurant qu'il était heureux, qu'il avait retrouvé un équilibre de vie ; j'étais inquiète, il n'avait pas du tout l'air épanoui et je redoutais une mauvaise nouvelle, un jour, que je ne serais pas en mesure d'expliquer à Arthur. Je vivais mal tout cela, n'avoir pas été capable de l'aider, de le retenir... Je m'étais sentie impuissante comme jamais devant la chape de plomb qui s'abattait sur lui, j'avais failli être entraînée plusieurs fois, avec la sensation d'un vertige irrésistible, mais j'avais tenu bon, pour Arthur. J'avais choisi. Je m'étais détachée de mon amour pour lui, pour ne pas être entraînée au fond. Je lui avais dit de partir, de se sauver, au lieu de lui demander de rester, de lui promettre que nous allions nous battre ensemble.

Depuis, Arthur a bien senti que sa maman n'était pas très heureuse. Il m'a surprise plus d'une fois les yeux rougis, il essaie à sa façon de me distraire et de me consoler, c'est absolument craquant...

Hier soir au moment où je le bordais dans son lit, avant d'éteindre sa chambre, il m'a souri et a posé la main sur la mienne, en me disant de sa petite voix :

— Alors Maman, c'est mieux que sur le forum ?

Quelle délicieuse insolence ! Oui, mon chéri, c'est mieux, c'est bon de se sentir être une femme, regardée, écoutée, c'est bon de vivre pour soi un petit peu quand même, de penser à d'autres hommes que mes élèves de première, de me faire belle, de regarder à mon tour, d'imaginer l'autre, de rêver...

Ma véritable réponse, naturellement, était plus adaptée au contexte :

— Qui t'a parlé de ça, petit coquin ! Mais oui, c'était bien. J'ai rencontré un ami très gentil.

— Il s'appelle comment ?

— Je te raconterai ça un autre jour ; chut, c'est un secret !

— Pourquoi c'est un secret ? Si c'est ton ami, c'est mon ami !

— Parce que je ne le connais pas encore très bien. Alors, avant qu'il puisse rencontrer mon grand garçon, il faut du temps ! C'est comme toi à l'école ! Regarde, à la rentrée le mois dernier, tu ne voulais pas me présenter tes nouveaux copains, tu n'étais pas encore sûr !

— Oui, d'ailleurs ils ne sont plus mes copains...

— Tu vois ! Il te reste Alexandre, quand même.

— Alexandre, Paolo et Malik. Mais tous les nouveaux se sont mis en bande contre nous.

— Tu trouveras bien une idée... Allez, on dort maintenant.

Puis je suis allée m'installer dans le salon avec un paquet de copies, un disque des *Sonates* de Bach pour violoncelle en sourdine. Avec toutes ces émotions, j'ai déjà pris du retard. À trente-huit élèves par classe, il faut dire que je ne chôme pas. Je déborde d'énergie et d'indulgence ce soir. Il y a des jours comme ça, où notre humeur a sur nos élèves des conséquences inattendues.

Chapitre 18

Arthur

Bon, j'ai beaucoup de choses à dire et je ne sais pas par où commencer.

D'abord j'ai fait mon exposé sur les Indiens d'Amérique et la maîtresse m'a mis 9/10. Maman était très contente. J'avais collé plein de photos sur une grande feuille blanche, avec une carte, et une plume de pigeon.

Ensuite (c'est un secret) Maman m'a dit qu'elle avait revu son ami mardi soir, il est même venu la chercher en bas de la maison en voiture, je sais parce que j'ai regardé par la fenêtre, mais je n'ai pas pu le voir il est resté assis à sa place et Maman est montée à côté de lui.

Hier soir Maman m'a dit que son ami c'était le pianiste qu'on a vu ensemble au concert, alors là j'en suis resté baba ; moi j'avais bien aimé ce qu'il jouait mais je l'ai trouvé un petit peu bizarre à un moment quand il n'a pas arrêté de me regarder au premier rang.

Maman a dit qu'il était vraiment drôle, c'est bizarre il n'avait pas l'air, comme ça. Ce qui est INCROYABLE c'est que l'ami de Maman c'est le professeur de piano de Martin PAR HASARD ! Quand je lui dirai ça, ça va le calmer. Pour une fois c'est moi qui pourrai lui faire des devinettes, le faire un peu enrager, parce que d'habitude c'est plutôt lui qui... Et puis moi, je *marche à tous les coups*, comme il dit. Enfin, je vais pouvoir me venger !

Avec tout ça j'ai bien compris que je vais entendre parler de ce Monsieur de plus en plus souvent. Moi ça ne me gêne pas du moment qu'il fait du bien à Maman, qu'il joue avec moi quelquefois et puis SURTOUT que JAMAIS il ne prend la place de Papa dans la maison.

Prendre la place de Papa, alors qu'il est parti en voyage en Australie et qu'il va revenir un jour, ça n'est pas sympa. Il faudra que je le dise à Maman, si jamais un jour je le vois dans les pantoufles de Papa ça va barder. Je suis très fort en judo !

Pour le moment c'est juste un ami de Maman. Mais je garde l'œil ouvert !

Chapitre 19
Laszlo

On dirait que ma vie a pris ces derniers jours des chemins si nouveaux ; à ma grande surprise, le second rendez-vous avec la jeune femme a été tout aussi surprenant, délicieux, passionné et charmant, amusant et léger ; il y a bien longtemps que la conversation de mes contemporains me lasse, cependant, j'ai pris un vrai plaisir à lui parler de moi, à l'écouter me dire son histoire et sa vie. Je n'aurais jamais cru qu'une telle attitude, qu'un tel détachement de mes obsessions me fût encore permis. Rien, et ni la musique, ni mes envies de meurtre encore si présentes à mon esprit la veille, ne vint troubler la joie simple de ce dîner. Je n'ose prononcer l'adjectif interdit à mon vocabulaire, mais s'il est un moyen de raconter le mieux ces instants et l'état dans lequel ils me mirent, je n'ai d'autre moyen que dire : « J'étais heureux. »

Tout en elle me plaît, je n'ai rien à redire. Son visage au sourire facile ? J'adore ! Ses lèvres fines au contour esquissé d'un rouge si léger qu'on ne sait s'il est vrai ? J'adore ! Son regard malicieux et gourmand qui n'a pas cessé un seul instant de me dévisager, ses interrogations, son rire, sa gaieté, son audace ravie quand elle a demandé si j'avais encore de la place dans ma vie, si déjà une femme occupait mes esprits, si j'étais libre enfin, de faire sa connaissance ? Je me taisais beaucoup, je l'écoutais, charmé, j'avais pour ce babil insouciant et léger l'indulgence ravie d'un butor d'ordinaire insoucieux de tout verbiage mondain, et découvrais avec émoi la poésie celée dans les mots qu'empruntait la séduction pour frayer son chemin au cœur des ingénus que nous étions ce soir, toi, Lorraine, moi, Laszlo.

Il ne fut plus question, il n'est plus question d'autre chose que toi. Je te quittai mardi, et il me sembla bien que le trouble étonnant où tu m'avais jeté faisait écho à la rougeur que, sur tes joues, laissait le court baiser que j'y avais posé. Cette pudeur que tu montras alors, Lorraine, je la compris comme un sentiment parallèle, une même émotion, un serrement de cœur qui devait nous étreindre à ce moment précis. Quand je rentrai chez moi, habité par une musique furieuse, impétueuse, indomptable, je m'assis au milieu du jardin des tropiques, nu comme au premier jour, ainsi qu'il m'arrivait de le faire parfois, et je pris le parti de penser que j'aimais. Moi qui n'avais jamais aimé, pour ainsi dire, que ma mère et ma tante, mais d'un amour d'enfant, je découvrais par toi ces chemins inconnus et jurai de les suivre à n'importe quel prix. Démiurge génial, en ce jour, à minuit, j'inventai cet Amour, et te le dédiai.

Inutile de dire ô combien agitée fut ma nuit, ni d'ailleurs tout ce qui s'y rêva, ce jour et les suivants. Je devais te revoir le samedi d'après pour une promenade au bois, jusqu'à 11 heures.

Si tu savais, Lorraine, comme elles furent longues ces journées à t'attendre, ces heures sans te voir, et si tu savais comme j'ai joué ce jeudi à la répétition du concert de mardi. Mes notes couraient seules sur le clavier d'ivoire, je ne savais comment, je ne savais pourquoi, moi qui avais tant craint qu'après notre rencontre, le destin m'ayant joué un vrai tour de pendard, je perde mon talent, ayant perdu ma foi ! Je n'avais qu'une seule religion, Lorraine, la musique, et qu'un seul moyen : l'assassinat. Si je ne tuais pas je ne pouvais pas jouer, si je ne jouais pas je mourais de chagrin, et voilà que ce jour, à la répétition, en présence de Georges, de l'orchestre, et sur un *Concerto* de Mozart que j'ai déjà produit et que, dimanche encore, parce que je n'avais plus personne à sacrifier, je craignais de rater, par peur d'avoir perdu les moyens de jouer avec la passion nécessaire à mon art, je m'envole, j'exulte, et c'est pour ainsi dire mon âme à livre ouvert que mes doigts interprètent avec un tel brio que mon vieux camarade, Georges l'imprésario, vient me voir à la fin. Un bon coup sur l'épaule, il me sert un whisky.

— Tu es sûr que ça va ?
— Oui, je te remercie, je suis un peu ému...
— Et tout tremblant, mon vieux ! Laszlo, tu sais, ce soir ton jeu, c'est...
— Différent ! Tu n'as donc pas aimé ? Ça ne passe pas bien ?
— C'est incroyablement nouveau et étonnant ; je croyais avoir presque tout vu avec toi, mais je sais que tu as tant de cordes à ton arc ! Mes félicitations, c'était époustouflant !

Vendredi fut une interminable journée. Avec rage, je m'abîmai dans le travail, frappant les notes de mon piano Yamaha de 8 heures du matin à 11 heures du soir. Jouer m'abrutissait et j'espérais dormir pour être enfin sur pied le samedi matin ; trois nuits blanches de suite m'avaient bien éprouvé, et je m'imaginais avec difficulté retrouver, les yeux rouges, l'air hagard, le teint blême, celle que je voulais à tout prix subjuguer. Bien sûr, je la savais consentante et docile, son regard m'avait dit deux fois déjà depuis la semaine passée qu'elle était consentante, prête pour ce voyage, ouverte à l'aventure de nos cœurs esseulés, mais depuis ce mardi le monde avait changé et je ne pouvais la décevoir samedi. Imaginer qu'elle pût avoir changé d'avis, ou lu sur moi dans quelque revue des critiques sur mon mépris du monde et de l'autorité, sur mes tics, mes manies, mes traits de caractère, sur mon histoire étrange, et qu'elle pût en tirer des conclusions hâtives qui la dégoûteraient, lui feraient peur peut-être, la feraient réfléchir, quand je la voulais tout entière pour moi ! Je ne le peux, j'en ai le sang figé d'avance. Je dormis donc enfin, et reposai mon corps et mon esprit de ce marathon intérieur.

Le monde avait changé, je n'en pouvais douter. Les regards des passants, d'ordinaire si ternes, me semblaient animés d'une joie d'exister, le sans domicile fixe que je voyais matin et soir depuis trois mois faire en bas de ma rue les cent pas et la manche, et que je n'avais pas seulement regardé, l'ignorant plus qu'un chien, me surprit par son œil azuré où brillait une lueur d'humaine compréhension. Je lui donnai une accolade et dix euros. Le monde avait changé, qui ne l'aurait perçu ? Dans cette fluidité des airs et des pensées, dans l'amabilité de mon tempérament, dans les notes encore, dans les notes, surtout, qu'égrenait mon piano par la magie de celle qui d'un regard, d'un seul, avait su transformer l'adolescent tardif en un homme, pardi, de chair, d'os et de cœur !

Samedi arriva. À neuf heures et demie, reposé, détendu, je retrouvai Lorraine aux barques du grand lac, après qu'elle eut déposé son fils à l'école. Dans un bateau de bois que je louai sur place, nous partîmes pour faire le tour de l'île à rames. J'étais silencieux et la laissai parler, concentré sur le maniement des avirons, paralysé par l'aveu que je voulais faire, attendant une perche qu'elle saurait me tendre si, comme je l'espérais, ses sentiments pour moi n'avaient pas trop changé. Quel amoureux transi je faisais, trop timide pour oser déclarer ma flamme à une belle, moi qui avais joué devant des salles combles, fait vibrer des milliers de gens de par le monde, moi qui sans hésiter pouvais donner la mort, ne craignant plus ni Dieu ni Maître ni mon père ! Ces trois mots simples à dire, je n'attendais qu'un nom prononcé doucement, qu'un sourire de toi pour les articuler. Je m'étais entraîné seul devant mon miroir à ne pas réciter, à ne pas chuchoter, à ne pas regarder ni mes pieds, ni mes mains. Pour la première fois en trente-huit années, je m'apprêtais à dire « Je t'aime » à une femme.

Le soleil était bas, les canards nous fuyaient, les arbres du bois commençaient à se teinter de rouge et d'or, leurs feuilles volaient parfois au vent, parmi les oiseaux qui les poursuivaient avant qu'elles ne redescendent sur l'étendue du lac, formant de larges radeaux colorés de feu, traversés çà et là par une coque en bois, un coup de rame ou la nageoire d'une carpe.

Au beau milieu de l'eau, quand elle me demanda si je voulais qu'elle prît les rames à ma place, je m'approchai pour les lui tendre et la saisis par les poignets au centre de l'embarcation.

Chapitre 20
Lorraine

Samedi 20 octobre après-midi, après le rôti de bœuf frites promis à Arthur.

<u>La déclaration :</u>
Assez classique et sans fioritures.
Un endroit romantique.
L'émotion de part et d'autre...
Peu de mots.
Assez dépouillée pour être sincère.
Il m'aime.
Je l'aime.

Un « Je t'aime », deux baisers, que pouvais-je rêver de mieux ? Il ne m'a pas déçue. J'avais peur qu'il ne vienne plus, qu'il s'esquive après un moment pour un rendez-vous urgent, qu'il m'offre un café sur le pouce en me donnant des places de concert et son autographe, que le dîner de mardi l'ait convaincu que j'étais une pipelette invétérée ou une hystérique nymphomane. Je craignais qu'il ait réalisé qu'il n'avait pas de temps à perdre avec une petite prof de banlieue (chic, mais bon...) alors que les plus belles femmes du monde sont à sa portée, les Japonaises sans conséquence, les Brésiliennes callipyges, les belles Américaines... Il a dû en vivre, des aventures sans lendemain, au cours de ses tournées... Mais non, son aveu, tout à l'heure, sur le bateau, ces mots, que j'avais suggérés avec force télépathie, regard de braise et autres artifices... ces mots... Il est sincère... un homme comme lui n'a pas besoin de dire « Je t'aime » pour avoir une fille.

Nous n'en sommes pas encore là... Je suis excitée comme une enfant ! J'ai envie de le revoir... de le faire parler de lui... de lui raconter ce que j'ai déjà imaginé pour nous deux... de jouer de la musique avec lui, un duo violoncelle-piano... de l'embrasser... de le dévêtir... de le sentir dormir contre moi le matin... de me balader avec lui... J'ai envie qu'il me lise des poésies... qu'il crée pour moi, qu'il compose, qu'il joue pour moi... Je veux être une petite souris invisible cachée sur l'estrade pendant ses concerts... Que m'arrive-t-il ? Lorraine, ma fille, ne t'emballe pas, vous vous aimez, c'est entendu, mais après tout, ça ne fait qu'une semaine que vous vous connaissez et vous n'avez même pas... Que m'importe ! Je le sais... Je sens qu'avec lui c'est pour longtemps !

Il a cette ingénuité désarmante pour un homme si célèbre... comme si j'étais la première... Est-ce moi qui me laisse abuser ? A-t-il parié avec un ami qu'il réussirait à coucher avec une spectatrice du premier rang ? A-t-il une perversion, une attirance cachée pour les internautes musiciennes ? Un petit neveu qui prépare le concours général de géographie ? Besoin d'une boniche à la maison ?

Je le revois demain après-midi, chez lui. Arthur sera de sortie pour la journée avec sa troupe de louveteaux, j'irai déjeuner chez Sophie.

Nous avons une histoire à écrire. La nôtre.

Chapitre 21
Laszlo

Dimanche 21 octobre, vers minuit.

Aurais-je pu imaginer plus tôt que ma maison serait un jour le théâtre de mes amours.

Elle arriva vers 3 heures, une vingtaine de minutes après moi. Je revenais d'Étretat, ma maison de campagne où j'avais passé la nuit de samedi, après un concert au Havre donné pour satisfaire les demandes pressantes d'officiels qui me courtisaient depuis que j'avais acheté là-bas, afin de redorer le prestige culturel du département.

Sa présence dans ces lieux avait quelque chose d'irréel, la saveur d'un fruit défendu, comme si je violais une loi depuis longtemps établie, qui voulait que je n'ouvre à personne les secrets de ma conscience. Ma maison est comme mon esprit, et livrer l'une et l'autre à la curiosité d'un inconnu ne m'était jamais arrivé auparavant, en dehors du cadre mondain qui transformait parfois la demeure en espace de sociabilité. Il n'y avait que Georges qui venait à sa guise dans l'hôtel particulier de la rue Pergolèse, et des élèves, parfois, comme le jeune Martin, que j'accueillais dans la salle de répétition. Même ma chère Marthe, prisonnière de sa domesticité canine, n'avait jamais accepté mes invitations.

Après un léger baiser, comme une excuse, et un sourire, Lorraine demanda donc à visiter mon antre.

— Toutes les interviews que j'ai lues de toi parlent de ta maison comme d'un jardin secret que tu ne veux pas livrer... Et moi, je suis là, je n'en reviens pas... dans le saint des saints ! Tu devrais te méfier...

— De toi ?

— Sait-on jamais... Je suis peut-être une journaliste avide de scoops qui ne t'a séduit que dans le but de découvrir cet endroit, de le photographier avec l'appareil caché dans mon sac à main, en espérant découvrir de quoi intéresser les magazines *people*...

— Ces magazines dont tu parles... je crains qu'un pianiste classique ne soit le cadet de leurs soucis !

— Détrompe-toi ! Tu es le plus populaire des pianistes, tu le sais bien... C'est un sacré phénomène de faire déplacer des gens à des concerts de musique classique ; j'ai même lu qu'on voulait te faire jouer dans un stade !

— Oui, j'ai refusé...

— Dommage... mais les p*eople* vont à tes concerts, donc tu es *de facto* l'un d'eux, et tu intéresses les gens qui s'intéressent à eux...

— Tu en sais plus que moi sur le sujet, dis donc...

— Euh, j'ai lu un article chez le coiffeur la semaine dernière... et c'est vrai que depuis j'ai passé un peu de temps à lire des choses sur toi...

— Alors que moi...
— Désolée ! Je ne suis pas encore si célèbre. Sais-tu que Laszlo Dumas renvoie cinq cent mille réponses sur Google ?
— Oui, j'ai déjà eu la faiblesse de jouer à ce jeu...
— Mais voilà : tu prends des risques à me faire visiter cet endroit magnifique. Remarque...
— Quoi ?
— Non, rien, je me disais simplement que...
— Je t'écoute, fis-je en lui posant la main sur l'épaule tandis qu'elle pénétrait dans le salon.
— Je me demandais si tu avais souvent fait visiter cette maison à des femmes seules, le dimanche après-midi... Un homme comme toi est certainement très courtisé !
— Tu es la première...
— Je suis touchée, je ne sais que...
— Tu n'es pas la première, tu es la seule !
— Oh, Laszlo...

La suite du concert n'appartiendrait qu'à nous, s'il n'était d'intérêt public de la dévoiler dans son intégralité. De même que je n'ai rien celé des différents meurtres que mon génie et ma folie m'ont incité à commettre, consignant non seulement leurs effets sur ma conscience et mon jeu, mais également les données statistiques sur les victimes, je veux décrire avec précision, en commençant par ce premier dimanche de l'ère Lorraine, les effets de l'amour dans tous ses états sur ma personne, et la façon dont je perçois les changements qu'il entraîne en moi.

Je la pris dans mes bras et l'embrassai passionnément. Son corps semblait soudain abandonné, tendre et chaud contre le mien, et je la serrai en parcourant de mes mains son dos, sa nuque, ses épaules, son visage aux yeux fermés, ses cheveux d'un blond doré.

Elle se laissait aller avec une confiance absolue, lascive et offerte comme une victime se préparant à un sacrifice consenti. Ses yeux s'entrouvraient parfois pour sourire, était-ce aux anges ou à la maladresse de mes baisers d'adolescent attardé ? Je crois qu'il ne lui fallut pas longtemps pour réaliser mon colossal manque d'expérience en la matière. D'abord surprise, puis attendrie, elle montra alors plus d'initiative, et me prenant le visage entre ses deux mains, me donna un baiser comme je n'en avais jamais reçu. Ses lèvres dévoraient les miennes avec gourmandise, son corps se pressait fort contre le mien et je sentais sa chaleur à travers ma chemise. Elle se mit à gémir, m'entourant de ses bras, et je m'enhardis, la caressant du haut jusqu'au bas du dos. Elle gémit à nouveau et je continuai mon jeu, découvrant son corps à travers les tissus qu'elle portait. Elle guida ma main vers la fermeture de son corsage, et je libérai deux seins blancs comme du lait qui me regardèrent en hochant la tête. J'étais fasciné. Hypnotisé. Tétanisé. J'approchai doucement mes mains des deux rondeurs et posai dessus mes doigts avec délicatesse, les yeux grands ouverts, tendu comme si je commettais un sacrilège. Lorraine me dévisageait avec intérêt, attendant probablement plus d'audace. Doucement, elle chuchota à mes oreilles :

— Ces mains, Laszlo, je savais bien...
— Que savais-tu ?
— Je savais bien qu'elles étaient faites pour caresser ; tes paumes sont brûlantes, quand tes

doigts effleurent ma poitrine, je sens un fluide qui passe. Comment fais-tu ?

Je plongeai le visage entre les deux seins et posai un baiser juste au milieu ; à ce moment, elle se mit à les serrer entre ses mains, et je me retrouvai au chaud contre elle, comme un prisonnier sans issue. Je sentais l'odeur parfumée de sa peau. Les seins étaient d'une douceur inimaginable, de neige, d'albâtre, d'une sensualité minérale. Je posai mes mains sur les siennes et pris leur place, commençant à caresser l'incroyable douceur laiteuse qu'a la peau à cet endroit. Mes yeux étaient fermés, je m'emplissais d'elle, je découvrais chaque centimètre de sa peau comme une nouvelle note encore inconnue à mon registre. Puis, laissant glisser mon visage, je descendis le long du ventre, ouvrant un à un les boutons de la chemisette blanche qu'elle portait, caressant ses hanches violoncelle du bout des doigts, posant ma main au creux de ses reins comme pour en mesurer la cambrure. Il y aurait une théorie à écrire sur cette courbe complexe si parfaitement étudiée pour se prêter aux cajoleries et autres câlins.

Rassemblant mon peu d'expérience et les souvenirs de lectures ou de cinéma qui me revenaient en mémoire, j'hésitai un instant sur la conduite à suivre. Je n'étais pas pressé, mais le comprendrait-elle ? Je la désirais, mais aucun sentiment d'urgence ne m'habitait. J'avais à ce point banni le sexe de ma vie quotidienne que mes émotions suivaient d'autres chemins.

Je choisis de ne pas jouer au héros et de m'aventurer avec prudence, bien décidé à me laisser faire autant que possible afin de cacher mon inexpérience. Alors que je me perdais en conjectures, elle m'entraîna vers le canapé et commença à me déshabiller. Je fis de même, prenant mon temps, l'observant sous tous les angles. Quand nous fûmes nus, je me levai et proposai à boire. Elle me sourit et accepta un verre d'eau. J'en ramenai deux de la cuisine et, nullement gêné par la nudité très digne que j'avais l'habitude d'assumer dans toutes les pièces de la maison, m'assis à ses côtés. Nous bûmes lentement, laissant s'installer entre nous un silence dont nous ne voulions ni l'un ni l'autre briser la magie. Je la regardai en laissant couler l'eau au fond de ma gorge, laissant glisser mon regard le long de son corps, laissant la musique m'envahir, un *glissando* rapide...

Soudain une voix... venue de nulle part... comme un récitant qui lit un poème sur un fond musical...

Est-ce bien réel, Laszlo ?

Est-ce toi, qui es assis nu dans ta maison avec cette femme ?

Cette femme est-elle celle que tu aimes ?

Es-tu capable d'aimer ?

Que s'est-il passé ?

N'est-ce pas un autre toi-même ?

Sais-tu les risques que tu prends ?

N'as-tu pas décidé que s'il y avait un acte à accomplir avec cette femelle, c'était de la sacrifier, et certainement pas de pratiquer avec elle une fornication stérile !

As-tu à ce point faibli ?

Veux-tu que je t'aide à dérouler le fil de ce qui va arriver si tu te laisses entraîner dans cette his-

toire ? N'as-tu pas compris qu'il faut lutter contre tes démons ?

Cette femme est un obstacle à l'aboutissement de ton œuvre, tu le sais ! Si tu ne la tues pas, tu perdras la Grâce...

— Non ! fis-je en me levant brutalement.

Lorraine me regarda étrangement.

— Tout va bien, Laszlo ?

— Oui, je... Non, j'ai chaud...

Trois grosses gouttes de sueur coulaient le long de ma tempe gauche ; elle se leva pour m'essuyer, et me posa la main sur l'épaule.

— Viens...

Elle m'entraîna à nouveau vers le bas, et je me laissai faire, chassant les pensées malfaisantes qui s'étaient insinuées en moi. Nous roulâmes dans un long baiser, tombant à même le tapis de soie. Je sentais le désir monter en moi, et laissai libre cours à la folie sensuelle qui s'emparait de moi. Je voulais tout toucher, respirer, caresser, embrasser, je voulais que chaque pouce de ma peau fût en contact avec chaque pouce de la sienne. Parfois acrobatique, les poses que je prenais la faisaient rire, mais je devinais au rythme de sa respiration qu'elle n'était pas indifférente. Quand j'eus épuisé cette première visite, elle me retourna avec autorité et s'assit sur moi.

— À mon tour, maintenant ! Laisse-moi découvrir qui est vraiment Laszlo Dumas !

— Si peu de chose...

— Mais dis-moi, ça ne muscle pas que les doigts, le piano. Voyez-moi ça ! dit-elle en flattant mes biceps. Tu fais du sport !

— À mes heures perdues...

Elle plongea sur moi et se mit à me dévorer de petits baisers, puis tenta des positions incongrues qui la faisaient rire, m'allongeant face au sol, puis se couchant sur moi, ou tentant un grand écart indescriptible. Au bout d'un moment, elle murmura à mon oreille :

— Maintenant, Laszlo, j'ai envie...

Je m'exécutai, la couchant à son tour sur le dos. Je la pénétrai doucement, en ne la quittant pas des yeux. Elle ouvrait grands les siens, comme pour lire au travers de moi, comme si dans cet instant précis où elle était transpercée, elle essayait de me percer à son tour. Je bougeai en elle le plus lentement possible, pour faire durer le plus longtemps possible la danse que nous interprétions. Ses mains posées, puis serrées, crispées sur mes reins, aiguisaient mes sens, la vue de ses seins secoués par nos mouvements m'excitait et me durcissait en elle. Je prenais mon temps, attentif à ses sensations. Je n'avais pas fait l'amour depuis un temps si long que mon corps n'y était plus habitué, et si j'avais craint un instant que le désir me trahisse en n'étant pas au rendez-vous ou en partant trop vite, je fus vite rassuré. Ce n'était pas le désir de finir, mais celui de durer et de la voir se donner à son plaisir, qui me submergeait. Je devenais un objet souple entre ses mains, elle pouvait à sa guise m'appuyer sur le dos, sur les fesses, me saisir par la taille ou les hanches, me faire accélérer ou ralentir le rythme, je réagissais comme un métronome déréglé qui battait au rythme de son cœur, le regard perdu dans ses pupilles, à l'affût du premier signe d'acmé, me délectant de ses voluptés, de ses soupirs. Elle se laissait faire avec la docilité d'une femme qui aime sans doute être dominée parce que c'est ainsi qu'elle trouve le chemin du plaisir.

Je commençai à m'échauffer, et les prémices de la fin se faisaient déjà sentir, quand je remarquai une chose étonnante en écoutant nos souffles. Le mien était rapide et ternaire, comme dans une course à pied : *une inspiration, deux expirations*. Le sien, plus lent et binaire : *une inspiration, une expiration*, évoquait la régularité, et par la magie de leur coordination, les deux respirations s'accordaient pour recréer l'exact rythme du passage de la première *Arabesque* de Debussy où les triolets de la main droite effectuent leur danse tandis que les arpèges de la main gauche sont des croches, le mélange des rythmes créant ce jeu mystérieusement oriental. Cette découverte me ravit d'abord, et je laissai cette musique venir à moi en même temps que montait l'imminence du plaisir, quand soudain, alors que l'*Arabesque* accélérait, la voix détestée reprit.

Laszlo !
Que fais-tu ?
Profites-en, c'est le bon moment !
Cette créature ne mérite pas de vivre. Cette femme a douté de toi, elle t'a vu commettre en public des erreurs impardonnables.
Si tu n'accomplis pas ton destin, d'autres le feront.
D'autres prendront ta place !
Tu tomberas dans l'oubli !
As-tu oublié ton rêve, le panthéon des pianistes ?
Dépêche-toi, avant qu'il ne soit trop tard, tue cette femme, tue-la avant de jouir en elle ! Tue-la avant qu'elle ne te dévore.

Maintenant !
Étrangle-la !
Elle est à toi, Laszlo Dumas, personne ne te dicte ta conduite, fais ce que tu avais décidé.
Maintenant.

Je fermai les yeux pour fuir les injonctions de l'ange gardien, continuant à m'activer, donnant des coups de reins de plus en plus puissants pour finir, jouir avant de... J'ouvris les yeux pour m'apercevoir que mes deux mains s'étaient resserrées autour du cou de Lorraine et qu'elle me regardait avec une intensité particulière. Il était trop tard, je la sentis frémir un moment, expirer bruyamment, et c'est presque en criant que je me répandis en elle, submergé cette fois par un plaisir tel que je n'en avais jamais connu, qui me traversa du bout des orteils à la racine des cheveux, en passant par mon sexe tendu comme un arc, que j'enfonçai en elle dans une pulsion désespérée. Puis je me laissai retomber contre son sein.

Qu'avais-je fait ? Obéi à mes démons ? Sacrifié la seule femme dont j'avais pu dire un jour que je l'aimais, la seule qui me faisait rire, la seule pour laquelle j'avais envie de vivre, celle qui m'inspirait assez pour que je joue divinement sans être obligé de tuer, celle qui avait fait naître en moi le désir, et qui s'était donnée à moi comme jamais on ne se donna... Quel misérable... la seule qui faisait battre à mon cœur la chamade quand...

Battre mon cœur...
Battre son cœur...

J'appuyai mon oreille sur sa poitrine, et entendis un battement rapide et régulier. À ce moment précis, elle posa sa main sur mon front.

— Merci.

Je me tus, paralysé de bonheur.

— C'était bon, très bon. Très agréable, fort...

— Lorraine...

— Laszlo... et tu sais, ce que tu m'as fait à la fin, me serrer la gorge au moment où... Je ne sais pas où tu as appris ça, mais c'est incroyable !

— Euh, je...

— Tu vois, je savais que les hommes y sont sensibles, je l'ai lu quelque part, mais sur moi... c'est une découverte...

— Ça m'est venu comme ça.

— Je t'aime, Laszlo.

— Lorraine... je t'aime...

— Ça commence bien, nous deux, tu ne trouves pas ?

— Si... c'est plein de surprises, ma vie a basculé la semaine dernière... Tu ignores quel célibataire endurci j'étais jusqu'alors !

— Et moi quelle femme frustrée...

Nous nous levâmes et prîmes une douche ensemble, puis enfilant des peignoirs, nous nous rendîmes au salon, un verre de chablis à la main. Devant le grand Steinway, elle marqua une pause.

— Maintenant, joue pour moi.

— Mais...

— Ce que tu veux... Elle s'assit sur un fauteuil et croisa les jambes.

Je lui jouai la première *Ballade* de Chopin, *Islamey* de Balakirev, et la troisième *Partita* de Bach.

Chapitre 22

Arthur

Maman a changé. Il s'est passé quelque chose. Elle a l'air tout le temps contente, elle ne me gronde presque plus, ça devrait me plaire mais je me méfie un peu et puis j'ai peur qu'elle m'appelle pour me parler.

Mathias, un copain du judo, m'a raconté comment ça s'était passé pour lui, quand son père qui avait divorcé avec sa maman l'a fait venir près de lui, sympa et tout, pour lui expliquer qu'il avait rencontré une nouvelle femme et qu'il l'aimait, et tout et tout, et qu'il allait vivre avec elle, qu'elle serait un peu comme sa deuxième maman. Il était vraiment furieux, mais n'osait rien dire pour ne pas faire de peine à son père, et puis après il est allé s'enfermer dans sa chambre et il a déchiré son oreiller, cassé ses jouets, gribouillé des livres de la bibliothèque, tellement il était énervé. Quand la nouvelle est venue s'installer dans la maison de son papa, après, elle essayait de faire semblant d'être gentille, mais Mathias a très bien compris qu'elle voulait juste voler son papa et empêcher qu'il revienne avec sa vraie maman. Il allait vivre avec eux toutes les deux semaines, parce que dans le divorce les parents ils partagent tout, les sous, les voitures, les maisons et les enfants, comme si on était des choses. Au début il refusait de lui parler, en faisant le malin et en croisant les bras à table devant elle sans rien dire et sans rien manger, mais son père s'est énervé très fort, alors après il a été obligé de se mettre à lui parler, mais il lui faisait des choses pas très gentilles sans qu'elle le voie ; par exemple, il faisait pipi dans sa baignoire pendant qu'elle faisait couler un bain moussant, ou il racontait des choses sur elle à la maîtresse. Une fois il a caché toutes ses petites culottes et ses chaussettes dans le coffre du placard à chaussures de son père, une autre fois, il a mis son téléphone portable au four à micro-ondes pendant trois minutes.

Moi, je ne veux pas que Maman m'appelle pour me raconter qu'elle va se marier avec Monsieur Dumas, parce que c'est ma maman, c'est ma maison, et Papa va revenir un jour. C'est sûr qu'elle a changé, je le vois bien, même si elle essaie d'avoir l'air normale, elle me parle moins d'elle et à mon avis c'est louche. Avant elle me disait tout.

Donc si elle m'appelle en me disant quelque chose du genre « Arthur mon chéri, viens voir Maman… », ou bien « Arthur, mon grand garçon, j'ai une chose à te dire », ou encore « Arthur, tu te souviens du concert de piano de l'autre jour », je pars en courant. Je vais m'enfermer aux cabinets, je vais chez tante Sophie pour me cacher dans la chambre de Martin, je dis que j'ai un contrôle demain, que je n'ai pas encore fait ma flûte, que je suis très sale, que j'ai mal à la tête… Je ne VEUX pas que cela arrive. D'abord, ce type c'est vrai qu'il joue bien mais il nous a regardés bizarrement, je me souviens très bien.

Ce qui est bien, c'est de voir Maman qui sourit, qui chante dans son bain, qui chante en me réveillant le matin, en préparant le petit déjeuner. On dirait les vacances.

À l'école on a commencé les soustractions à trois chiffres ; c'est plutôt facile mais je fais souvent des fautes d'inattention. J'ai aussi récité la poésie de Georges Duhamel et j'ai eu dix sur dix. On prépare un spectacle avec la chorale pour Noël, où on chantera et on dansera devant les parents.

Il y a toujours quelques garçons qui m'ennuient, et Alexandre m'aide à me défendre, mais de temps en temps j'en ai vraiment marre, et puis souvent la maîtresse, Maman et même Martin ne me croient pas quand je leur raconte. Alors j'ai eu une idée, j'ai emporté mon petit magnétophone rouge dans mon cartable, un peu caché dans un sac en plastique, pour pouvoir enregistrer quand ils m'insultent et me traitent de tous les noms, même ceux que je n'ai pas le droit de prononcer. Et ça a marché, lundi, dans la cour de récré, j'avais pris mon sac en plastique comme si c'était la collation, et l'air de rien, je me promenais dans la cour en grignotant des petits morceaux de pain, et là, ça n'a pas raté : Émilien la grosse brute, Philémon, Kevin, m'ont sauté dessus et ont commencé à m'embêter. J'ai mis la main dans le sac, comme pour leur proposer un petit morceau de pain, j'ai appuyé sur la touche *REC* qui sert pour enregistrer, et je leur ai souri à tous les trois en leur tendant un quignon de pain tout sec que j'avais préparé.

— Tenez, vous avez faim ? j'ai dit.

— Ouah ! Arthur, gros idiot ! C'est quoi qu'elle t'a préparé à bouffer ta mère ?

— Des boulettes pour chien comme d'habitude !

— Et tu veux nous les refiler ! Non mais tu t'moques de moi ma parole !

— Pas du tout, j'ai dit. C'est bon, tenez !

Ils se sont regardés, Émilien a saisi le quignon et posé une dent dessus, l'a refilé à Kevin qui a carrément croqué et recraché une bouchée.

— Pouah ! C'est du pain dur !

— On mange vraiment n'importe quoi chez toi... Tes parents sont clochards, non ?

— De la nourriture pour cochon, oui !

— RRRR... GROIN GROIN !

— Arthur le gros cochon !

— Arthur le petit goret !

— Arthur la raclure !

— Arthur la vomissure !

— Arthur la chiure !

J'ai respiré un grand coup. Ils n'étaient vraiment pas drôles, mais j'ai retenu les coups dans mes poings pour les laisser continuer en pensant à ma ruse de coyote.

— Pourquoi vous me dites ça ? Ce n'est pas très gentil !

J'ai vu Alexandre qui venait à ma rescousse mais je lui ai fait un clin d'œil et il m'a laissé, il avait compris ! Il savait, ça faisait plusieurs jours que je lui avais dit mon plan. J'ai continué.

— Toi, Émilien !

— Ouais ?

— Tu devrais arrêter de m'insulter, moi et ma maman, ça ne se fait pas, je ne t'ai rien fait.

— Arthur l'ordure ! il a répondu, tout rouge.

— Et toi, Philémon.
— Quoi ?
— Ta maman a l'air gentille pourtant, explique-moi comment tu peux être aussi méchant ?
— Arthur la boursouflure ! il a craché, comme un venin.
— Eh, Kevin ?
— Oui, fils de clocharde !
— Tu ferais mieux d'aller réviser ta poésie, c'est ton tour après la récré.
— Arthur la pourriture ! il a dit, en reniflant très fort.

J'ai pris l'air vraiment triste, j'ai regardé mes pieds et je me suis éloigné sous leurs cris, en éteignant le magnétophone. Ils avaient l'air déçus que je n'aie pas, comme d'habitude, essayé de me battre, de me défendre. Ça m'a donné des idées...

Le soir, j'ai écouté la cassette, c'était trop bien. La prochaine fois que Maman me dit que j'exagère, je lui ferai écouter. Elle sera bien obligée de me croire...

Chapitre 23
Lorraine

Samedi 8 décembre, à la maison, devant une pile de copies à corriger.

Les copies, c'est mon mythe de Sisyphe à moi. La pierre qui roule sans fin, la malédiction du professeur, son cauchemar, une source d'épuisement sans cesse renouvelé. Je les hais par leur multiplicité insolente, la façon qu'elles ont de me narguer, de me regarder de haut, avec leur arrogance qui n'est que le miroir de mon travail. Ce que produisent mes élèves est tout de même en partie le fruit de mon enseignement, et quelle ingratitude, quelle sensation de désespoir à la lecture du plus grand nombre ! Quelle joie, quel bonheur en revanche, quand une copie, une seule, rattrape toutes les autres et nous donne le sentiment d'exister ! Lorsque je sens que l'élève a compris, assimilé, non seulement les connaissances mais aussi la méthode, l'analyse, lorsqu'il fait sienne la démarche de l'historien, lorsque son raisonnement se nourrit si visiblement de la matière distillée pendant les heures de cours, la récompense est au rendez-vous. Mais dans tous les cas, le temps est là, inflexible bourreau, pour me rappeler que je ne dois pas dépasser vingt minutes de correction par copie, qu'elle soit bonne ou mauvaise, sous peine de ne pas finir le paquet, de mourir d'épuisement ou de devenir folle. Trente-neuf élèves fois vingt minutes font treize heures de correction à placer avant lundi matin. Impossible à cumuler avec les allers-retours pour chercher Arthur au sport, les courses à faire, les repas, le dîner ce soir chez Laszlo, la balade obligatoire de dimanche matin, le coup de fil à passer à Maman, les machines à laver... Impossible de remplir la mission, donc *a fortiori* impossible de prendre plus de plaisir que nécessaire à la lecture des bonnes copies, ou par ailleurs d'accorder plus d'attention et de prodiguer plus de corrections à celles dont les auteurs mériteraient qu'on passe du temps pour eux, qu'on leur explique, qu'on recommence tout, qu'on soit patient. Ce champ d'action immense qui nous est ouvert par une mauvaise copie, impossible de le remplir comme il le faudrait. Il faut, dans une sorte de compromission, abréger, trancher, aller au plus rapide, raccourcir le temps et la pensée, faire ce qu'on interdit à nos élèves... C'est pour cela que les copies sont la quadrature du cercle, l'équation insoluble, pour qui enseigne les matières littéraires.

Presque deux mois, depuis la rencontre miraculeuse avec Laszlo. J'en suis encore éberluée.
Moi, Lorraine Lascaux, trente-quatre ans, je sors avec le plus célèbre pianiste de ces dernières années : Laszlo Dumas.

Quel destin ! Cette histoire était-elle écrite ? Est-elle le fruit du hasard ? Quand je vois les coïncidences troublantes qui l'ont poussée à éclore, cette invraisemblable convergence de petits événements, il m'apparaît clairement que rien ni personne n'aurait pu l'empêcher. Nous étions prédestinés.

Et voilà que je m'emballe, nous nous connaissons depuis cinquante jours et je nous vois déjà unis pour la vie. Je suis partie à deux cents à l'heure, je veux croire au conte de fées, il est tellement adorable avec moi, tellement entier, tellement doué et sensible… J'ai une chance…

Quand nous faisons l'amour, il a de ces tendresses d'adolescent qui me font fondre… Il me surprend, me fait rire, pleurer, il est tendre, attentionné et délicieusement créatif. C'est un insatiable mais il dit que ce n'est que depuis qu'il me connaît qu'il est ainsi, que sa vie jusqu'alors était uniquement tournée vers la musique, que jamais il n'a eu d'autre amour dans toute son existence, à peine quelques aventures de passage quand il était plus jeune. J'en suis étonnée et émerveillée. Sa façon de se donner, de prendre, cette ingénuité dans la découverte de l'amour, me rendent heureuse, et la fierté d'être la seule, la première à avoir aimé réellement ce grand artiste me remplit d'une joie silencieuse. Si je pouvais lui apporter l'inspiration, le souffle dont il a continuellement besoin pour jouer, si je savais être cette égérie qu'il a sans doute toujours cherchée sans la trouver, je serais comblée. La confiance qu'il m'accorde, les confidences qu'il me fait, les questions qu'il me pose sur sa façon de jouer, sur l'impression qu'il donne en concert, sur l'interprétation d'un mouvement, sont un développement inattendu des conversations musicales que nous avions auparavant, par forum interposé, et m'apportent beaucoup de plaisir. Moi, l'amatrice, je me permets de le conseiller. Faut-il vraiment qu'il m'aime, et que cet amour le porte jusque dans sa façon d'interpréter la musique, pour qu'il en arrive là !

Il y a eu cette première fois, entre nous. C'était chez lui, je l'avais rejoint un dimanche, une semaine tout juste après notre rencontre à *La Coupole*, et le lendemain de la balade au lac. En arrivant, j'avais tout à découvrir de lui, et pourtant je savais déjà que notre histoire avait commencé, et qu'il ne nous restait qu'à l'écrire. Dans cette maison extraordinaire, trop grande pour lui, il m'a fait découvrir un véritable univers, ses pianos, son jardin, la harpe de sa mère, une grande interprète des années soixante-dix. Au sous-sol de la maison, il y a un immense atelier avec plusieurs vieux clavecins en cours de démantèlement, instruments achetés dans différents pays d'Europe qu'il démonte pour en extraire des pièces originales qui lui servent à la fabrication d'un nouvel instrument qu'il stockera, donnera, ou dont il jouera, jusqu'à ce que l'envie d'en fabriquer un nouveau le reprenne. À l'étage principal, un magnifique Steinway trône dans un véritable petit salon de concert, où il joue pour moi à chaque fois que je viens. Son piano de travail, dans une autre salle, à côté d'un de ses clavecins, ne démérite pas.

Il vit comme un célibataire passablement endurci, c'est un fait. Mais il a une telle curiosité, une telle soif de vivre notre histoire, une faim jamais assouvie de baisers, de caresses, que je me dis qu'il cachait bien son jeu derrière ce paravent.

Après la visite, ce dimanche, nous avons fait l'amour pour la première fois, et il y avait en lui ce désir retenu depuis si longtemps, mais maîtrisé, rythmé, qui nous a transportés tous les deux. C'était très fort, c'était musical et puissant. C'était mieux que tout ce que j'ai pu ressentir jusqu'ici ; j'étais sienne des pieds à la tête, par tous les pores de ma peau. *Andante...*

Les événements se sont enchaînés si vite, depuis... Il me semble le connaître depuis des années. Il y a eu ce second concert, où Sophie et Martin sont venus, la semaine d'après. Un dîner tous ensemble, un peu étrange. Le silence gêné de ma sœur... le sourire béat d'admiration de son fils... et moi, entre eux, au bras de mon homme, déjà sûre de moi, déjà confiante. Nous nous sommes revus autant que nous le permettaient son emploi du temps chargé et mon petit bonhomme.

L'annonce à Arthur est à elle seule un morceau d'anthologie. Je sentais bien que le petit bout de chou ne voulait pas, qu'il avait compris, et qu'il redoutait le moment où sa maman allait lui annoncer qu'il y avait un autre homme dans sa vie...

C'est un dimanche de novembre, pendant les vacances de la Toussaint, que je décidai de lui parler. Nous étions chez mes parents, en Bretagne. Je les avais mis au courant la veille, mais leur surprise à peine feinte ne m'avait guère abusée : Sophie leur avait déjà relaté l'affaire.

Le matin, je me levai en chemise de nuit et vins le trouver dans sa chambre. Il était déjà réveillé, et lisait dans son lit.

— Bonjour, Arthur ! dis-je en fermant la porte derrière moi.

— Bonjour, Maman. Tu as bien dormi ?

— Très bien, tu me fais une petite place ?

— Euh... tu veux venir dans mon lit ?

— Oui, je veux te dire quelque chose.

— Ah bon... D'accord ! Viens, j'arrive tout de suite, je vais aux toilettes.

Au bout de cinq minutes, je me levai pour voir où il était passé, mais il avait disparu, et je m'aperçus qu'il était dans le lit de ses grands-parents en train d'écouter une histoire.

Après le petit déjeuner, je fis une nouvelle tentative, proposant de l'emmener se promener avec moi, mais il prétexta une partie de cartes en cours pour décliner mon offre. Toute la journée, il s'arrangea pour me fuir, et je ne trouvai pas un seul instant en tête à tête pour lui parler. Mes parents, complices ou aveugles, souriaient devant mes efforts désespérés. C'est pendant le bain du soir que je le coinçai, alors qu'il était au fond de la baignoire en train de jouer. Je pénétrai dans la salle de bains, fermai la porte à clef, pris une chaise et m'assis à côté de lui. Il jeta des regards désespérés vers les murs et la fenêtre de la pièce, fit mine de se lever pour se sécher, mais je le rassis en appuyant la main sur son épaule.

— Non, non, Arthur, on écoute sa maman !

— Euh... oui, bien sûr, pas de problème ! Mais j'ai fini mon bain et Mamie m'a demandé de me mettre en pyjama...

— Arthur... tu n'as même pas commencé à te laver !

— Ah oui, c'est vrai... Bon, Maman, passe-moi le savon s'il te plaît.

— Tiens, mon chéri. Et écoute-moi, maintenant. J'ai quelque chose de très important à te dire.

— Oui, fit-il d'une petite voix timide.

— Tu sais, l'ami que j'ai rencontré l'autre jour, celui dont je t'ai parlé...

— Le musicien, c'est ça ?

— Oui, le pianiste qu'on a vu en concert. Laszlo Dumas.

— J'en étais sûr !

— Pardon ?

— Je savais, vous allez vous marier, c'est ça ?

J'éclatai de rire.

— Mais non, mon grand, où vas-tu chercher tout ça ! Je me demande qui t'a mis ces idées derrière la tête...

— Moi tout seul !

— Ne t'énerve pas, Arthur. Voilà : Laszlo est très gentil, et il m'aime bien...

— Et toi aussi, tu l'aimes bien ?

— Oui. C'est...

— Alors vous allez vous marier, tu vois !

— Arthur, il n'est pas question de ça. Comme je l'aime bien, je voudrais que tu le rencontres, c'est tout. Tu sais, je lui ai beaucoup parlé de toi, et il a très envie de te voir. Il se souvient même de toi au concert !

— Moi aussi je me souviens de lui, et de ses grands yeux globuleux qui nous regardaient quand on était tout près de lui. Il jouait très bien, mais il me faisait un petit peu peur...

— Écoute, maintenant je le connais mieux, et je t'assure qu'il est très gentil. Il est très connu comme pianiste, tous les pays du monde veulent l'inviter...

— Il n'a qu'à y aller !

Je suis taillée dans le bois dont on fait les croix, j'ai la patience des sommets enneigés qui attendent la fonte.

— Écoute, Arthur, je sais que tu n'as pas envie que je rencontre un autre homme que ton père, mais...

— C'est normal, Papa, c'est ton mari !

— C'était, Arthur. Tu sais bien que nous avons divorcé. Aujourd'hui, Papa a peut-être une autre femme, et moi...

— Non, ça n'est pas vrai ! Je VEUX que vous reveniez ensemble.

— Arthur, on ne va pas recommencer cette discussion. Si tu ne veux pas rencontrer Laszlo, dis-le-moi, ça ira plus vite. Mais Papa et moi on ne reviendra jamais ensemble. C'est triste mais c'est comme ça. Il faut que tu acceptes, que tu comprennes.

— Je ne veux pas le rencontrer.

— Bon...

Je me levai, furieuse, mais n'en voulant rien laisser paraître.

Je dus vivre quelques semaines avec cet échec. Mais je parlais de lui à Laszlo. J'avais besoin de le faire exister entre nous, et il me semblait que Laszlo comprenait cela. Il me posait des questions sur lui, me rassurait, m'assurait qu'il n'était pas vexé.

Entre-temps, nous profitâmes d'un week-end libre pour partir en amoureux à Bruges, et parcourir à deux les canaux de la *Venise du Nord*. Tout allait si vite, nous étions si bien ensemble que l'idée de se séparer devenait insupportable, et nous nous mîmes à envisager une installation prochaine. Resterait à faire passer la pilule auprès d'Arthur...

Laszlo donna quelques concerts cet automne, et il m'arrivait d'y assister. Il partit aussi à Londres pour jouer avec une célèbre violoncelliste très jolie, ce qui me rendit un peu jalouse.

Je rencontrai Georges, son agent. Un Arménien à l'accent du Midi, très sympathique, et qui semblait un peu inquiet des effets de notre relation sur le travail de son poulain.

— Laszlo est un grand enfant, ma chère Lorraine. Veillez bien sur lui. C'est un être exceptionnel mais fragile. Son succès a été révélé presque par magie, demandez-lui de vous raconter... Il y a un nouveau souffle en lui depuis quelques semaines... C'est bien, je crois... Il évolue !

Je l'aimais bien. Laszlo avait une telle confiance en lui qu'il ne lui cachait rien. Nous dînâmes plusieurs fois ensemble à la sortie des spectacles, auxquels il assistait fidèlement, depuis près de dix ans.

Je fis aussi la connaissance d'une vieille tante un peu dérangée qui avait été son premier professeur de piano, pendant son enfance. Elle me reçut avec une larme à l'œil, comme si elle n'avait jamais espéré voir son petit Laszlo au bras d'une femme avant de quitter ce monde.

— Vous comprenez, à part sa mère qui est morte quand il était si jeune, il n'y a jamais eu de femme dans sa vie...

J'étais flattée par tous ces miroirs qui me renvoyaient une image positive de ma présence auprès de lui.

C'est bon de se sentir exister pour quelqu'un ; c'est délicieusement bon et simple.

Je retourne à mes copies...

Chapitre 24
Laszlo

Lundi 17 décembre, à mon bureau.

Je joue chaque matin des transpositions du *Clavecin bien tempéré* de Bach, la fugue de la *Hammerklavier* de Beethoven, plus vite que le tempo, plus fort que la nuance ne l'indique, pour exercer mes doigts. « Par la technique, je me débarrasse de la technique », disait Chopin.

J'ai remarqué que ma sonate intérieure est comme apaisée. Il m'arrive de passer des jours sans elle. Les mécanismes secrets de mon inspiration ont été bouleversés, je suis habité par Lorraine, et l'aimer, la prendre avec force, souvent, n'importe où, me donne les clefs qui ne m'étaient autrefois révélées qu'au prix de meurtres sanglants. Portes différentes, clefs différentes, jeu… différent. Je l'ai prise l'autre jour contre mon piano Yamaha, la soulevant sur moi avant de la poser fesses nues sur les notes noires et blanches du clavier. L'accord était osé, et quand il a fini de résonner, j'ai commencé à aller et venir en elle, le nez entre ses seins, en jouant de chaque côté de son corps, décalé du nombre d'octaves nécessaire, les notes de la deuxième *Partita* de

Bach. Alors qu'elle, les yeux fermés, avait posé ses mains sur mon dos, je jouais au tempo, et me forçais à ne pas capituler avant le mouvement final.

Lorraine occupe ma vie à un point que je ne puis me passer d'elle. C'est tellement merveilleux d'être l'un à l'autre... J'ose à peine dire les préoccupations qui sont les miennes. Je joue pour elle, je vis pour elle, je respire pour elle. Je ne pense plus à tuer qui que ce soit, mes mauvaises voix s'estompent à mesure que passent les semaines et que mon amour grandit. Je joue différemment, mieux je crois. J'ai gardé l'habitude d'introduire quelques erreurs musicales, par superstition, mais je suis libéré de ce joug...

Je me souviens d'avoir été dégoûté par le bonheur insipide et aveugle des amoureux transis, et aujourd'hui je me trouve dans la situation étrange de ces imbéciles heureux. Notre amour a été immédiat, pas de temps d'adaptation, pas de besoin de se découvrir l'un l'autre. Un amour binaire... Peut-être est-ce bien ce qu'on appelle un « coup de foudre » ; un jour on est un individu sans aucun sentiment, égaré dans une folie meurtrière, et le lendemain on aime, et tout paraît soudain si simple.

Je sais bien qu'il y a moins de haine en moi, moins de rage, mais que m'importe, je me jette à corps perdu dans l'amour physique, j'y puise l'énergie et les ressources qui me permettront de poursuivre ma quête. De cette mission mon amour ne m'a pas diverti, bien au contraire. La voie me semble aujourd'hui plus claire, comme si on avait allumé un fanal au loin, qui me donne la direction à prendre. Ma direction principale, c'est Lorraine.

Quand on a été comme moi incapable d'aimer, de profiter, de jouir, inapte au bonheur, et qu'on bascule de l'autre côté de l'humanité, tout semble un miracle. Un bouquet de fleurs, un bon plat, un baiser, une chanson, me procurent des sensations jusqu'alors inconnues. Je m'émerveille de tout et de rien. Mes élèves ne me reconnaissent pas.

J'ai enfin rencontré son fils, mardi dernier, nous sommes allés le chercher à la sortie de l'école ; il faisait un peu la tête, je crois qu'il m'en veut de prendre la place de son papa, mais Lorraine m'avait prévenu de ses réticences. Nous sommes allés à pied jusque chez moi, où j'avais préparé un goûter : éclairs au chocolat, jus de pomme, glace à la framboise... J'ai dû marquer quelques points, car il a soudain paru plus détendu.

Je n'entends rien aux enfants, à part quand il s'agit de leur enseigner le piano, mais lui, j'ai envie qu'il m'apprécie. Lorraine et lui ont cette complicité particulière et indéfinissable des familles monoparentales. Je dois montrer que je suis capable d'assumer un rôle de père, je sais que c'est ce qu'elle attend de moi, avant de se décider à venir vivre rue Pergolèse.

J'étais à Londres à la mi-novembre pour y interpréter plusieurs *Fantasiestücke* pour cordes et piano de Schumann, dont le fameux opus 73, d'un romantisme fougueux, avec ses thèmes revenant en cycles, et les assauts répétés du violoncelle auquel répond le clavier. La violoncelliste, une Française installée en Angleterre, se trouvait particulièrement en forme ce soir, et réussit à me surprendre par sa fougue et son ardeur au dialogue musical. Perturbé par ce que je croyais être des piques ou une volonté de prendre l'ascendant sur moi, je commis involontairement une bourde qu'elle remarqua. Elle me jeta un regard de profond mépris, et après le concert, me poursuivit de ses récriminations, dans un jeu trouble de séduction et de domination. C'était une belle femme à la forte poitrine, mes sens aiguisés par ma découverte récente de l'amour me la firent désirer, d'un désir violent que j'eus du mal à réprimer. En d'autres temps, sans doute aurais-je pensé que son outrecuidance méritait réparation. Mais ma nouvelle sérénité avait anesthésié toute haine. Je ne tuai donc pas Rachel Hamon, et réprimai mon envie de coucher avec elle, qu'elle n'eût probablement pas refusé d'honorer.

Une autre fois, je jouai les *Rhapsodies hongroises* de Liszt à Paris, et, ayant commis volontairement deux altérations de la partition originale dans la numéro 15, je remarquai un homme assis au premier rang qui avait gardé son imperméable. Il avait un regard de fouineur, vicieux, à la limite de l'indécence, qui lançait comme des éclairs au moment précis de mes erreurs. Agacé, je m'apprêtais à oublier l'incident, mais l'impudent eut le culot de venir me voir jusque dans ma loge à la fin du concert pour me féliciter, sans faire aucune allusion à ma bourde, mais délibérément provocateur. Il me laissa une carte de visite.

— Venez me voir quand vous voudrez ! dit-il en s'éclipsant.

Je jetai un coup d'œil à la carte : *Paul Deschanel*, 37, villa Montmorency. Le célèbre mécène, collectionneur de claviers anciens. L'offre était tentante... La perspective de confronter mes connaissances, d'essayer les instruments rares, l'emporta sur la vengeance.

Le concert le plus important de ma carrière sera pour fin janvier, à New York, je vais interpréter les *Sonates* tardives de Beethoven, 28 à 32, au *Carnegie Hall*, devant trois mille personnes. Là même où ma mère, en d'autres temps, avait joué sur sa harpe.

Avant ce concert majeur, quelques rendez-vous, jeudi prochain à Lyon pour deux *Concertos* : celui de Schumann, et le 20e de Mozart. Puis un concert « social » de Noël à l'Élysée, en présence du président de la République et du gouvernement. Un registre moins passionnant, mais une première pour moi, et une véritable fierté pour Georges, et même Marthe qui a accepté de se déplacer sans ses chiens.

Lors du petit voyage que Lorraine et moi avons fait en Flandre, nous avons visité quelques musées à Bruges, et notamment le beffroi et son carillon très impressionnant. Après avoir monté les centaines de marches qui menaient jusqu'en haut de la tour, Lorraine me prit dans un coin et posa ses deux mains sur mon visage.

— Laszlo ? dit-elle.

— Oui, mon amour ?
— Tu crois... tu crois qu'on en a pour soixante-dix ans ?
— Certainement... Euh, tu nous fais vivre vieux, là, non ? Si on s'use au même rythme que la nuit dernière, je ne suis pas sûr qu'on tienne jusqu'à cent ans et quelques...
— Laszlo ?
— Oui ?
— Tu t'es déjà demandé si nous étions... prédestinés ?
— Il était écrit qu'aucune femme ne devait me séduire avant toi... Peut-être que les soixante-dix ans auxquels tu fais allusion s'appliqueraient à nous si nous nous étions rencontrés à vingt ans...
— Je me sens vingt ans d'âge et une énergie infinie avec toi, Laszlo...
— Mais qui sait... À vingt ans, je n'étais ni célèbre, ni riche, ni encore f...
— Fou ?
— Euh, oui, fou. Peut-être ne m'aurais-tu pas aimé, Lorraine !
— Dis tout de suite que je m'intéresse à ton argent ! Non mais, tu vas voir !

Furieuse, elle s'apprêtait à me pincer à un endroit particulièrement sensible, mais je la pris contre moi et la serrai.

— Regarde, mon amour, ce carillon. Tu sais comment ça marche ?
— Comme une boîte à musique, non ?
— Exactement ; les excroissances sur le cylindre forment une partition que lisent les bâtonnets de fer, qui vont déclencher les cloches par des systèmes de poulies, à heures fixes. Cette partition est toujours la même, mais peut se

déclencher à des moments différents. Notre histoire est similaire. C'est le destin qui nous a fait nous rencontrer, l'histoire était déjà écrite quelque part. Il fallait qu'elle soit déclenchée. Cela aurait pu se passer il y a quinze ans... mais c'est tombé maintenant... Ni toi ni moi ne serions ce que nous sommes si nous nous étions croisés alors ! Je n'aurais jamais pu travailler assez pour devenir concertiste, distrait par tes charmes !

— La nature fait bien les choses... Et moi, que serais-je devenue ?

— Professionnelle du...

— Non mais ça suffit ! dit-elle en me tapant sur la tête avec son sac. Tu ne penses qu'à ça !

— Je crois que tu aurais été la même...

— À une grosse différence près ! Arthur n'aurait jamais vu le jour. Non, décidément, tu as raison, nous nous sommes rencontrés au bon moment !

— À la bonne heure !

Je l'embrassai, nous montâmes voir les canaux qui couraient de Bruges à la mer, puis redescendîmes sur la place avant d'aller déguster les moules réglementaires. Au restaurant, elle me parla longuement de son petit garçon, et de son père en vadrouille à l'autre bout du monde. Elle me fit comprendre clairement qu'Arthur ne me portait pas dans son cœur, que le père en question était toujours un héros pour lui, et qu'il faudrait d'une façon ou d'une autre régler le problème.

C'est ce jour-là que je décidai que nous devions vivre ensemble. Pour cela il fallait que je séduise le petit garçon. Après, le temps venu, je ferais un enfant à Lorraine, notre enfant, le seul qui compterait.

Pour les fêtes, j'espère la convaincre de venir passer le Nouvel An avec Arthur et moi dans la propriété d'Étretat. Là, nous pourrions annoncer au petit garçon notre installation.

Chapitre 25

Arthur

Samedi 22 décembre, à midi.

Les vacances ! Depuis une demi-heure ! J'adore ces vacances-là parce qu'il y a Noël et puis mon anniversaire. On va partir chez Papi et Mamie, en Bretagne, et après on ira en Normandie dans la maison de Laszlo pour passer le Nouvel An.

Je dois préparer mes affaires car nous partons demain en train mais Sophie emmène nos valises cet après-midi. En attendant le déjeuner, je me cache dans ma chambre pour raconter un peu ce qui se passe, ça fait longtemps que je n'ai pas écrit.

La dernière fois j'ai raconté comment j'ai enregistré sur mon magnétophone la dispute avec Émilien, Kevin et Philémon. Un soir, en rentrant de l'école, je me suis plaint à Maman, elle m'a dit que j'exagérais, qu'il fallait que j'apprenne à régler mes problèmes tout seul, alors j'ai appuyé sur le bouton *PLAY* et j'ai attendu. Elle s'est tue, a écouté, et puis tout à coup, elle est devenue toute rouge, et m'a pris contre elle.

— Pauvre chéri... je suis désolée, je ne savais pas qu'ils étaient si méchants.

— Ce n'est pas grave, mais j'aimerais bien qu'ils arrêtent.

— Je vais m'en occuper. Ça, je te promets qu'ils ne s'en tireront pas. Je verrai la maîtresse demain matin, tu pourras me prêter la cassette ?

— Oui, mais je ne sais pas si...

— Si quoi ?

— Les autres vont encore plus se moquer de moi s'ils voient ça ! Et puis, la maîtresse, je lui en ai déjà parlé, et ça n'a rien changé...

— Cette cassette, ça change tout. Ne t'en fais pas, ça va s'arranger.

Et ça s'est arrangé. Du jour au lendemain, plus de soucis. Il paraît qu'ils ont été convoqués chez le directeur, avec les parents, la maîtresse, et tout et tout... Moi ça m'a changé la vie. Je crois que Maman était fière de ce que j'avais fait. Elle l'a raconté à Sophie, et Martin m'a dit que j'étais un véritable agent secret. Un jour, il faudra que je lui fasse écouter mes autres cassettes. Depuis, en tout cas, je m'en sers tout le temps. Ce n'est pas toujours très intéressant, par exemple quand j'essaie d'enregistrer les chiens au jardin public, ou la conversation des mémés sur les bancs, mais ça m'amuse. L'autre jour après ma leçon de flûte au conservatoire, j'ai laissé exprès l'appareil en marche pendant la leçon d'après, avant de venir le récupérer après mon cours de solfège en faisant semblant de l'avoir oublié. J'ai bien rigolé en entendant que mon professeur est aussi marrant avec les autres qu'avec moi.

Sinon j'ai fini de relire *Harry Potter 4*, j'ai pleuré quand Cédric, l'ami d'Harry, est tué. Je n'en peux plus de devoir attendre mon anniversaire pour lire le suivant. Et si ça se trouve, Maman me dira d'attendre encore un an pour celui d'après... Ça n'est plus possible, je suis grand, quoi ! Mon copain Alexandre il a déjà vu *Indiana Jones* et *Mission impossible*, et moi tout le monde me dit que je suis trop petit. On me prend vraiment pour un bébé.

On a fait notre concert à l'école, ce matin avec la chorale de Mme Grimbert. Maman était venue avec Laszlo, Sophie et Martin. On a chanté des chansons de Noël, *Dans la neige, il y avait deux souliers*, *Mon beau sapin*, et aussi une chanson d'Henri Salvador, *Le Loup, la Biche et le Chevalier*, une chanson de marin, *Le 31 du mois d'août*, deux chansons pour les plus petits, *Compère Guilleri* et *Ah vous dirais-je maman*, et puis aussi *Mon bateau à voile*, d'Anne Sylvestre, et pour finir la complainte de Baloo dans *Le Livre de la jungle*, *Il en faut peu pour être heureux*... C'était très bien. Peut-être que, quand je serai plus grand, je voudrai être chanteur. Je ne sais pas encore. En tout cas Maman m'a filmé, et moi j'avais posé mon magnétophone sur la fenêtre, le bouton appuyé pour pouvoir m'écouter après.

C'était la troisième fois que je rencontrais Laszlo ; je suis même allé deux fois chez lui : c'est une immense maison dans Paris, pas très loin de chez nous, où il vit tout seul avec plein de pianos et de clavecins, des grands miroirs, des tableaux, une petite forêt dans le salon... Je n'avais jamais vu ça ! Il doit être très riche, c'est sûr. Maman dit qu'il est tellement connu que dans les autres pays, ils veulent tous l'inviter pour qu'il leur joue des morceaux. Il a fait des concerts sur les cinq continents, même l'Océanie, c'est lui qui me l'a dit.

Bon ça va, il est un peu bizarre, mais Maman a l'air de l'aimer beaucoup. Je ne suis pas complètement idiot, je vois bien qu'il essaie de faire des efforts pour être mon copain. Moi je ne l'aime pas, et il n'a pas le droit de prendre la place de Papa dans notre maison, ça c'est PAS QUESTION ! Mais même si je ne l'aime pas tellement, je ne peux quand même pas bouder tout le temps, et puis il est très célèbre, très connu, c'est vrai, s'il passe ce temps avec Maman, s'il veut me voir, c'est que ça doit compter pour lui, qu'il doit être vraiment amoureux d'elle... Je n'arrive pas à le dire sans serrer les poings, personne, vraiment personne à part Papa ne doit être amoureux de Maman... Pourtant, quand je la vois, si contente, si joyeuse, je me dis qu'il doit lui faire du bien, qu'elle a l'air plus heureuse qu'avant. Je ne la vois plus pleurer dans sa chambre, ni passer des heures devant son ordinateur à parler à des inconnus. Elle est devenue encore plus belle, je ne pensais pas que ce soit possible... Tout cela me fait réfléchir. Est-ce que je ne suis pas juste un peu jaloux ? Est-ce que je ne devrais pas moi aussi faire quelques efforts, puisque ça fait du bien à Maman ? J'ai une drôle d'impression, un peu comme dans les livres où on devine que les gentils ne sont peut-être pas tous gentils. Laszlo... Je trouve qu'il a une tête de Méchant. Dans *Harry Potter* il serait peut-être un *Mangemort* déguisé ; on peut être un *Mangemort* gentil, mais le plus souvent ils sont au service du Seigneur des ténèbres. Laszlo a un regard de fou quand il joue du piano, quand il rit, il a tout le temps l'air d'en faire un peu trop. Je trouve ça louche. Comme je ne peux pas en parler à Papa, qui ne revient pas avant cet été, il va falloir que je garde l'œil, l'air de rien. Et je vais aussi en parler à Martin. Mais il faudra qu'il me jure de ne rien dire à Maman. Je ne veux pas qu'elle ait de la peine.

Il y a une autre chose incroyable, c'est que je vais aller dans la maison du président de la République, demain après-midi, pour écouter un concert de Laszlo ! Je suis hyper content, peut-être même que je vais devenir célèbre et passer à la télévision. Maman m'a déjà préparé une tenue pour être beau. Le président de la République !

Chapitre 26
Lorraine

Maison d'Erquy, le 29 décembre.

Nous partons demain pour Étretat sans repasser par Paris. Laszlo nous attendra, je sais qu'il est impatient que nous nous retrouvions, que nous fêtions ensemble la nouvelle année et que nous parlions à Arthur. Il voudrait que nous venions vivre chez lui dès la rentrée... Pour ma part, je suis prête, je voudrais seulement que mon petit bonhomme ne soit pas trop déstabilisé. Je sens bien qu'il a encore du mal, même si Laszlo est adorable avec lui et fait des efforts. L'image de Jérémie, sa présence, continuent à peser sur nous, comme une malédiction. Je suis vraiment agacée... mais qu'y puis-je, c'est son père, après tout... Je n'ai jamais dit à Arthur les souffrances qu'il m'a fait endurer, il ne sait pas, et c'est parce que je l'ai protégé de tout cela, parce que je n'ai pas voulu l'exposer, qu'aujourd'hui je paye. Il aurait été tellement plus simple de lui faire comprendre dès le début que c'était Jérémie, le salaud. Mais c'est plus fort que moi, je n'ai jamais pu m'y résoudre.

Nous avons pourtant eu de grands moments tous les deux, mais ils ont été effacés, délavés, salis par les dernières années de vie commune. On ne devrait pas, quand on s'est aimés, qu'on a vécu ensemble, accepter de laisser détruire la beauté des souvenirs. Il faudrait se quitter, sans rien dire, avant de tout gâcher. Le service après-vente, en amour, c'est toujours d'une tristesse… C'est comme ces vieux couples qui se sont aimés passionnément mais ont laissé se flétrir leur amour, et n'ont plus rien à se dire. Quoi de plus terrible quand on a connu l'intensité des regards, la compréhension à mi-mot, le désir en filigrane dans chaque phrase, dans chaque geste… Quoi de plus humiliant que d'accepter cette compromission des conversations stériles sur la pluie, le beau temps, juste pour occuper l'espace sonore. On se doit bien le silence, quand on s'est aimés et qu'on n'a plus rien à se dire : on se doit de se taire, par respect pour cet amour passé, parce que ce n'est pas n'importe quoi de s'être donnés l'un à l'autre, parce que l'autre n'est pas un inconnu auquel la politesse nous oblige à faire un frais.

Quel tourbillon que la vie de ces dernières semaines…

Le *Concerto* de Schumann à Lyon. Un hymne à l'amour dédié au piano et au dialogue musical, sans fioritures, avec cet *Intermezzo* troublant où les pupitres se répondent les uns aux autres, reprenant le thème sur un fond d'arabesques. J'avais accompagné Laszlo pour être à ses côtés, je me tenais au premier rang, devant un public électrisé à son arrivée, qui sembla par la suite un peu déçu de la performance dans le *Concerto* de Mozart, puis à nouveau séduit par Schumann ; peut-être Laszlo avait-il poussé un peu loin l'originalité... Peu m'importait, je savais qu'il me dédiait le morceau, son regard se tournait vers moi quand il pouvait s'échapper de l'orchestre. Son corps tout entier était sous l'emprise de sa passion, je devrais dire *passion musicale*, mais il était clair pour moi que son amour le transportait et lui dictait son interprétation. Laszlo semblait s'en moquer. Il se réjouissait tant de m'avoir emmené en tournée pour ces deux soirées qu'il ne réagit qu'à peine à la critique assez sévère qui fut publiée dans *Le Progrès* et *Le Monde* dès le lundi, par le célèbre critique musical Alphonse Revard.

— Peu me chaut ce que pense cet imbécile, je déplace les foules... Je me moque bien de lui, il n'a jamais aimé ce que je jouais. Que tu viennes avec moi, que tu m'accompagnes, cela compte mille fois plus... Pouvoir dormir avec toi après un concert...

— Tu veux dire, avant et après...

— On n'a pas dormi, avant !

— Enfin... tu vois ce que je veux dire.

Il était toujours insatiable. Au point que Georges, discrètement, me demanda de ne pas trop le déconcentrer, et me fit promettre de lui rappeler ses obligations, interviews prévues sur une radio et pour un journal lyonnais.

— Lorraine, m'interpella Laszlo dans le train qui nous ramenait à Paris.

— Oui mon amour.

— Tu peux m'accompagner à New York fin janvier ?

— Tu sais, c'est difficile pour moi, je n'ai pas de vacances à ce moment-là. J'aimerais pourtant...

— C'est un samedi soir ; tu fais l'aller-retour pour le week-end ! Je t'offre la première. J'ai besoin de toi. Je ne sais pas, c'est nouveau... Ça me rassure de te savoir dans la salle, tu veilles sur moi comme un ange gardien, tu éloignes mes mauvais démons. Je te retrouve après... Je n'envisage pas la vie sans toi, Lorraine.

— C'est Georges qui va me faire un procès !

— Ça m'étonnerait. Georges sait que ce qui est bon pour moi est bon pour ma musique. Tu sais, il me connaît bien, il est le premier à avoir cru en moi, à une époque où je n'avais pas encore trouvé...

— Trouvé quoi ?

— Euh... un *je ne sais quoi*, dirait Georges, justement, quelque chose d'indéfinissable qui manquait à mon jeu, un peu comme si je jouais en noir et blanc. Il me disait toujours de trouver la chaleur, la couleur de la musique en moi. Et un jour...

— Un jour, tu as trouvé, il m'a raconté ça !

— Oui, je...

— Alors ne va pas me raconter qu'il n'y avait pas une grande passion derrière tout cela, cette découverte... Je ne serai pas jalouse, tu sais... Tu es à moi maintenant !

— Non, je t'assure...

— Quand je vois comme tu es capable de donner, de te donner, comme notre relation influence ta musique, je me demande ce qui a déclenché le *big bang* ! Il y avait forcément une femme derrière tout ça... Allez, Laszlo, dis-le, avoue… J'en ai besoin pour mieux te comprendre !

Il n'y avait rien à faire. Il n'avoua jamais ce qui avait pu se passer il y a dix ans pour transformer un pianiste doué et obscur en un célèbre prodige. Je me perdais en conjectures. Il avait des zones d'ombre, comme nous en avons tous. Chez lui, ce brin de folie qui fait probablement le génie, transparaissait parfois quand il jouait, quand il faisait l'amour, dans son regard particulièrement transperçant. Dans sa candeur surprenante pour un homme de son âge, dans son ingénuité de chaque instant, dans l'inspiration qui le poussait quand il jouait pour moi sur son Steinway, fredonnant comme s'il était seul, visiblement travaillé au corps par la musique qu'il égrenait comme on déroule un collier de perles, occupé à détacher ses notes, à les isoler comme si chacune d'entre elles était une offrande à je ne sais quelle divinité qu'il vénérait. Dans ces moments, il m'apparaissait que le génie et la folie sont très proches. Comme chez Liszt ou Schumann, comme chez Glenn Gould, on pouvait craindre à chaque instant qu'il ne bascule de l'autre côté du miroir. Il avait dû souffrir, et quand il évoquait ses démons je tâchais de m'identifier à lui, je tentais de l'imaginer en proie à des cauchemars d'artiste, confondant sa propre vie et ses partitions. Il me parlait de cette musique intérieure qui l'avait guidé toutes ces années, qui avait retenti chez lui dès l'enfance, comme la trame de sa vie. Il semblait s'en être détaché, libéré. C'était un artiste qui s'assumait, un être rationnel, mais je savais, moi, après seulement quelques mois d'histoire commune, qu'il cachait une grande fragilité. Je voulais être là pour lui, même si je ne comprenais pas tous les ressorts de sa personnalité complexe.

Il m'a fait un immense plaisir, dimanche dernier ; nous étions venus déjeuner avec lui, et il nous avait demandé d'apporter nos instruments, Arthur sa flûte, et moi mon violoncelle.

Nous avions rendez-vous l'après-midi pour un concert au palais de l'Élysée. Je me demandais pour quelle raison saugrenue il voulait m'entendre jouer, et révisai tant bien que mal la veille au soir les *Sonates* de Bach, qui sont un peu mes morceaux de gloire.

Après avoir écouté Arthur lui jouer ses derniers morceaux, l'avoir félicité sans en faire trop, il me regarda avec un large sourire.

— À toi maintenant !

— Laszlo, je n'ai rien préparé, je…

— Ça n'est pas vrai, Maman, tu as joué toute la soirée ! dit Arthur en riant. Regarde, Laszlo, elle a même apporté ses partitions.

— Si tu veux bien, mon amour, nous allons jouer ensemble.

Je lui fis les gros yeux ; je n'aimais pas qu'il me parle ainsi devant mon petit garçon, c'était trop tôt. De fait, Arthur fit mine d'ignorer totalement sa dernière phrase. Je pris la partition qu'il me tendait, la *Sonate pour arpeggione et piano*, de Schubert.

— Oh Laszlo… tu es un amour, fis-je, avant de me reprendre en rougissant, jetant un regard en coin à Arthur toujours absent. C'est mon morceau favori... Je rêve de le jouer avec toi depuis le premier jour... Je n'osais pas te demander.

— J'avais deviné, et j'ai très envie, moi aussi, de jouer avec toi !

— Faire une bonne action...

— Lorraine, tais-toi et sors ton instrument. Nous allons dédier ce concert à Arthur. Sais-tu ce que c'est qu'un arpeggione ?

— Oui, Maman m'a déjà expliqué. C'est un violoncelle en forme de guitare.

— Très bien. Tu vois, Lorraine, je me suis souvenu de tes remarques sur Musiclassiforum, l'été dernier.

— Effectivement... tu savais déjà tant de choses sur moi... Quelle incorrigible bavarde je fais.

La *Sonate pour arpeggione*, c'était pour moi la quintessence du romantisme, servie par un échange extraordinaire entre les deux instruments. Le piano séduit par son chant et ses réponses claires à la tonalité plus grave et profonde du violoncelle. Au fur et à mesure qu'on avance dans le premier mouvement, un véritable dialogue s'instaure entre les deux.

Nous jouâmes les trois premiers mouvements. J'étais si émue qu'il m'accompagne que je commis plusieurs fautes de notes ; je ne l'avais pas jouée depuis des années, et l'émotion me revenait petit à petit. À la fin, j'étais fourbue, j'avais chaud, mais j'étais contente de moi. Arthur me regardait avec fierté et applaudissait comme un parterre. Laszlo avait joué divinement, mais je ne m'en étais pas si mal sortie. Il se leva avant moi et déposa un baiser sur mes lèvres, ce qui fit sursauter Arthur, qui quitta la salle, l'air furibard.

— Ce n'est pas encore gagné... soupirai-je. Merci, Laszlo, tu m'as fait un immense plaisir.

— C'est ma spécialité, quand tu voudras ! dit-il. Allons déjeuner, j'ai préparé les frites de l'amitié.

Chapitre 27

Laszlo

Dimanche 30 décembre, à Étretat, en attendant Lorraine et Arthur.

Je ne sais pas ce qu'ils ont tous, à me dire avec leur air gêné que je joue différemment. Je sais bien, moi, que je suis au sommet de mon art, que le dernier coup de pouce du destin m'a donné cette touche d'audace qui manquait encore pour atteindre la perfection.

D'abord cette violoncelliste qui me trouble à Londres, puis ce critique de Lyon, cet intarissable frustré, qui a pondu un article assassin.

Laszlo Dumas ou le piano assassiné, par Alphonse Revard.

Laszlo Dumas nous a donné le 20ᵉ Concerto *de W. A. Mozart hier soir, avant un* Concerto *de R. Schumann assez réussi car convenant bien au style échevelé, au bord de la folie, du célèbre pianiste. C'est avec une oreille attentive que le spectateur, émoustillé par la présence du célèbre interprète, aborde le fameux* Concerto, *joué avec tant de maestria par les illustres prédécesseurs de*

Laszlo Dumas. On se souvient des interprétations mythiques de Richter, ou des excellents enregistrements de Barenboïm, et également de Perahia qui, à sa façon, donna de cette œuvre magistrale une interprétation nouvelle par sa densité sonore. On attendait Laszlo Dumas dans ce grand classique qu'il n'avait curieusement jamais donné. On comprend aujourd'hui pourquoi.

De qui se moque M. Dumas ? Je fréquente les salles de concert depuis plus de quarante années, et je n'ai jamais entendu une interprétation aussi indigente. Sous un vernis de nouveauté et d'originalité, Laszlo Dumas insulte la mémoire de Mozart, et l'audace de son jeu ne trouve aucun écho chez ceux qui, nombreux, ont suivi et aimé ce pianiste de la génération qui monte. Croyant que ma réticence habituelle à son égard m'aveuglait, il ne me fallut guère de temps pour réaliser que mes voisins, à côté, devant ou derrière moi, partageaient mon opinion, et qu'un bon mot se répandait comme une traînée de poudre parmi les spectateurs de samedi soir, à l'Auditorium : « C'est Mozart qu'on assassine. »

La démarche de M. Dumas, qui lui a assuré jusqu'alors le succès qu'on sait, pourrait bien avoir trouvé ses limites. Populariser la musique classique est une option courageuse, jouer pour le plus grand nombre se défend, mais cette approche démagogique de l'Art ne peut se faire au détriment de l'œuvre elle-même, sous peine de dériver dangereusement vers la variété. S'il souhaite poursuivre sa carrière d'interprète de haut niveau, M. Dumas serait bien avisé de s'en préoccuper, et de laisser Mozart reposer en paix plutôt que de l'affubler de ces costumes grotesques. Ou peut-être d'envisager une réorientation vers la télévision ou le music-hall.

Le piano est un instrument merveilleux, Laszlo Dumas, et le fait que vous sachiez en jouer à la perfection ne vous dispense pas de rester dans les limites de l'acceptable en ce qui concerne l'interprétation du registre classique. L'interprète est un artiste, et non un bouffon populaire. Il n'assassine pas son instrument sur scène.

J'ai choisi de ne pas réagir. Georges a rédigé un droit de réponse en mon nom aux journaux concernés. Ils n'ont pas compris. Je vais les surprendre encore plus à New York, en janvier.

Georges était mécontent, il nous avait accompagnés comme à son habitude, et lui non plus n'a pas aimé mon interprétation de Mozart.

— Tu sors complètement de ton registre ? Que t'arrive-t-il ? Tu fais des expériences ? Parles-en avant ! Tu as joué très différemment lors de la répétition générale. Le chef d'orchestre était furieux.

— Georges, laisse-moi. Je joue comme je l'entends.

— Tu ne m'as jamais parlé comme ça...

— Prends ça au sens littéral du terme : je le joue comme je l'entends, ce fichu *Concerto*. C'est comme cela qu'il m'est venu. Je n'avais pas le choix.

Je n'ajoutai pas que je l'avais intérieurement dédié à Lorraine, cela l'aurait inquiétée. Elle s'en était aperçue, et avait adoré cet hommage. Je pensais à elle pendant que je jouais, je songeais à notre nuit, à notre vie à deux, qui commencerait très bientôt.

— Je t'ai connu plus combatif, Laszlo, ça ne te fait rien, qu'on écrive des ordures pareilles sur toi ?

— En d'autres temps, il est vrai que cela m'eût incommodé...

— Mais l'amour t'aveugle, je te le dis, moi...

— Nous y voilà !

— Oui, Laszlo, je dois t'en parler, je suis ton agent et ton ami. Je suis très heureux que tu aies trouvé le bonheur avec cette fille... charmante, mais peut-être que tu te disperses un peu trop, non ?

— Je ne crois pas... Non, au contraire, j'ai plus d'inspiration, je pourrais déplacer des montagnes. C'est vrai que je traverse une période de transition, mais j'en sortirai bientôt, et plus fort, plus puissant, plus célèbre... Je te durerai toute une vie, Georges ! N'oublie pas ce que tu dis toujours : « J'ai...

— ... tiré le bon numéro. » Ah, Laszlo, tu m'inquiètes, c'est tout... Je ne veux pas te mettre la pression, je suis désolé.

— Tout va dans le bon sens pour moi, Georges. Je crois que je découvre le bonheur, c'est tout ! Mais rassure-toi, ma carrière de pianiste reste ma priorité numéro un.

— Ou deux...

— Un ou deux... Ces deux priorités sont liées. Si je ne pensais pas que Lorraine me réussit, je me remettrais en question, je te garantis.

— Eh bien, dépêche-toi de trouver le ton qu'il faut, je te fais confiance. Mais rappelle-toi, notre monde évolue vite, et on oubliera aussi vite Laszlo Dumas qu'on l'a porté aux nues, s'il cesse de plaire. Tu es un artiste, mais aujourd'hui, tu es aussi devenu un produit. Et les gens qui achètent ce produit en veulent pour leur argent.

— C'était le quart d'heure du businessman... Amis poètes, bonsoir !

— Je suis dans mon rôle, Laszlo. Bonsoir. Amitiés à Lorraine.

Georges a tort, pour une fois. Tout le monde a tort. Je ne suis pas Laszlo Dumas pour rien. Je suis serein. Je suis calme. J'ai raison.

Plus de sonate, plus de musique intérieure à l'aube de cette année qui va commencer. Qu'y ai-je perdu ? Notre esprit érige en nous des protections mentales, des guides, des subterfuges qui nous permettent d'affronter la réalité du monde, et de faire face à nos destins personnels malgré nos démons, nos angoisses, nos réticences. En trouvant Lorraine, je me suis délivré d'une partie de cette étrangeté qui avait pris en moi des cheminements complexes, et dont la sonate était un rouage central. Est-ce affaire de confiance en soi ? La seule chose dont je sois sûr, c'est bien mon amour pour elle.

Ce qu'ignorent Georges et les autres, c'est de quelle malédiction Lorraine m'a délivré. Cette permanente obsession meurtrière, cette obligation, même si elle était au service d'une cause supérieure, me pesait, annihilait toute humanité en moi. Mon bonheur actuel vient également d'avoir réalisé que je pouvais rester le même, au meilleur niveau, sans avoir à tuer. Pour cela, Lorraine, je te voue une infinie reconnaissance.

Les zones troubles s'effacent de mon esprit, je deviens un être humain à part entière. Je dois être encore patient, attendre, apprendre, continuer à l'aimer ; durant quelques jours, nous allons vivre à trois. Puis nous allons fonder une famille. Tout cela est si soudain ; j'étais un extra-terrestre, et me voilà rendu au monde.

Si j'étais croyant, je dirais que je suis sur le chemin de la rédemption. Amen.

Je dois raconter l'épisode du concert à l'Élysée, car cet événement ne manquait pas de panache. Le petit Arthur trépignait de curiosité, Lorraine s'était habillée en rouge et noir, et Marthe avait confié ses molosses à une baby-sitter qui n'en revenait pas d'être payée pour garder des chiens. Après avoir été présenté au chef de l'État, que je n'avais encore jamais rencontré, je pris place devant le piano et interprétai deux *Fugues* de Bach, une pièce de Mendelssohn, et *Jeux d'eau* de Ravel. Conformément à mes petites manies, j'avais soigneusement arrangé l'introduction de petites erreurs dont je me doutais bien que personne ne saurait les remarquer parmi cette assemblée de profanes ; je voyais mal un ministre ou un garde républicain froncer le sourcil à l'écoute d'un *fa* dièse mal placé. Et pourtant, c'est l'hôte de cette réception en personne qui me surprit par une série de mimiques d'agacement au moment précis où je commettais les bourdes. J'étais stupéfait. Notre président, dont j'ignorais qu'il fût mélomane, avait-il repéré mon petit jeu ? Je me raisonnai, tout en faisant la conversation à Marthe, un petit-four à la main, pendant que le président faisait distribuer aux enfants du personnel des cadeaux républicains. Et s'il avait une poussière dans l'œil ? Ou un bouton de moustique à l'oreille qui le grattait ? Ou encore un tic nerveux inconnu, qui se déclenchait à son insu dès qu'on altérait la musique... Rien ne me satisfaisant, je l'inscrivis en souriant sur la liste virtuelle que j'avais constituée depuis deux mois...

— Tu as eu beaucoup de chance, toi ! murmurai-je en lui souriant de loin.

Nous partîmes, accompagnés de Georges qui, rose de plaisir de l'honneur qu'on nous avait fait, semblait s'excuser encore de la conversation musclée que nous avions eue à propos du concert de Lyon.

Me voilà seul.

Après avoir fait un tour au jardin, regardé les arbres de mon verger, donné à manger au petit lapin acheté à la ferme pour Arthur et que j'ai installé dans une cage prêtée, j'ai franchi la haie qui sépare ma propriété du champ du voisin agriculteur, puis j'ai marché jusqu'au chemin des douaniers qui longe ce même champ à l'autre bout. Ma maison est très calme et isolée, elle a ce charme un peu suranné des grandes propriétés bourgeoises du début du XXe siècle.

Je suis allé au point de vue qui se trouve non loin de là, dans un défilé de rochers au bord d'une falaise plongeant de plus de deux cents mètres dans le vide. J'ai regardé la mer, assis sur un banc.

Le vent laissait de longues striées dans le ciel ; j'ai jeté des cailloux dans l'eau. J'étais seul, j'ai jeté beaucoup de cailloux, comme des épines plantées dans mon ancienne vie dont je me débarrassais. Quarante-neuf victimes. Quarante-neuf cailloux partis dans le vide ; mes larmes coulaient toutes seules, et soudain j'ai eu besoin de faire pipi. J'ai déboutonné ma braguette et j'ai uriné longuement dans le vide. Je sentais le liquide chaud sortir de mon corps en même temps que mes larmes.

J'ai continué la balade, rejoignant l'orée d'une forêt proche à travers champs, pour y glaner du bois mort, car je voulais préparer une flambée.

Une fois rentré, le bois placé dans la cheminée, je suis allé me changer, me laver les mains, et je me suis assis au piano droit, un classique Rameau que j'ai installé face à la mer. Je me sentais étrangement calme et serein.

J'ai répété mes *Sonates* de Beethoven. Ce concert de New York fera mentir les incrédules. Je m'y surpasserai. J'ai trouvé mon angle d'attaque, sur la 28e. Cette *Sonate* est d'une modernité incroyable. Presque déjà du jazz. Sans parler de la 32e... Quelle maturité avait le génial Ludwig pour oser cette musique, ces rythmes, ces accords, alors qu'il n'entendait plus ! Quelle avance sur son temps ! Quelle puissance ! Lui qui avait commencé dans le style de ses prédécesseurs, Haydn et Mozart, le voilà capable de franchir les siècles.

Le soir tombe. Je vois le soleil se coucher au loin sur la mer. Lorraine et Arthur vont bientôt arriver. Demain nous fêterons la nouvelle année. J'ai préparé des cadeaux pour eux, et particulièrement étudié celui d'Arthur, avec l'aide de Lorraine. Nous mangerons des huîtres dans la véranda chauffée avec vue sur la mer, nous irons nous balader sur le chemin des falaises, nous nous reposerons, nous dormirons, nous ferons l'amour, nous lirons, nous jouerons aux cartes, nous préparerons des crêpes. Comme une vraie famille.

Chapitre 28

Arthur

Ça y est ! J'ai huit ans !

Nous sommes le 3 janvier, et toujours en vacances dans la maison de Laszlo. Je me suis levé tôt ce matin pour continuer à lire *Harry Potter 5* que j'ai eu à mon anniversaire. Je n'arrive pas à lâcher le livre, je me plonge dedans du matin au soir, assis près du feu dans la maison. Dumbledore, qui est le directeur de *Poudlard, l'école des sorciers*, a créé l'Ordre du Phénix, pour lutter contre Voldemort !

Le jour du Nouvel An, on a fêté l'anniversaire. J'avais un beau gâteau, huit bougies qui font semblant de s'éteindre quand on souffle dessus, mais qui recommencent à brûler après. Laszlo m'a offert des cadeaux incroyables : d'abord un petit lapin, que j'ai appelé *Noisette*, et qui est trop mignon. Je n'ai jamais eu d'animal et c'était mon rêve ! Maman a fait un peu les gros yeux, mais elle a dit qu'on s'arrangerait pour Paris, qu'elle trouverait bien un endroit où poser la cage. J'étais vraiment content de mes cadeaux, parce que après Maman m'avait donné une grosse boîte de Playmobil et un disque sur la vie des baleines, et Laszlo… un gros paquet dans lequel il y avait :

Harry Potter 5, Harry Potter 6, Harry Potter 7 !
J'étais tellement fou de joie que je me suis levé,
j'ai tourné dans tous les sens, j'ai crié, j'ai chanté,
et je suis allé embrasser Maman et Laszlo.

— Vous être trop gentils ! j'ai crié, et j'ai bien
vu que ça faisait plaisir à Maman quand j'ai fait
un bisou à son amoureux. Je commence à
trouver qu'il n'est peut-être pas si méchant.

D'ailleurs, nous avons fait beaucoup de choses
ensemble pendant ces vacances. Par exemple, à
Othello, il a organisé un petit tournoi avec
Maman et moi : on jouait chacun deux fois
contre les deux autres ; si on gagnait on avait
deux points, si on perdait zéro, si c'était match
nul, un. Laszlo a eu sept points, moi quatre, et
Maman trois. On est allés se promener au bord
de la mer, visiter la maison d'un écrivain dont
j'ai oublié le nom.

Il fait froid mais c'est très joli, et le jardin est
super pour jouer avec Noisette. Hier matin, il a
même neigé, il paraît que c'est rare dans cette
région, c'était drôle de voir les petites traces de
pattes de mon lapin sur la neige.

Un peu plus tard, ils m'ont annoncé qu'ils voulaient qu'on aille vivre tous les trois ensemble
dans la maison de Laszlo. Maman me regardait
avec les yeux grands ouverts, elle avait l'air
d'avoir peur de ce que j'allais dire.

J'ai pris mon temps, soupiré, je me suis levé,
j'ai tourné en rond, et puis j'ai pris mon air de
petit coquin et je me suis glissé entre eux par-derrière, en leur donnant une tape sur le dos, et
j'ai dit :

— D'accord ! Où je vais dormir ?

Maman a souri, elle avait l'air tellement contente qu'elle n'a pas pu s'empêcher de se pencher pour me faire un bisou.

— Nous y avons déjà réfléchi, il y a les deux chambres d'amis à l'étage, avec une salle de bains et des toilettes. Tu pourrais en choisir une, et on te l'installera.

— Chouette, ça va me faire une grande chambre !

Tout ça va me changer ! Quand je pense... La prochaine fois que Martin ou Alexandre viendront me voir, cette maison sera devenue *chez moi* ! Je me dis que de près, en tout cas, je pourrai plus facilement surveiller si Laszlo est un *Mangemort* ou pas. Et puis, aller s'installer chez lui, ça n'est pas pareil que s'il venait vivre à la maison où a habité Papa. Maman m'a dit que de toute façon, on allait garder notre petit appartement.

Dans ma nouvelle chambre, je vais me faire une bibliothèque spéciale avec les sept tomes d'*Harry Potter*. En plus, Maman est d'accord que je les lise tous, maintenant. Je suis le seul de ma classe à en avoir lu autant. Je ne parle pas de ceux qui ont vu les films, ça ne compte pas ; voir un film c'est facile...

J'aime voir Maman qui va bien. Ils sont partis se promener tous les deux ce matin, main dans la main, habillés de pulls, d'écharpes et de bonnets en laine de toutes les couleurs qu'il avait rapportés d'un voyage en Amérique du Sud, et il m'a demandé de garder la maison. Ça va, et puis j'ai un lapin de garde ! J'ai voulu aller les rejoindre dans leur chambre ce matin, mais la porte était fermée. Ça me fait bizarre que Maman soit avec un autre Monsieur dans le lit. Peut-être même toute nue, comme avant avec Papa. Mais avant, je venais les rejoindre et je me blottissais au milieu d'eux le matin pendant qu'ils me racontaient une histoire. J'aimais bien ces moments, même si j'ai un peu oublié, je n'avais que cinq ans... Ça me fait bizarre qu'elle ne soit plus pour moi tout seul. Heureusement qu'il y aura Noisette, mes livres, mes jouets à Paris, car je risque de m'ennuyer un peu. Je me demande ce qu'ils peuvent faire dans leur lit, ils y passent beaucoup de temps et moi j'ai faim en les attendant, mais peut-être qu'ils lisent des livres pour les adultes, ou qu'ils jouent ensemble. Il faut qu'ils fassent attention, ils risquent d'attraper un bébé ! Mais moi ça ne me dérangerait pas. Comme ça quand il sera grand il pourra m'aider à débarrasser la cuisine.

Plus que trois jours avant la rentrée des classes... Aïe !

Chapitre 29
Lorraine

Vendredi 18 janvier, sous les feuilles de je ne sais plus quel arbre exotique, après le dîner.

Quel enchantement que cette maison ! Je peux corriger mes copies dans un jardin... Nous nous sommes installés le week-end dernier, et c'est une nouvelle vie qui commence. Tout est plus facile que je l'imaginais. Arthur joue tranquillement dans sa chambre, il a presque fini son roman, mais je lui ai demandé d'aller doucement avant de lire les autres, sinon il ne pensera plus qu'à ça.

Laszlo travaille comme un damné, enfermé dans la salle de répétition, depuis que nous sommes rentrés d'Étretat. Le concert de New York aura lieu samedi prochain et je le sens concentré à l'extrême. La maison résonne des *Sonates* de Beethoven qu'il va interpréter, mais la salle est assez bien isolée pour que le bruit ne nous dérange pas.

J'irai avec lui aux États-Unis. Il doit partir dès mercredi, pour répéter là-bas, se mettre en condition, et je ne le rejoindrai que pour la représentation, repartant avec lui le lendemain matin.

Georges sera aussi avec nous, fidèle parmi les fidèles, même si je le trouve un peu tendu ces derniers temps. Un vrai voyage éclair... Sophie a une fois de plus gentiment proposé de gérer Arthur... et Noisette !

Il y tenait tellement, il n'y a pas grand-chose que je puisse faire pour l'aider en général, mais être là et l'aimer, je sais faire. Je le fais quand je le peux.

Le rythme de ces dernières journées est épuisant. Les affaires de l'appartement à transférer, les cours qui ont repris au lycée, le vélo matin et soir, le travail scolaire, mes copies... et la nuit si courte. Laszlo émerge vers 20 heures, nous dînons à trois, puis il retourne travailler jusque vers minuit. Je dors, mais il me réveille pour m'aimer longuement. Tous les jours. Je vais être obligée de lui demander grâce, je ne tiens plus le tempo... Mais j'attends que ce concert soit passé, je sens que c'est d'une telle importance pour lui de réussir, je devine une telle tension, une charge émotionnelle si invraisemblable, que ce n'est pas le moment de le perturber.

Il y a une chose que je veux surveiller, c'est le confort de cette nouvelle vie. Sorties, voyages, hôtels, belle maison... Ne suis-je pas en train de prendre goût au luxe ? Eh bien ma vieille, as-tu oublié tes grands principes ? Ne jamais s'attacher au bien-être matériel, ne jamais s'arrêter de travailler, ne jamais devenir dépendante, rester toujours en situation de contrôle de sa vie, aimer par choix, pouvoir tout remettre en cause sans se poser de questions inutiles. Profiter de la vie, jouir de l'instant présent, mais ne pas s'y attacher. Se dire que demain peut être différent, que rien n'est jamais acquis. Rester libre. Jusqu'au bout...

Quand je pars dans ces délires, je crois revivre les discussions à la fac, nos dix-huit ans, la réaction contre les années quatre-vingt-dix et leur matérialisme sur fond de marasme économique, la volonté de ne pas ressembler à nos parents, nous qui leur ressemblons pourtant tellement.

J'entends Laszlo qui approche, le piano s'est tu. Je peux fermer les yeux et décrire à l'avance ses caresses, ses baisers, son romantisme de l'instant, et pourtant je sais qu'une fois de plus il va me surprendre. Que va-t-il inventer, cette fois ? Me porter jusqu'à ma couche ? M'allonger, déshabillée, sous le piano ? M'installer à quatre pattes face aux toiles du salon ? Prendre une pose de statue contre les miroirs de l'estrade ? Me servir un verre d'alcool en me caressant les seins avec ses mains de géant qui peuvent les saisir comme deux pigeons ? Me jouer un *Impromptu* de Schubert en me regardant danser déshabillée pour lui ? Je ne suis pas encore rassasiée de cette créativité à tout va...

Chapitre 30

Laszlo

Hôtel Walfdorf Astoria, New York, samedi 26 janvier, 16 heures.

Le concert a lieu à 7 heures. La limousine va bientôt venir nous chercher. Tout cela est irréel, je vogue sur une mer de nuages. Je ne ressens aucune inquiétude, pas de trac, pas de stress. La musique m'envahit. J'ai répété hier toute la journée et ce matin, pratiqué quelques entraînements sur le piano qu'on a mis à ma disposition dans le salon de ma suite. Un de mes exercices favoris, que j'appelle la « limace », consiste à jouer lentement, sans interpréter, le morceau, appuyant chaque touche comme une glaise qu'on pétrit, et à répéter intérieurement, avec précision, en les verbalisant, les nuances que je souhaite exécuter. Mes doigts mémorisent ainsi une dernière fois l'empreinte tactile de chaque *Sonate*, tandis que j'élabore en mon for intérieur l'image musicale dont je veux imprégner chacune d'entre elles. Ce concert sera mon chef-d'œuvre, il marquera ce tournant dans ma carrière encore jeune, qu'ont connu tous les *grands*, à un moment ou à un autre. Ce moment où, détaché de l'envie de plaire et de la griserie des premiers succès, l'artiste donne libre cours à son génie, se met au service de la musique, où sa maîtrise technique ne devient qu'un détail, un outil. Je vais jouer devant des milliers de personnes. Un public, c'est une réunion d'âmes venues s'abreuver à la source même de l'art. Donnez-leur à boire, ils repartiront rassasiés et vous serez reconnu ; ne les laissez jamais avoir soif. Il me revient cette conversation surréaliste entre Glenn Gould et Arthur Rubinstein, le spécialiste de Bach expliquant au spécialiste de Chopin, pourtant son aîné de cinquante ans, qu'il avait renoncé aux concerts pour se consacrer aux enregistrements, et que les spectateurs n'étaient qu'une gêne, tandis que l'autre décrivait la sensation de puissance que lui donnaient ces centaines d'âmes qu'il tenait entre ses mains lors de ses concerts. Même si, comme Gould, je pense qu'on n'a le droit de jouer une œuvre qu'en apportant d'elle une interprétation nouvelle et personnelle, je suis comme Rubinstein pénétré de l'écoute que peuvent en avoir mes auditeurs.

Pour la première fois depuis près de dix ans, je vais jouer en soliste sans introduire d'erreur volontaire. Cette époque est révolue, je suis guéri.

Lorraine va me rejoindre directement au *Carnegie Hall*, son avion doit être arrivé. J'espère qu'elle trouvera le temps de passer me voir à la loge avant le spectacle. Georges m'attend dans le hall de l'hôtel. Nous devons partir ensemble d'ici peu. Il est beaucoup plus nerveux que moi. Tout à l'heure, il est entré en silence dans ma chambre dont il possède un passe, alors que j'étais en pleine méditation musicale. Penché sur mon instrument, les yeux fermés, fredonnant tout en plaquant des accords, je ne l'ai pas entendu s'approcher. Il a dû s'asseoir en silence, et me regarder un certain temps. Quand je me suis aperçu de sa présence, il était assis, pâle, dans un fauteuil, et semblait perplexe. Je l'interpellai et il reprit vite sa contenance.

— Georges ! Tu étais là ? fis-je, pour le moins surpris. Tu es entré comme un chat, je n'ai rien entendu.

— Quelle concentration… je n'ai pas voulu te déranger. Je venais juste aux nouvelles, et pour te parler des derniers préparatifs.

— Je t'écoute.

— Pour ce soir, salle comble, deux mille huit cent trente réservations. Voilà la liste habituelle que vient de m'envoyer Jennings.

— Pas besoin. On laisse tomber.

— Comment ça, on laisse tomber ? Tu ne…

— On laisse tomber la liste, Georges, je n'en veux plus. Je n'ai plus peur des attentats.

— Ouf, tu m'as fait peur. À la bonne heure !

— Continue.

— Le concert sera suivi d'un cocktail. Côté personnalités, il faudra voir le maire de New York, le candidat à la présidence démocrate, et le chef de la police. Côté musiciens, le chef d'orchestre du New York Philarmonic, la chanteuse Barbara Hendricks qui est de passage. Côté business, quelques patrons de banques, Jennings te les présentera. Ah oui, j'oubliais, quelques acteurs de second plan, mais tu n'es pas obligé de les rencontrer ; l'artiste Jeff Koons, la présentatrice Oprah Winfrey, et même un sportif champion de basket-ball, dont j'ai oublié de noter le nom.

— Très bien ; j'y participerai un minimum, mais je pense que nous irons vite nous coucher. As-tu fait réserver une voiture pour Lorraine ?

— Oui, Deborah s'en est occupée, la limousine l'emmène de l'aéroport JFK et l'attend ici pendant qu'elle se change avant de la conduire au Hall.

— Parfait.

— Côté critiques musicaux, tu auras dans la salle le redoutable Josef Artman, un tout petit bonhomme dont la plume acerbe terrorise l'Occident, mais également Jennifer Jason, Kean Songy, et quelques autres.

— Bien. Nous allons leur donner matière à écrire.

— Demain matin à 9 heures, interview du *New York Times* ici même, avant le départ. Ce sera Peter Littlewood, que tu as déjà rencontré l'an dernier à Philadelphie.

— Oui, je me souviens. Quelque chose d'autre ?

— De nouvelles demandes pour la prochaine saison, une tournée en Amérique du Sud, mais je t'en parlerai demain dans l'avion. As-tu besoin de quoi que ce soit ?

— Merci. On se retrouve dans le Hall à cinq heures.

Carnegie Hall, 18 h 30, dans ma loge.

J'ai passé une heure sur scène, à effectuer les derniers réglages, essayer le piano, le faire déplacer, tester les éclairages avec les techniciens, jouer les premières mesures des *Sonates*, pour mesurer mes effets et maîtriser l'attaque.

Quand je pense que ma chère maman, il y a de cela trente-trois ans, sur cette même scène, avait séduit le public américain en jouant le *Concerto pour harpe* de Haendel, la *Sonate* de Carl Philip Emmanuel Bach, mais aussi les *Danses* de Debussy pour harpe et cordes. Je n'avais d'elle que de vagues souvenirs probablement faussés par les récits de mon père inconsolable. Elle avait trente-cinq ans, et moi cinq, quand l'avion qui la ramenait de la Grande Pomme s'était abîmé en mer. Son image n'avait cessé de m'habiter depuis. Elle était devenue la mère idéalisée, la seule femme au monde, elle me montrait le chemin à suivre, éclipsait toute autre incarnation possible de la féminité dans ma vie. Mon père disait souvent, dans ses moments de désespoir, qu'il aurait dû mourir à sa place. Que c'était lui qui lui avait demandé de rentrer au plus vite, de prendre le premier avion disponible le lendemain du concert. Elle n'avait même pas pu lire les critiques enflammées de la presse, émue par l'accident, qui la portaient au pinacle.

Arpentant l'immense estrade qui surplombait la salle vide, parcourant du regard les rangs, je croyais voir les fantômes de ces spectateurs des années soixante-dix, qui l'avaient vue jouer. Me transportant par la pensée parmi eux, je réussis à la voir, resplendissante, en robe de soirée au milieu d'un orchestre, saluant sous les vivats de la foule.

Une larme au coin de l'œil, je fis quelques pas, retournai vers le piano à queue ouvert. Une merveille de technicité au service de l'artiste… Douze mille pièces pour servir quatre-vingt-huit notes, elles-mêmes au service de dix doigts. Vingt tonnes de tension sur le cadre. Épicéa, tilleul, sapin, ébène, alliages... De quoi sentir réagir l'instrument, comme un pilote au volant d'une voiture de course. Je m'assis aux commandes, fermai les yeux et me laissai aller à une improvisation. À la fin, il me sembla que des applaudissements provenaient de la salle, et ouvrant les yeux, comme sorti d'un profond sommeil, je les vis, mes prédécesseurs, tous les grands et les moins grands, emplissant l'immense espace, me regardant, debout, en tenue de concert, comme figés dans un unique *clap* retenu. Je sortis de ma léthargie, jetai un coup d'œil à Georges et Mr. Jennings, assis au troisième rang, qui semblaient discuter recette, et rejoignis la loge. Il restait à peine une demi-heure avant le début du concert et déjà, j'entendais arriver les spectateurs, ce brouhaha informe qui montait comme une marée, lente et sûre. Une maquilleuse vint me passer de la poudre sur le visage, et je pus embrasser Lorraine qui, à peine arrivée, avait tenu à venir me souhaiter bonne chance. J'avais repéré le balcon où elle et Georges se tiendraient, et comptais bien lui dédier les *Sonates* du grand Ludwig.

Réexposition

Descente aux enfers

Chapitre 31
Georges

En vérité, ce qui est arrivé ce soir-là est tout simplement catastrophique et sans précédent dans l'histoire séculaire des grands artistes interprètes. Moi-même, en quarante années de carrière, je n'ai jamais rien entendu de tel ou s'en approchant. Il arrive parfois qu'un artiste malade se fasse excuser ou remplacer au pied levé, il peut arriver également de voir le concertiste commettre une erreur, se reprendre, et continuer en masquant du mieux sa faute. J'ai même déjà assisté au récital d'un malheureux pianiste qui, interrompu par le téléphone portable d'un spectateur malotru, se trompa, trébucha, tenta de recommencer, sans succès, et finit par sortir en courant de la salle. Mais ce qu'a fait Laszlo, l'étoile montante, au *Carnegie Hall*, avant-hier soir, est tout simplement hallucinant, et risque d'avoir sur la poursuite de sa carrière des conséquences graves. À moi, son imprésario, de recoller les morceaux, de passer du temps avec la presse, de nous excuser auprès du directeur de la salle, de faire paraître un certificat médical, que sais-je... Il va me falloir redoubler d'imagination pour faire oublier. Brigitte m'a déjà prévenu que deux engagements ont été rompus pour des concerts au printemps, Séoul et Moscou. Je n'en ai pas encore parlé à Laszlo. Il est impossible d'ailleurs de lui parler, j'ai bien essayé dans l'avion qui nous ramenait, Lorraine, lui et moi de New York, mais il s'était enfermé derrière un mur de silence, une expression prostrée, que je ne lui avais jamais connue, même aux mauvaises heures de notre collaboration, quand il n'était pas encore connu, qu'il se cherchait et que parfois, en proie au doute, il pouvait errer des heures durant, s'absentant sans prévenir, s'enfermant dans les recoins sombres des théâtres où il se produisait, parfois maniaque jusqu'à l'extrême... Il va bien falloir qu'il accepte son échec, qu'il le comprenne, que nous en parlions, qu'il consulte un psychologue... pour pouvoir faire une croix dessus et repartir du bon pied. Je compte beaucoup sur sa nouvelle compagne, même si, je dois l'avouer, j'ai senti qu'il n'était plus tout à fait le même depuis cette rencontre amoureuse... Je vais m'atteler à la tâche dès demain matin, il doit venir comme chaque semaine à l'agence, nous nous enfermerons dans le bureau et je lui dirai ses quatre vérités. Il aura eu le temps de digérer les critiques, les articles de presse. Il faut qu'il rejoue, vite. Je n'ai rien de sérieux prévu avant la fin du mois de février, et la grande tournée, mais je vais improviser ; de petites choses, de la bienfaisance, un enregistrement, une église... Je saurai trouver, mais il ne doit en aucun cas rester plusieurs semaines sans jouer dans un cadre public. C'est comme avec les chauffeurs de métro qui voient des gens se jeter sous leurs roues, et à qui on redonne immédiatement une rame à conduire pour qu'ils apprennent à surmonter le choc. On ne peut laisser le talent, la virtuosité extraordinaire de Laszlo, se gâcher ainsi. Quelle perte ce serait... Et je ne parle pas que pour moi !

J'en ai des sueurs froides. Tout avait pourtant bien commencé, si ce n'est peut-être ce trop grand calme, cette absence de trac inhabituelle, cette grande sérénité dans les minutes qui précédaient son entrée, tandis que je me tordais les mains d'angoisse pour lui, connaissant l'enjeu très important, tant d'un point de vue médiatique, purement musical, que personnel. Ce premier grand concert aux États-Unis, les Américains étant plutôt peu curieux de faire une place aux étrangers qui les supplantent, persuadés de leur autosuffisance dans tous les domaines... Cette nouvelle interprétation moderne qu'il voulait donner de Beethoven, l'écoute qu'il voulait transformer en vision, cette parenté avec le jazz dans la vingt-huitième, op. 101, et surtout dans la trente-deuxième, op. 111... Cette histoire avec sa mère... Je peux imaginer la tension qu'il avait accumulée ces dernières semaines, la mauvaise performance de Lyon n'aidant guère... Mais enfin, comme je l'ai dit, la vingt-huitième avait bien commencé, déroulant le fil de son histoire. J'étais debout dans les coulisses, et voyant que les choses se passaient comme il faut, je rejoignis Lorraine qui s'était assise dans la loge privée que Jennings nous avait réservée. Je la sentais heureuse d'être là pour soutenir Laszlo. Rien n'était laissé au hasard, je lui avais choisi cette place pour que Laszlo puisse lui jeter un regard de temps à autre en relevant la tête ; je le vis lui sourire légèrement une ou deux fois, jusqu'à ce que, gagné par la magie des notes, comme le reste de l'assemblée, je me concentre sur la musique et l'instrument, oubliant l'interprète. Tout à coup, il y eut une fausse note, très distincte, qui vint troubler l'audition. Peut-être m'en étais-je aperçu parce que, connaissant l'œuvre par cœur, ayant assisté à la plupart des répétitions, j'étais particulièrement sensible, mais le *couac* dépassait le cadre habituel acceptable des erreurs commises par un musicien sur scène. Sans connaître *a priori* les détails de la partition, il me semblait qu'il avait joué un accord entièrement faux à la main gauche, décalé d'un demi- ton, sur la durée d'une noire. Une telle erreur était impensable, parce qu'elle n'avait pas lieu dans une phrase rapide, qu'elle ne correspondait pas à un passage particulièrement complexe ou ardu. Un simple accord, ainsi décalé ! Il fallait le faire exprès… Parcourant des yeux l'assistance, du point de vue élevé où je me trouvais, je pus constater qu'effectivement je n'étais pas le seul à avoir remarqué la bourde, et qu'un murmure, comme une vague, semblait parcourir les spectateurs, éveillant la curiosité de ceux qui n'avaient rien entendu. Je regardai Laszlo, tendu, et vis Lorraine se pencher vers lui par-dessus la balustrade de la loge, inquiète, mais il continuait à jouer, imperturbable, le visage fermé, le regard dans le lointain, pas du tout affolé, et pour tout dire, indifférent, porté par son interprétation. Je me perdais en conjectures. Avait-il remarqué ? Mimait-il l'impassibilité ? À la fin, il s'arrêta un instant puis reprit, après un regard tranquille vers Lorraine qui le fixait avec compassion. Quelques minutes plus tard, nous étions à nouveau sous le charme, dans un mouvement très périlleux, mais qu'il maîtrisait d'ordinaire à la perfection, quand il ralentit soudain, à la main droite, sautant trois ou quatre notes, ne retrouvant le tempo correct qu'au milieu de la mesure suivante. Pas de fausse note cette fois-là, mais l'oubli était si visible que je fus convaincu qu'il l'avait fait exprès. Là encore, un certain nombre de spectateurs avaient sans aucun doute repéré l'anomalie, sans que leur oreille en fût heurtée, admirant peut-être la maestria avec laquelle il avait récupéré le fil de la partition. Quant à moi, pris de panique, je quittai la loge pour rejoindre en coulisses le directeur de la salle, qui observait Laszlo de côté, les bras croisés, l'air mécontent.

— La nervosité, peut-être ? Le Maître était-il malade ces derniers jours ? me glissa-t-il à l'oreille.

— Non, pas le moins du monde. Je ne sais pas ce qui lui prend, chuchotai-je à mon tour dans un anglais maladroit, en m'essuyant le front.

— Nous aurons l'occasion de lui en dire un mot à la fin de la *Sonate*. Il doit repasser par les coulisses, n'est-ce pas ?

— Oui... normalement ; tout ira bien, ne vous en faites pas.

— Je l'espère, monsieur Imirzian. Je l'espère. Laszlo Dumas est peut-être un très grand artiste, mais deux fautes sur quinze minutes de concert, cela promet...

— Voilà la fin de la *Sonate*. Écoutez, tout le monde applaudit, il n'y a pas de quoi fouetter un chat, je suis bien désolé, croyez-le, je vais tâcher de lui parler quand il passera. Pouvez-vous faire venir le médecin, au cas où il aurait besoin d'un calmant ?

— Oui... oui !

Il s'éloigna, tandis que j'attendais le passage de Laszlo. Mais les applaudissements finirent, et j'étais toujours seul. Je ne comprenais plus... Il aurait dû revenir en coulisses entre chaque *Sonate*, boire un verre d'eau, souffler un peu... Deux minutes passèrent, qui me parurent une éternité, jusqu'à ce que retentissent les premières notes de la *Sonate* n° 29, la fameuse *Hammerklavier*. J'étais glacé d'effroi. Il n'avait pas eu un regard pour moi, malgré les signes, moulinets de bras et autres, que je m'étais échiné à faire.

Jennings revint, accompagné d'un médecin.

— Zut, nous l'avons raté. Comment allait-il ? Vous lui avez parlé ? Que dit-il ? Que s'est-il passé ? A-t-il besoin d'un médicament ?

Je me tus, et pris un air désolé en posant mon doigt sur mes lèvres pour qu'il se taise. Il s'approcha de moi, méfiant.

— Georges, dites-moi... Laszlo est-il repassé par les coulisses ?

— Hum... Ne vous en faites pas pour lui, tout va aller bien, écoutez ce trait, la séduction est en cours.

Et de fait, l'*Allegro* passa sans aucun problème, et je commençai à respirer. Mais ces dix minutes de répit, nous allions les payer cher. Le *Scherzo* commença, mais beaucoup trop lentement. Il dura cinq longues minutes au lieu des trois prévues. Ce décalage dans l'interprétation était si loin de l'esprit de la *Sonate* que même avec la plus grande ouverture d'esprit, un mélomane en eût été choqué. Je n'étais pas dans la salle, mais imaginais les regards des spectateurs, les questions, l'attente. Laszlo ne leva pas les yeux avant d'entamer l'*Adagio*, sur un tempo cette fois beaucoup trop rapide, comme s'il eût voulu rattraper le temps perdu au mouvement précédent. Je dus m'asseoir sur un banc, accablé par la honte. Cela ne pouvait pas être l'interprétation qu'avait voulue Laszlo, je le savais, je l'avais écouté jouer et raconter ce qu'il souhaitait en faire. Une fois l'*Adagio* plié en dix minutes, au lieu des quinze habituelles, je m'attendais à entendre des huées venir de la salle, mais par politesse, par respect, ou peut-être par méconnaissance de ce mouvement lent, le public se tut. Les dents serrées, Jennings, qui avait lui-même été pianiste dans sa jeunesse, me souffla :

— On court à la catastrophe... Je vous préviens, si je dois rembourser... Dans tous les cas, après celle-ci, c'est l'entracte, il ne pourra pas se défiler. Vous lui parlez, sinon, je vous assure que je le fais, moi. Ce n'est pas... professionnel !

— Calmez-vous, Robert.

— Je vous préviens que je serai dans la salle en seconde partie de concert, entre le directeur de la *Julliard School* et notre maire. Ce n'est pas parce que ce dernier n'est pas un artiste que j'ai particulièrement envie de me ridiculiser devant lui, si vous me comprenez bien.

Que pouvais-je faire, sinon me taire ? J'attendis patiemment la fin de la *Sonate*, craignant à chaque seconde un nouveau raté. Mon cœur battait à rompre, comme si j'avais été pris en flagrant délit de je ne sais quel crime que j'aurais commis. Le suspense était insupportable ; je savais qu'une nouvelle faute allait survenir, mais j'ignorais quand. Elle ne vint pas. L'interprétation fut même particulièrement brillante, et fit sans doute oublier les errements du début du concert au public, qui applaudit un peu mollement, mais avec force tout de même. Le directeur essuyait ses tempes à l'aide d'un mouchoir marqué à ses initiales. Il me jeta un regard de pitié et s'éclipsa au moment où Laszlo, après s'être levé pour saluer, arrivait vers nous pour la pause de l'entracte. Il passa en vitesse, me jetant un sourire, et marcha vers sa loge. Je le suivis sans un mot, attendant l'intimité de la pièce pour lui parler. Quand il se trouva sur le pas de la porte, il se retourna vers moi.

— Peux-tu aller me chercher Lorraine ? demanda-t-il. J'ai besoin d'elle.

— Laszlo, pas tout de suite. Je dois te parler.

Il me dévisagea, l'air surpris.

— Oui, qu'y a-t-il ?

— Entrons, tu veux bien ?

Il s'assit, et je lui servis un verre d'eau tandis qu'il s'essuyait le visage avec une serviette éponge. J'allais commencer à le questionner quand il me devança.

— Comment étais-je ?

Je restai sans voix.

— Georges ? Qu'as-tu pensé ? Osé, mais... le courant est passé, n'est-ce pas ?

Il délirait. Aveugle, sourd, à ce point, je ne pouvais le croire.

— Dommage que nous n'ayons pas enregistré, continua-t-il.

Je pris mon courage à deux mains.

— Ça aurait été ta perte, Laszlo. Tu n'as jamais aussi mal joué. Des fautes de notes, des fautes de rythmes, des fantaisies à la limite de l'acceptable. Comment as-tu pu ? Es-tu malade ? Tu ne te sens pas bien, peut-être ? Dois-je appeler un médecin ?

— Qu'est-ce que tu racontes, Georges ? Si c'est une blague, ce n'est pas le moment, je…

— Écoute-moi bien, Laszlo, je t'ai toujours soutenu, je ne t'ai jamais menti, mais là, tu es au bord de la catastrophe. TU DOIS TE RESSAISIR, tu m'entends ! MAINTENANT. Sinon…

— Quoi ! Sinon quoi ! Je ne comprends rien à ce que tu racontes !

— Sinon il vaut mieux annuler le concert en prétextant un malaise, et rembourser les gens.

— Tu es fou ! Va me chercher Lorraine.

— Oui, eh bien tu vas voir, je vais la chercher.

Je sortis, furieux, et claquai la porte derrière moi. J'étais effrayé. Me mentait-il ?

Lorraine m'attendait devant la porte de l'entrée des artistes, le regard grave et l'air sombre.

— Alors ? lâcha-t-elle.

— Il dit qu'il ne voit pas, qu'il ne sait pas de quoi je parle. Il croit que tout va bien. Il veut te voir.

— J'y vais, dit-elle en entrant.

En la suivant dans le couloir, je lui demandai comment était l'ambiance dans la salle.

— Ça va encore, il joue merveilleusement, quand il ne délire pas. Mais il y a clairement des gens qui ne comprennent pas. J'ai vu deux ou trois personnes se lever et partir pendant qu'il jouait… et j'ai peur que la critique ne l'épargne pas.

— C'est bien le cadet de mes soucis. Vas-y entre, je vous laisse, il faut que tu me parles avant qu'il y retourne. Si ça ne va pas, on laisse tout tomber. On remboursera les gens, on peut se le permettre.

— C'est à lui de décider, Georges.

Elle entra, et j'attendis en me morfondant, rongeant ce qui me restait d'ongles à la main droite. N'y tenant plus, je décidai d'aller faire un tour au bar, pour sentir l'ambiance, écouter les conversations, et mesurer l'ampleur des dégâts. Je revins, rasséréné, au moment où retentissait la sonnerie de la reprise. Je croisai Lorraine.

— Il y retourne. Je lui ai parlé. Il m'a cru.

— C'est... c'est tout ?

— Il n'a pas réalisé, Georges. Ça paraît presque impossible à croire, mais... il était dans son monde, il jouait bien... je ne sais pas comment te dire. Il est désespéré, mais va se battre. Il va assurer, il me l'a promis.

— Mais comment ? Qu'est-ce qui te fait dire que ça ne va pas recommencer ? Il vaut mieux l'arrêter...

— Il est trop tard, Georges, ça va commencer. Et c'est à lui de décider.

— Oui... Non... je ne suis pas sûr.

— Viens dans la loge, s'il nous voit tous les deux dans le public, ça le rassurera.

— Bon... Tu as peut-être raison. De toute façon, je ne vois pas ce que je peux faire d'autre.

— Gardons confiance. Le concert n'est pas fini !

— Quand je pense au cocktail, juste après...

Le pire n'est jamais sûr. Laszlo joua correctement, sans éclat et sans brio, mais sans erreur audible. Il joua comme un élève, sans interpréter, un jeu neutre qui ne laissait hélas rien passer... Le pire cauchemar... Dans la 32e, l'image musicale qu'il avait tant travaillée, qu'il voulait imposer à l'écoute de tous – comme il y avait eu pour *Les Variations Goldberg*, de J. S. Bach, un *avant* et un *après* Glenn Gould, il voulait que pour cette *Sonate* de Beethoven, il y eût un *avant* et un *après* Laszlo Dumas –, était absente. Il avait visiblement décidé d'assurer techniquement, ayant réalisé qu'il avait perdu le contrôle pendant la première heure, et maîtrisait son jeu. Son comportement, en revanche, était des plus effrayants, et incompréhensible à mes yeux. Son visage était crispé, traversé par des rictus, des mimiques de terreur. Il se levait parfois à moitié, en continuant à jouer, s'avançait comme pour dévisager les spectateurs des premiers rangs. Un sourire sardonique le prenait, quand il semblait identifier un ennemi parmi la foule. Il roulait les yeux, c'était si pitoyable que Lorraine en pleurait, et seuls les spectateurs assis trop loin pour s'en apercevoir purent ignorer le drame qui se joua dans cette deuxième partie de concert. À peine la moitié du public applaudit après la *Sonate* n° 30, un quart à l'issue de la 31e. Un bon tiers de la salle se vida avant la fin du spectacle, et quand il posa enfin les dernières notes, personne ne réagit, personne n'osa applaudir. Les gens se levèrent en silence, n'osant pas siffler, voulant quitter la salle et fuir l'outrage qu'on leur avait fait. Comble de l'horreur, Laszlo, se levant à son tour, balaya du regard la salle qui se vidait, et partit d'un immense éclat de rire en s'applaudissant lui-même, ne cessant ce jeu insupportable que lorsque nous eûmes tous déserté les lieux.

Nous étions sous le choc, et la première chose que nous décidâmes, en accord avec Lorraine et Jennings, fut d'appeler l'hôpital qui envoya une ambulance. Laszlo semblait dans un état cataleptique, au bord de la crise de nerfs. Il fallait le soigner d'urgence. Quand il vit s'approcher les médecins en blanc, il se leva avec calme, les salua et fit mine de s'en aller. Je le rattrapai, tentai de le raisonner, mais il me sourit, absent, et prit la main de Lorraine pour quitter le théâtre. L'infirmier, impuissant, me tendit un calmant que je glissai dans ma poche pour l'hôtel. Ils montèrent dans un taxi, et je restai pour régler les derniers détails, le cocktail prévu ayant naturellement été annulé. Jennings vint me voir et me tapa sur l'épaule.

— Sacrée histoire, mon pauvre. Enfin... les gens n'ont pas sifflé, ni demandé à être remboursés. Mais je ne suis pas prêt à le faire revenir, sachez-le... Je vais me coltiner du service après-vente, moi ! Les grosses huiles ne doivent pas être contentes, alors soyez content que je ne vous demande pas de dédommagement. Je me fous de vos talents européens, je me fous que le cœur historique de la musique classique soit chez vous, moi, je montre ce qui se vend, j'achète les spectacles, je paye cash, et je veux du résultat. On n'a pas besoin de vous, en Amérique.

Dans cet avion qui nous ramenait, Lorraine, Laszlo et moi, à Paris, je réfléchissais à la cause de ce malheur... Les regardant tous les deux, endormis, épuisés, je me demandai si le bonheur ne lui avait pas tout simplement fait perdre le feu sacré, et si, prenant conscience de cela, il n'avait pas tout simplement craqué. Je voulais rester optimiste...

L'article du *New York Times*, signé Josef Artman, ne fut pas de nature à me rassurer. Le journal, probablement vexé de l'annulation de l'interview du dimanche matin, avait laissé carte blanche au célèbre critique, et il s'en était donné à cœur joie... Il y avait toutes les chances qu'il soit repris en Europe d'une façon ou d'une autre, et je passai quelques coups de téléphone pour désamorcer la bombe, expliquant que Laszlo traversait une légère dépression nerveuse, et que les Américains avaient beaucoup exagéré. Le titre patriotique de l'article, « *We don't like it the French way, Mr. Dumas !* », m'aida à convaincre mes interlocuteurs.

Chapitre 32
Arthur

Samedi 2 février, chez Laszlo (enfin maintenant, c'est aussi chez moi).

Ça y est ! J'ai ma nouvelle chambre. Elle est au moins deux fois plus grande que l'autre. Laszlo et Maman m'ont commandé un lit, du papier peint avec des dessins d'avions. Je peux ranger tous mes jouets, et même les déguisements qu'on mettait dans la chambre de Maman. J'ai un bureau pour faire mon travail, avec une belle lampe et même une pendule. Avant je faisais mes devoirs dans la cuisine avec Maman, je crois que je préférais. J'ai installé tous mes livres, et une rangée avec QUE des *Harry Potter*, de 1 à 7, grâce au cadeau de Laszlo !

Au fait, j'ai commencé le tome 6. C'est compliqué, mais je ne peux toujours pas m'arrêter. Dans le 5, ce qui est horrible c'est la mort de Sirius Black, le parrain d'Harry.

Tout va bien, mais depuis que Maman et Laszlo sont rentrés d'Amérique, il est bizarre, il ne parle plus du tout, Maman m'a expliqué qu'il y a eu un petit problème pendant le concert, mais que ça n'était pas grave. Elle aussi elle a l'air fatiguée, c'est la première fois depuis longtemps que je trouve qu'elle a mauvaise mine. Je n'ai pas l'air, comme ça, je suis un petit garçon, mais je vois des choses, et quand Maman est un peu triste, je le sens tout de suite.

En plus, j'ai un secret depuis que je suis là, c'est que comme ma chambre est juste au-dessus de celle de Maman et Laszlo, je peux voir dedans. Je m'en suis aperçu hier soir par hasard en rangeant mes affaires sous le bureau : il y a un petit trou dans le plancher, et quand je me couche par terre, je peux voir ce qui se passe en dessous. Par exemple ce matin, je viens de voir Laszlo tout seul dans la chambre (Maman est en cours, et moi, c'est un samedi libéré) en train de pleurer devant son ordinateur. Il a l'air vraiment triste, il me fait pitié et aussi un peu peur, je ne peux même pas aller le consoler, sinon lui et Maman vont deviner mon secret, mais il faudra que j'essaie d'être gentil avec lui ce week-end. Depuis la semaine dernière on n'a pas joué à Othello, alors que d'habitude, depuis qu'on s'est installés début janvier, il joue avec moi tous les jours où on se voit le soir. Je deviens de plus en plus fort, même que ça a impressionné Martin. J'essaierai de le battre la prochaine fois que je le verrai, mais cette semaine il n'est pas venu pour la leçon de piano, je ne sais pas pourquoi.

Sinon ce que j'adore ici, c'est l'escalier rien que pour nous. Je le descends à toute vitesse, sur la rampe. Quand Maman m'appelle à table... zip, je suis là en une minute !

Chapitre 33

Laszlo

Mercredi 6 février.

Tout n'est pas perdu.
Je me suis égaré, mais je dois… je peux trouver en moi les ressources pour rebondir, pour leur montrer qui je suis vraiment. Je suis en train d'ouvrir les yeux…
Il aura fallu les multiples témoignages, la patience de Lorraine, la conviction de Georges, les articles, les critiques, pour que j'accepte l'épouvantable vérité. Je me suis ridiculisé en public, j'ai mal joué, j'ai commis des erreurs, moi qui n'en faisais jamais aucune que je n'aie désirée. Quelle ironie que ce concert, le premier pendant lequel je ne me prête plus au jeu macabre, soit le seul où j'aie dérapé, et à mon propre insu. Quelle folie, quel délire s'est emparé de moi après cet entracte !… Comment ai-je pu prendre ainsi les spectateurs à partie et… me donner en spectacle, comme un dément, la bave aux lèvres, les yeux exorbités ? Quels démons ont parlé par mon corps ce soir-là ? Lentement, alors que j'essaie de reconstruire le puzzle des derniers jours, des dernières semaines, pour y trouver une

clef, une explication, s'impose à moi la terrible vérité, la certitude que j'ai subi une punition divine, un avertissement. J'ai quitté la voie sacrée, je me suis écarté des chemins de ma destinée : la révélation mystique de la musique aux âmes simples. Il s'est trouvé un ange pour me le rappeler et me remettre dans le droit chemin. Comment n'ai-je pas vu les signes annonciateurs de ce désastre ? Le concert de Londres avec la violoncelliste, la prestation ratée de Lyon, les avertissements de Georges, et la disparition de la sonate qui accompagnait mes nuits et mes jours, mes peines et mes joies, mes échecs et mes plus grands succès depuis l'enfance… Ne le savais-tu pas, que tu perdais tes moyens sans le prix du sang ? En es-tu encore, à près de quarante ans, à recommencer les mêmes erreurs de jeunesse ? Qu'est-ce qui t'a changé, Laszlo ? La richesse ? Le succès ? L'amour ? Mais c'est un peu facile… Crois-tu vraiment être un assassin par sadisme ou par cruauté ? Aie le courage de te regarder en face dans ce miroir, pauvre pantin assis devant ton piano, dont les reflets s'étirent aux quatre coins de la pièce, pianiste démultiplié au bord de la dépression. REGARDE-TOI, Laszlo ! Tu n'as jamais tué que pour donner à ton Art les moyens de s'exprimer ! Tu as tué pour les autres ! Le don de leur vie, c'était ton sacrifice ! Tu n'as jamais aimé faire cela, mais tu n'as pas le droit de t'arrêter. Tu peux aimer, et continuer à tuer, pour que ne s'éteigne jamais la flamme qui te fait briller aux yeux du monde. Il n'est pas trop tard pour renverser le destin, ce qui compte ce sont les actes, ce qui compte, c'est comment tu joueras pendant la tournée qui commence dans trois semaines. Quant aux explications, aux certificats médicaux, aux excuses, Georges s'en occupe. Rappelle-toi ce qu'il t'a dit mardi dernier, Laszlo : « Contente-toi de retrouver ton jeu, je m'occupe du reste. »

Je sais ce que je dois faire, pour retrouver mon jeu, pour ne plus me tromper en public, il me faut recommencer ce que je n'aurais jamais dû cesser...

L'essentiel, c'est de rattraper le temps perdu. Je saurai vite si j'ai raison ou non. Sinon, je me retrouverai face à une seule possibilité : le suicide. Si je disparais, je resterai probablement dans l'inconscient musical du siècle cette étoile filante qui a explosé en plein vol... Mais dix ans, c'est trop peu pour changer le monde, ce serait une trahison, Laszlo ! Tu n'as pas le droit de renoncer, d'écouter la voix qui te souffle tous les jours, matin et soir, depuis l'horreur du *Carnegie Hall*, qu'il serait si facile d'oublier tout, de s'endormir pour toujours, bercé par le souvenir des années d'or qui ont précédé l'accident. Cette voix, qui te glisse que la cinquantième victime, ça pourrait être toi. Que ça serait simple, propre, rationnel et élégant. Partir aujourd'hui... Assurer ma place au panthéon des pianistes... Suivant l'exemple de Duchâble et son piano largué en plein lac, ne pourrais-je innover en me faisant enfermer à l'intérieur d'un Steinway *Grande*, et emporter par une fusée jusque dans l'espace, me transformant en satellite de la Terre pour les siècles des siècles ?

Cette voix est tentante... mais puis-je aujourd'hui l'écouter, alors que j'ai charge d'âmes, que Lorraine et Arthur vivent sous mon toit et sont peut-être le seul élément de stabilité au cœur du tsunami qui s'est abattu sur moi ?

Je vais continuer à vivre... Je vais me mettre au travail... Rien ni personne n'empêchera l'avènement de Laszlo Dumas ! Vous n'avez eu qu'un court répit... J'ai continué à inscrire vos noms, ils sont sur cette liste que je garde précieusement, chacun d'entre vous n'en a plus pour très longtemps à vivre, mais sachez-le, c'est pour la plus grande gloire de la musique et de votre serviteur que vos existences misérables seront rayées de la liste des vivants.

Josef Artman. Peut-être le pire de tous, l'envoyé du Diable en personne, celui par qui le monde entier a eu connaissance de ma défaite. Il me faudra être patient, il ne vient en Europe qu'au mois de mars, pour un concert de Lang Lang à Paris.

Le président de la République. Cela risque d'être difficile ; à voir...

Alphonse Revard. Son article du mois de décembre l'a condamné.

Paul Deschanel. Le collectionneur ; son audace lui coûtera cher. Je vais lui rendre la visite promise.

Rachel Hamon. Non seulement elle m'a vu commettre une erreur en concert, mais l'impudente a tenté de se racheter en me séduisant.

Cela doit être. Cela sera. Avant la tournée, si je le peux. Professionnellement. Sans passion. Au service de mon Art.

Lorraine essaie de m'aider à tenir le coup. J'ai honte parfois de rester prostré devant eux, comme un gosse qui boude, mais c'est souvent plus fort que moi... Je ne parviens plus à prendre le dessus. Je suis plombé, enfermé derrière un mur d'angoisse, la peur au ventre, une petite boule qui ne part jamais, ni le jour, ni la nuit, ni même quand on pense que ça va mieux, qu'on est en train de surmonter. Lorraine a essayé de me parler, mais je n'avais rien à lui dire. Elle a tenté de détendre l'atmosphère, montré de l'initiative pour me prodiguer des caresses, sans succès. Malgré ses efforts et tout son amour, j'ai été incapable de ressentir la moindre excitation, comme si mon corps entier était anesthésié. J'avais honte... Non pas que je ne l'aime plus, c'était comme si... le désir que j'ai d'elle passait par d'autres formes, comme si mon sexe n'était plus qu'un organe désintéressé. J'ai besoin de tendresse, qu'elle me prenne dans ses bras. Je me couche, tout habillé, contre elle, et je me roule en boule. Nous passons des heures ainsi. Dans cette position j'oublie tout, je replonge dans mes souvenirs d'enfance, à la recherche de la musique perdue... Elle est une mère pour moi, même si je ne le lui dis pas, même si je n'en ai pas le droit ; je n'ai qu'une maman, et il ne faudrait pas qu'Arthur croie que je veux lui voler la sienne... Mais tout contre son sein, quand elle passe ses bras autour de mes épaules, que son corps épouse le mien par-derrière, ses jambes collées aux miennes, son pubis contre mes fesses, ses lèvres sur ma nuque, je ferme les yeux, et je vois sortir d'un nuage de brume Maman, souriante, qui marche vers moi... Elle a un doigt tendu pour me réprimander gentiment, coiffée d'une auréole lumineuse...

Il faudra que je la tienne éloignée de tout cela. Être prudent, très prudent. Faire ça en semaine, pendant qu'elle est au lycée. Tuer le lundi, s'il le faut. Tant pis pour les principes. Faire attention au petit garçon, il est très observateur. Verrouiller l'ordinateur. Ne rien laisser traîner. Faire semblant d'aller mieux, si j'en ai la force, jusqu'à ce que je guérisse.

Georges tient absolument à ce que je joue en public pour conjurer le sort et ne pas vivre seul avec mon angoisse ; il m'a trouvé un engagement mardi prochain, que j'ai accepté. Un concert de bienfaisance au musée *Jacquemart-André*, au bénéfice de je ne sais plus quelle maladie. Je crois qu'il n'a pas tort, et même s'il lui manque les clefs pour me comprendre, il essaie de m'aider, et rejouer vite devant un public ne peut me faire que le plus grand bien. Il faut juste que j'arrive à enlever cette veste plombée qui me recouvre les épaules pour passer mon smoking de concert... Ne pas couler, ne pas sombrer. Surnager. Survivre.

Chapitre 34
Lorraine

Dimanche 10 février, dans la chambre d'Arthur.

Je viens de terminer une partie de « Huit américain » avec mon petit garçon. Il est allongé sur son lit, jambes en l'air, un *Harry Potter* sous les yeux. Je ne sais même plus à quel tome il en est, je m'y perds, et il va falloir que je rattrape le train si je veux pouvoir en parler avec lui. Ce bouquin prend tellement d'importance dans sa vie, c'en est presque inquiétant... C'est un peu la pensée unique du livre pour enfant... Mais enfin, je ne vais pas commencer à me plaindre qu'Arthur lise des livres de six cents pages à huit ans !

Près d'un mois que nous sommes ici. Je crois qu'il le supporte bien mieux que ce que j'avais craint. Sa chambre est immense, son petit lapin dort dans la cuisine mais il a le droit de le monter dans la journée, il est bien installé, avec ses livres et ses jouets. Laszlo voulait même lui acheter un ordinateur pour jouer, mais j'ai refusé. Il est bien assez gâté comme ça !

Quatre mois à peine que nous nous connaissons... et un mois de vie commune avec mon amour. C'est peu dire qu'il y a un *avant* et un *après* New York. Laszlo avait passablement retrouvé le cœur à plaisanter aujourd'hui à midi. Il m'a raconté l'expérience du pianiste Claudio Arrau qui avait lui aussi subi un fiasco dans la cité de la Grande Pomme pendant les années 1920 : il eut du mal à s'en remettre psychologiquement, mais cela ne l'empêcha aucunement de faire la carrière que l'on sait. C'est bien qu'il arrive à s'en sortir, je commençais à désespérer un peu. Cela faisait tout juste deux semaines que je ne l'avais pas vu sourire.

Deux semaines de tristesse absolue, où même notre histoire m'a semblé entre parenthèses. J'ai consulté Internet, pour identifier ces symptômes qui m'effrayaient, et j'ai compris que quinze jours sans prendre plaisir à rien, c'est la limite au-delà de laquelle les médecins considèrent qu'on entre en état de dépression. Ce sourire de midi m'a fait du bien, je m'apprêtais à lui suggérer d'aller se faire aider, et de consulter quelqu'un. Je vais me donner encore un peu de temps.

Je ne connais pas grand-chose à la vie des concertistes, mais il me semble que ce qui est arrivé là-bas trouve ses racines dans un profond désarroi. Je n'ai jamais rien lu de tel, les erreurs musicales de la première partie sont tout simplement impossibles à commettre ; l'une d'entre elles était presque une prouesse technique en soi, comme s'il avait prévu et travaillé ces instants. Quant à la suite, après l'entracte, je ne voudrais pour rien au monde revivre cela. Il était réellement effrayant, hors de lui. On aurait pu croire qu'il était sous l'emprise de la drogue, ou victime d'une hallucination. Ça tournait au film d'horreur. Il est heureux qu'aucune prise de vue n'ait été faite ce soir-là, je crois que le dommage médiatique aurait été irréversible, et que lui-même n'aurait probablement pas pu en supporter la vision.

Je ressens une immense tristesse pour lui, une impression de gâchis terrible, d'injustice, une impuissance absolue à l'aider. Je ne sais qu'être là, toujours là. Présente à l'appel. Devrais-je être différente ? Crier, tenter de provoquer un électrochoc ? Je n'ose en parler autour de moi, ni à Sophie, ni à mes parents. Il est trop tôt. Je me sens parfois terriblement seule avec ce poids sur la poitrine. Et Arthur qui vraisemblablement se pose des questions, dois-je lui en parler ? Lui demander de faire des efforts ?

J'ai proposé que nous allions passer le week-end de Pâques à Étretat à la fin du mois de mars. Ça a été le deuxième sourire, tout à l'heure, après qu'Arthur a applaudi avec enthousiasme. Nous avons tous les trois énormément apprécié le Nouvel An passé là-bas.

Pendant les vacances de février, je resterai à Paris pour travailler mes préparations de cours la première semaine, et enverrai Arthur chez ses grands-parents. La tournée de Laszlo dure dix jours, et commence la seconde semaine des vacances ; je l'accompagnerai les premiers jours avant de retourner récupérer mon fils, et faire ma rentrée.

Georges téléphone presque tous les jours. Il a l'air rassuré, après le petit concert donné dans un musée, sans problème, avec, sur une des *Sonates* de Beethoven au programme, l'interprétation originale qu'avait travaillée Laszlo pour New York.

Alors, juste un mauvais cauchemar pour nous tous ? Je l'espère tant, mais je garde au fond de moi le choc du concert, l'horreur de ces rictus, ce regard fou... comme si un autre lui-même avait pris le dessus sur sa conscience, fait surface, et tenté de l'éliminer pour occuper sa place. Il y a trop de choses que j'ignore, peut-être des secrets, des histoires anciennes...

Chapitre 35

Arthur

Toujours pas de partie d'Othello. J'ai l'air malin maintenant ! J'ai promis à Martin de dire à Laszlo qu'il jouait aussi, en espérant qu'il nous proposerait un tournoi à trois... Mais là, on est le samedi 16 février, les nouvelles vacances vont bientôt recommencer, et je n'ai toujours pas osé lui en parler...

À l'école, c'est la galère à cause de la remplaçante de la maîtresse, qui est partie parce qu'elle attend un bébé. La remplaçante est beaucoup moins drôle, tout le monde la déteste. Maman dit que toutes les maîtresses du monde doivent être sévères pendant les premières semaines, pour se faire respecter, mais n'empêche, moi je préférais Martine à Mme Grosdidier !

Noisette a été très malade, je n'aurais peut-être pas dû le laisser sur mon balcon pendant toute la nuit, parce que après, il était tout drôle, le nez gris, et il éternuait tout le temps. Je me suis fait gronder très fort par Maman, et là, même si j'ai pleuré, elle avait raison. Maintenant je dois attendre le printemps pour le laisser sortir, sinon il va dans le petit jardin qui est dans le salon, mais seulement quand Laszlo n'est pas là en train de travailler. Cette pièce c'est un peu comme son travail, il est assis au piano toute la journée, et il n'aime plus que je le dérange. L'autre jour il m'a même crié dessus tellement fort que je me suis mis à pleurer, et je lui ai dit qu'il était un *Mangemort*. Maman n'était pas encore rentrée du lycée, et c'était quand même lui qui était venu me chercher à l'école. Ça n'était pas très gentil de ma part de lui dire ça, mais il a eu l'air de s'en ficher complètement, sans doute parce qu'il n'a pas lu *Harry Potter*. Après je me suis excusé et lui aussi, mais il me fait de plus en plus peur. Je n'ose pas en parler à Maman parce que c'est sûr qu'elle me grondera.

Je vais essayer de tout raconter. D'abord, je continue à regarder par le trou. Je le fais le soir en rentrant de l'école, après le dîner avant de me coucher, le mercredi après-midi, le samedi ou le dimanche de temps en temps. De mon trou j'arrive à voir le bureau où il y a les papiers, l'ordinateur, la chaise, après je ne peux pas voir le lit et la table de nuit ni le placard à cause de la baguette de bois qui me gêne, et puis je peux apercevoir aussi la fenêtre et les rideaux, mais bon ça, ça n'est pas très intéressant, il n'y a jamais personne. J'arrive un petit peu à entendre mais seulement si Maman et Laszlo parlent fort. Le soir, ils doivent souvent être couchés sur le lit car je ne vois rien, quelquefois j'entends une télévision qui vient de l'ordinateur, mais apparemment ils ne parlent pas beaucoup ou alors quand je dors. Comme j'ai dit la dernière fois, j'ai remarqué que Laszlo pleurait quelquefois devant son bureau. Je l'ai vu trois fois comme ça, tout le temps quand Maman n'était pas là, bien sûr. Quand il ne pleure pas il parle tout seul, quelquefois je comprends parce qu'il crie un peu, mais la plupart du temps je ne comprends rien, on dirait du théâtre. Et puis il écrit beaucoup de choses sur son ordinateur, peut-être des choses sur la musique. Comme je voulais savoir ce qu'il disait, j'ai eu une idée, et un samedi matin où j'étais seul avec lui dans la maison, parce que c'était libéré pour moi mais pas pour Maman qui était au lycée, je suis allé poser mon magnétophone dans son bureau vers onze heures du matin alors qu'il jouait du piano depuis au moins deux heures dans la salle de répétition. Je l'ai caché dans un sac en plastique contre le grand lit du côté de Maman, avec une cassette d'une heure remise au début, et je suis vite retourné dans ma chambre. Au bout d'un moment, comme j'avais prévu, il a arrêté de jouer, il est monté me voir dans ma chambre et me demander si tout allait bien, et il m'a dit qu'il allait travailler sur son ordinateur dans sa chambre, et de ne pas le déranger, qu'il ressortirait pour préparer le déjeuner avant que Maman rentre. J'avais très peur parce que je sais que quand la cassette est terminée ça fait CLAC et là c'est sûr qu'il allait comprendre, mais j'avais imaginé une ruse de plus. Quand j'étais remonté dans ma chambre en courant, j'avais exactement regardé l'heure, et au bout d'une heure moins deux minutes, où je jouais dans ma chambre en regardant de temps en temps par le trou Laszlo qui écrivait en parlant tout doucement, je suis descendu dans l'entrée et j'ai fait semblant de tomber par terre. Je criais très fort pour qu'il vienne m'aider, en espérant de toutes mes forces que j'avais bien calculé mes minutes. Il est venu très vite.

— Et alors, Arthur ? Qu'est-ce qui t'arrive ?

— Je me suis fait mal, je suis tombé de la rampe ! Aïe !

— Ta mère n'arrête pas de te dire de ne pas descendre comme ça ! Quand est-ce que tu vas l'écouter, Arthur ? Tu t'es fait mal ?

— Là, j'ai dit en montrant mon genou.

— Je ne vois rien du tout. Bon passe-toi sous l'eau, je retourne travailler.

— Laszlo, aide-moi à me relever, ça me fait mal !

— Bon, bon...

Il m'a soulevé et emmené à la salle de bains, et il m'a essuyé ma jambe que j'avais roulée dans la poussière.

— Merci, j'ai dit.

— Ça ira comme ça ! Tu me fiches la paix maintenant !

— Oui.

— S'il te plaît, il a dit.

Et il m'a laissé.

Je l'avais au moins retenu cinq minutes, comme j'ai vu sur la pendule une fois que je suis retourné dans ma chambre. Après, ça a été assez facile : quand Maman est arrivée il est allé l'aider à préparer le déjeuner, et moi j'ai pris le sac à main de Maman et je lui ai dit que j'allais le ranger dans sa chambre. Là, j'ai repris mon sac en plastique et je suis allé vite le cacher dans mon placard. Mon cœur n'avait jamais battu aussi vite ! Il n'y avait que Noisette qui m'avait vu courir dans tous les sens. Mais là, pas de risque qu'il aille le dire à Maman !

Après le déjeuner, Laszlo devait partir tout l'après-midi pour faire je ne sais quoi, et Maman m'a emmené au cinéma pour voir une histoire d'animaux, je ne me souviens plus du titre, avec des ours blancs et des baleines, mais alors j'ai dû attendre le soir pour écouter ma cassette.

C'était difficile à comprendre, il n'avait pas beaucoup parlé. En fait, on entendait des pas, et puis des bruits de clavier, des pages de livres qui tournaient, le ressort du lit. À un moment il a dit :

« *Je n'ai plus le choix (...) cet après-midi, et l'autre jeudi prochain (...) ça serait bien (...) une belle collection (...) rappelle ce qu'il m'avait fait cette ordure (...) celui-là avec son article il va regretter son week-end à Paris (...).* »

À un autre moment, il parlait plus fort :

« *Tu n'es pas sur terre (...) heureux, Laszlo, n'oublie jamais (...) important que tout (...) plus que New York (...) pour le prochain concert (...).* »

Une fois, pendant cinq minutes au moins il n'a pas arrêté de dire le même mot tout le temps, comme ça : « *Sonate sonate sonate sonate sonate sonate sonate sonate sonate...* » ; il ne s'arrêtait pas et à la fin je crois que je l'entendais pleurer en même temps. Ça m'a fait vraiment peur, même si ça n'est pas grave de dire « sonate ». Parce qu'il avait l'air fou.

Voilà : ça c'était la semaine dernière. Bien sûr je n'en ai parlé à personne, je ne voulais pas me faire gronder pour le trou et le magnétophone. Et puis hier, jeudi, il y a eu une autre chose très étrange, comme je passais dans le bus de l'école qui nous ramenait du stade dans la rue je sais plus comment, j'ai vu Laszlo qui sortait d'une grille où il y avait écrit « *Villa Montmorency* », je connais, Alexandre m'a dit que c'est là où il y a plein de millionnaires qui habitent dans des belles maisons (mais il n'a pas encore vu ma nouvelle maison hi hi hi). Je lui ai fait coucou en criant mais à cause de la vitre il ne m'a pas entendu et pas vu. Il avait ses gants marron, il regardait à droite et à gauche avec une casquette enfoncée sur la tête, une casquette que je n'avais jamais vue ! Il avait aussi un manteau noir alors que le sien normalement est marron. Ce qui m'a étonné, c'est que le soir à table, au moment où j'allais dire que je l'avais vu, parce que je voulais lui demander pourquoi il avait mis ces habits, il a dit à Maman qu'il avait passé la journée à la maison, sans bouger, à travailler son piano tout le temps. Alors là je n'ai pas compris. Pourquoi est-ce qu'il mentait à Maman et moi ? Pourquoi une grande personne ment ? Et puis, en allant me coucher j'ai réécouté la cassette du samedi d'avant, et dedans il dit qu'il va faire quelque chose jeudi.

Tout ça est très bizarre... Il faudra que j'en parle à Martin si je le vois. Lui il sait garder un secret !

Chapitre 36

Laszlo

Dimanche 10 février, dans le train.

Tuer... Enfin... Le déjeuner s'éternisait, ce samedi. Lorraine rentrée tard du lycée, Arthur qui me faisait perdre du temps... J'avais prétexté un rendez-vous et une répétition jusqu'au soir. Vers une heure et quart, je quittai la maison et sautai dans un taxi, en direction de la gare de Lyon.

Je montai dans le TGV de 13 h 54, qui me mit à Lyon Part-Dieu à 15 h 57. Je repris un taxi, en direction du quai des Célestins. Le domicile d'Alphonse Revard se trouvait dans un vieil immeuble proche de la Saône, au début de la rue du Plat, qui avait abrité le premier atelier des frères Lumière.

En marchant sur les quais, dans le froid, j'entendais résonner en moi une injonction secrète, une indication que j'étais sur la bonne voie. Les notes de l'*Appassionata*, ses mouvements sombres et tourmentés laissèrent place à une improvisation qui me fit comprendre que ma musique intérieure revenait, comme une voix assourdie, effacée. Enflammé, presque joyeux, je me mis à marcher d'un pas plus vif pour faire passer la demi-heure avant ma visite au critique. Descendant jusqu'aux berges, je jouai à jeter des branches dans l'eau, et mon regard les suivait, surnageant avant d'être emportées par des courants plongeants qui les faisaient vite disparaître. *Un endroit pratique pour faire disparaître un corps*, pensai-je, il a dû s'en trouver avant moi, des assassins fascinés par la Saône... mais ni la noyade, ni l'immersion du corps ne figuraient au programme de la soirée. J'avais peu de temps, quelques heures, avant de prendre le train de 19 heures. Je m'assis sur un banc.

Il ne m'avait fallu que quelques jours pour rassembler les informations suffisantes sur mon homme, et planifier son exécution avec le moins d'aléas possible. Il devait assister vers 18 h 30 au récital d'une jeune pianiste au *Théâtre des Célestins*, un bâtiment très proche de son domicile, et j'avais parié qu'il serait chez lui avant, et déciderait de s'y rendre à pied. Il était notoire que cet homme aigri, musicien sans envergure lui-même, vivait seul dans un grand appartement hérité de sa famille, recevant parfois des artistes pour des critiques un peu particulières, dont il avait lancé la mode, et qu'il appelait lui-même « Critiques privées ». Un peu comme un œnologue, il goûtait les pianistes, lors d'une audition privée, et leur attribuait un système de notation qui lui était propre. De plus en plus d'artistes ou d'impresarios se prêtaient au jeu, même si le risque était grand de se voir déclasser sur un mauvais coup du sort par cet inénarrable frustré. Des pianistes, et pas des moins connus, avaient accepté cette classification inique de leur art, parce que des directeurs de salles avaient remarqué une corrélation certaine entre la satisfaction du public, le nombre de places vendues, et la note attribuée. Beaucoup de pianistes, dont moi-même, étaient outrés par la technique du charlatan, qui confinait à créer un conformisme de l'interprétation pianistique, mais que nous le voulions ou non, nous avions aussi une note, attribuée uniquement d'après les concerts auxquels il assistait en personne. Inutile de dire que la mienne avait fortement chuté suite au concert de Lyon. J'étais un 75 sur l'échelle Revard qui notait de 50 à 100, une véritable insulte à mon talent et à ma reconnaissance internationale, qui pouvait commencer à me nuire en France.

J'avais prévu de sonner tout simplement à sa porte vers 5 heures, sachant qu'il me reconnaîtrait, et de prétexter une visite improvisée pour m'expliquer sur le dernier concert. Il se méfierait un peu, mais l'honneur de ma visite, la flatterie et l'occasion d'une discussion musicale entre professionnels devraient suffire à le convaincre de me faire entrer. Ensuite, à moi d'improviser avec les moyens du bord. Je sentais l'excitation et la rage monter en moi. Il y avait beaucoup de si... Il pouvait ne pas être seul, il pouvait recevoir un appel et prévenir de ma présence... Je devais être prêt à changer de scénario à tout instant. La sincérité de ma démarche devait apparaître comme acquise dès le début. Difficile de jouer ce rôle tout en me laissant habiter par la haine indispensable pour accomplir le meurtre. J'étais un prédateur sensible. Je tuais par utilité. Mais là... ce soir... quelque chose était différent. Il y avait eu un *avant* et un *après* Lorraine. Il y avait également un *avant* et un *après* New York. Je n'étais plus le même, affaibli, déprimé peut-être, mais la conviction qu'une fois recommencés, les meurtres me donneraient l'énergie, la force intérieure nécessaires pour retrouver mon jeu, pour me surpasser, m'habitait tout entier. Et l'envie de tuer était mâtinée de plaisir, je voulais détruire cette ordure. Finie la fantaisie des erreurs introduites volontairement. Il m'avait réellement fait du mal, à moi, Laszlo Dumas. Il devait payer. Payer cher. Je réfléchissais : qu'est-ce que payer cher, pour un homme comme lui ? Étouffer avec ses articles de presse dans le gosier ? Se noyer dans une baignoire d'excréments ? Être écartelé par tous les artistes qu'il a vilipendés ?

Il était l'heure. Je me relevai, enfilai un chapeau et une écharpe sortis de ma mallette, puis me dirigeai vers le numéro 1 de la rue du Plat. Un coup d'œil à la boîte aux lettres m'indiqua l'étage à atteindre, et je me retrouvai devant la porte. Ayant rangé mes frusques et entrouvert mon manteau, je sonnai.

Un homme ouvrit ; c'était bien lui, en chemise et en chaussons. Il me dévisagea un instant.

— Oui ? C'est à quel sujet ? dit-il.

— Laszlo Dumas, je...

— Mais oui... Pas possible ! Maître, que me vaut l'honneur de cette visite ? Je...

— Écoutez, Monsieur Revard, je suis désolé de vous déranger, dites-moi si c'est un problème ; il se trouve que je passais à Lyon ce week-end pour y voir des parents, et comme j'ai une heure à tuer avant mon rendez-vous, je me suis souvenu que je m'étais promis d'avoir une discussion avec vous suite à mon concert de décembre dernier...

— Ah oui, je vous en prie, entrez ! C'est un honneur pour moi... vraiment... J'espère que vous n'avez pas trop mal pris ma position et la notation que je vous ai attribuée dans ma dernière revue ; vous savez, c'est une vision très personnelle, et vous... votre renommée vous met à l'abri de...

— N'en parlons plus, cher monsieur. J'ai réellement de l'admiration pour votre démarche et votre indépendance d'esprit. Vous êtes le Robert Parker des pianistes !

— Merci... Je suis content que vous ne soyez pas fâché. Voulez-vous vous asseoir ? Quelque chose à boire, peut-être ?

— Merci, je ne voudrais surtout pas abuser de votre temps. Si vous avez vingt minutes, cela nous permettra d'échanger sur différents sujets dont je souhaitais vous entretenir.

Il alla chercher deux verres, tandis que je repérais les lieux. Le salon où je me trouvais avait deux grandes fenêtres qui donnaient sur la rivière ; on voyait le quartier Saint-Jean au loin. Un piano mi-queue Pleyel était ouvert, une partition de Mendelssohn sur le pupitre, un bureau en désordre donnait sur la pièce par un petit boudoir aux deux portes ouvertes qui laissaient voir le lieu de ses débauches de haine. Deux canapés ornés de coussins me tendaient les bras et je m'assis. Il revint vite, avec à l'œil une pointe de malice. Il me tendit un verre de jus de fruits.

— Merci beaucoup. Vous êtes sûr que je ne vous importune pas ? Vous n'êtes peut-être pas seul, je ne voudrais pas...

— Ne vous en faites pas. Je suis seul, et j'ai justement une heure libre avant un concert... Je ne dirais pas qu'il est rare que je reçoive les artistes chez moi...

— Je le sais, et d'ailleurs figurez-vous que mon agent et moi-même...

— ... mais un pianiste de votre renommée, c'est sans conteste la première fois !

— ... mon agent, Georges Imirzian, et moi-même, songions à vous demander une *critique privée*.

Il eut un large sourire, et but son verre en essayant de cacher son émotion.

— En effet, je pense que votre talent ne demande qu'à s'exprimer sous des formes plus... pures ; et je pense que l'absence de public, la gratuité de l'acte, pas d'enregistrement, pas de témoin, permettent aux artistes de donner le meilleur d'eux-mêmes... parfois à leurs risques et périls.

Il eut un petit sourire sadique ; je sentais en moi monter le désir d'en finir, de clouer le bec à ce cabotin, de raboter son visage au couteau, de lui fourrer la tête dans son...

— Vous étiez aux États-Unis récemment, m'a-t-on dit ?

— Hum... oui, fis-je en baissant le regard. Une contre-performance... Je m'étais empoisonné la veille, une histoire bête...

— Oui, oui, bien sûr... Bien sûr, je vois... Mon ami Josef Artman m'a envoyé un message à ce sujet.

— Ah, le critique du *New York Times*... Eh bien...

— Il est très sévère, c'est dans son caractère. Je ne devrais pas vous dire cela, c'est un collègue, mais il est parfois un peu excessif... C'est un ancien pianiste, vous savez... la frustration...

— Ah oui, je vois, on m'en a parlé...

— Écoutez, cher monsieur Dumas, je serais enchanté que nous procédions à une audition privée. Voulez-vous que nous prenions rendez-vous ?

— J'en ai touché un mot à mon agent. Il vous contactera lui-même la semaine prochaine. Mais si vous le voulez bien, je voudrais avoir votre avis sur l'interprétation de Lang Lang dans les *Concertos* de Beethoven qu'il a enregistrés à l'automne ?

— Ah oui... avec l'Orchestre de Paris, fit-il un peu surpris. J'en ai parlé dans un article de *Diapason*.

— Remarquable ; c'est pourquoi je voulais absolument vous demander... Mais en avez-vous la partition ?

— Oui, je pense, laissez-moi voir, voulez-vous ? Installez-vous au piano... Deux minutes je vous prie.

Il partit d'un pas alerte vers son bureau, tout émoustillé par ma demande. Je lui emboîtai le pas silencieusement après avoir pris dans mon sac quelques outils, et restai caché dans l'alcôve de la porte du boudoir. Je l'entendais marmonner et remuer des feuillets, quand soudain il s'écria :

— Je l'ai. J'arrive !

Il repassa juste devant moi, marcha un pas après la porte et tomba en arrêt, le regard tourné vers le piano sans pianiste.

— Maestro ? fit-il, vaguement surpris.

Je préparai le garrot que j'avais dans la poche de ma veste. Il était fait d'une corde à piano glissée dans une gaine de cuir, puis attachée par chacune de ses extrémités à un tube d'acier d'une vingtaine de centimètres. Je l'avais fabriqué moi-même dans l'atelier aux clavecins, et déjà utilisé cinq fois par le passé, le plus souvent pour tuer, mais parfois seulement pour étourdir les victimes.

La musique m'accompagnait tandis que je me jetai sur lui et le projetai à terre avec force, tout en passant la corde autour de son cou. Il tomba face contre le plancher, et m'asseyant sur son dos, je fis rapidement une dizaine de tours de garrot pour bloquer sa respiration. Il se débattit quelques instants, puis s'évanouit. Comme il était tombé sur le tapis, ses coups avaient été très amortis et je ne m'inquiétai pas du voisinage. Je me relevai, et le traînai par les pieds jusqu'à son bureau. C'était un lourd meuble en chêne massif, type bureau de notaire, aux pieds cambrés à arête saillante, équipé de quatre lourds tiroirs. Gardant un œil sur mon homme, je passai quelques instants à fouiller ses dossiers. Je pus ainsi consulter les articles qu'il était en train d'écrire, le manuscrit d'un guide au titre évocateur « Le Revard des Pianistes », ainsi que diverses correspondances avec certains de mes collègues, ou concurrents, qui avaient accepté de se prêter à son jeu odieux. Quelques partitions annotées traînaient éparses, un ordinateur ronronnait sur une console, deux porte-plumes anciens décoraient l'ensemble, surmontés de stylos suspendus par une potence au-dessus des encriers rouge et noir. Deux magnifiques plumes d'oie équipées d'une pointe métallique. Je me retournai brutalement vers Revard, qui se réveillait en gémissant, les mains autour de son cou douloureux. À nouveau, je l'étranglai suffisamment pour lui faire perdre connaissance, puis me retournai pour chercher dans la pièce les éléments qui me manquaient pour mettre en scène le crime. L'enjeu était de taille, pour lui qui devait savoir et comprendre pourquoi il allait mourir, et pour moi-même parce que ce nouveau meurtre scellerait le pacte interrompu momentanément, me ferait renaître à moi-même, à mon Art et à mes spectateurs. J'étais calme et méthodique, mais saisi d'une sorte d'excitation nouvelle, que je n'avais jamais ressentie lors des précédentes exécutions. Plus vraiment besoin d'exciter ma rage, ma haine, par de longs diatribes intérieurs, plus besoin de me préparer psychologiquement à l'acte, je ne ressentais aucun dégoût, aucune peur, à l'heure de recommencer mes tueries. Une certitude inébranlable que je suivais à nouveau le bon chemin, un besoin d'aller plus loin, un plaisir dans la réalisation, un désir de réussite... Ayant repéré ce qui me manquait, je me mis au travail.

Avec mes gants de cuir noir, je vidai avec précaution le bureau des piles de documents et d'objets qui le recouvraient, et les déposai sur des bibliothèques proches. Quand la surface plane fut libérée de tout encombrement, je soulevai le meuble qui me sembla peser une tonne, et plaçai sous son pied gauche un petit tabouret bas d'une vingtaine de centimètres de hauteur, le maintenant incliné vers l'arrière, puis je tirai le corps endormi de Revard sous le bureau, et plaçai le pied droit relevé au-dessus de son visage. Comme celui-ci était trop haut, j'ouvris la bouche du critique et y introduisis le pied à base carrée. Il était toujours sans connaissance et je l'allongeai de façon à ce qu'il soit dans l'axe du bureau. Puis j'allai chercher ma mallette, en sortis les cordes que j'avais amenées, lui liai les poignets en les attachant à un radiateur proche, les chevilles en les positionnant sous le bureau, et quand tout fut prêt, je m'assis à ses côtés et attendis, en lisant à haute voix les documents que j'avais trouvés, jusqu'à ce qu'il montre enfin un signe de vie. Ses yeux s'ouvrirent, l'un après l'autre, il toussa violemment, racla sa gorge, sembla prendre conscience du morceau de bois qui occupait sa bouche, l'empêchant de la refermer, mais pas assez enfoncé pour le gêner dans sa respiration. Quand il essaya de ramener ses bras, il prit conscience qu'il était attaché et paniqua. Terriblement étouffé par le pied du bureau, il voulut crier, mais la douleur au fond de sa gorge l'arrêta net. Enfin, il roula les yeux pour regarder autour de lui, et me vit. Une véritable terreur l'habitait. Il gémit, tenta de secouer ses bras, ses jambes, mais abandonna quand il eut compris qu'il était solidement entravé. Je m'approchai de lui, posai ma main sur sa joue, et lui parlai doucement.

— On fait moins le malin, monsieur le critique ?

— MMMUUEUHHH... IBÉÉMOA...

— Vous libérer ? Vous n'y pensez pas, nous avons encore beaucoup de choses à nous dire, mon cher Alphonse.

— RCHAIMOAAA...

— Pardon ?

— CHAIMAAA...

— Ah, vous avez mal ? C'est ennuyeux, mais croyez-moi, ça ne fait que commencer.

— HOVOUEVOU... VEPEU RÉÉCRER EN ARHEEE...

— Je suis désolé, je ne vous comprends pas très bien...

— HOEU VOUE VOU ?

— Ce que je veux ? Mais vous tuer, bien sûr... Vous ne pensiez tout de même pas pouvoir vous en sortir comme cela ? Vilipender un artiste de ma classe, de ma stature, avec vos jérémiades de raté frustré ? Et dire qu'on vous paie pour cela ! Mais, mon vieux, c'est faire aimer la musique, votre métier, pas dégoûter les amateurs par votre prose pestilentielle ! Sachez que Laszlo Dumas est le plus grand pianiste de tous les temps. Certains de vos confrères l'ont déjà vu, mais les cancrelats comme vous, empêcheurs de jouer en rond, ne méritent pas de vivre assez vieux pour savoir qu'ils ont eu tort.

— VE PEU RÉÉCREER EN ARHEECHE...

— Un article ? Vous pouvez réécrire un article ? Mais il est trop tard, mon petit pépère ! Le mal est fait. Ah... vous ne pouvez pas plus mal tomber, je suis particulièrement agacé par votre engeance ces derniers temps, et ma... mésaventure, à New York, l'autre jour, n'a pas arrangé les choses !

— PEFHHÉ...

— Non, non, pas de pitié... En avez-vous eu ? Écoutez, je vais vous dire une chose qui vous rassurera peut-être. Comme je sais que vous êtes un passionné de musique, vous serez heureux de savoir que je tue depuis longtemps déjà, que je tue pour... pour me dépasser sur scène, pour transmettre au monde la musique que j'entends... là, au fond de moi... Vous comprenez, n'est-ce pas ? Donc, ce qui est formidable, c'est que votre mort aura finalement une utilité réelle. On peut dire que vous l'avez méritée, mais au moins vous ne serez pas mort pour rien ! C'est la même chose pour tous !

— FFOUFFCH ?

— Oui... tous... m'entendez-vous ! Vous n'êtes pas le premier... Mais je me suis laissé aller, ces derniers temps... une petite faiblesse... J'ai cru que l'amour pouvait me changer, vous comprenez... J'ai cru que cette passion me permettait d'éviter d'assassiner les gens pour trouver en moi la vraie musique... Ça a marché un temps, je crois, mais tout est allé trop vite... j'ai brisé le pacte... j'ai trahi la cause suprême, mais j'ai payé, j'ai compris, et demain je peux rebondir. Et c'est à vous de payer.

Je m'étais un peu emporté, mais soudain plus calme, je me retournai, saisis les deux plumes anciennes, et m'approchai de l'homme. Je sentais l'adrénaline monter en moi, comme avant un concert.

— C'est l'heure, Alphonse. Voilà, laissez-moi vous expliquer le menu.

— HOUUN... HOOUN... VE ME VE POO...

— Eh bien, pour commencer, les principes. Il est assez inhabituel que je tue pour me venger de quelqu'un, et encore plus rare que je choisisse mes victimes parmi des personnes ayant, de près ou de loin, un rapport avec moi ou mes proches... Trop risqué, vous comprenez. Sauf que là... le manque de temps, les échéances... Je n'avais pas vraiment le choix. Mais comme, en plus, je vous en veux vraiment, vous allez avoir droit à une petite explication. Le principe, disais-je, est que vous soyez puni par où vous avez péché. Vieux classique, me direz-vous. Maintenant, pour que vous savouriez réellement vos derniers instants, et que vous sachiez à quoi vous attendre, je vous explique : je vais d'abord vous crever les yeux, l'un après l'autre, lentement, avec ces magnifiques plumes anciennes, préalablement trempées dans l'encre noire et rouge que vous avez eu l'amabilité de laisser à ma disposition. Je viderai ensuite ces mêmes bouteilles dans vos globes oculaires. Tout cela parce que, bien sûr, vous avez bien mal écrit sur moi et mes congénères. Ensuite, et écoutez-moi bien, car vous ne saurez plus voir ce qui se passera, je retirerai le petit tabouret que j'ai placé sous le pied de votre bureau, et ledit bureau tombera de tout son poids, appuyant son pied qui se trouve actuellement dans votre gueule qui a tant médit, jusqu'à votre gosier, pour vous faire rendre gorge. Et je m'assurerai que le bureau, qui croule pourtant sous le poids de vos inepties, est assez lourd pour aller écraser ce qui restera de vie dans votre corps sacrifié à la bonne cause, en m'asseyant dessus pour vous dominer une dernière fois, ce que je n'ai jamais cessé de faire, misérable avorton glaireux !

Il roulait des yeux fous, fixés sur mes mains, l'air vraiment mal, mais sans la force de plus rien dire. Il tenta de faire basculer le bureau par-derrière, en soulevant ses pieds, mais il n'avait pas assez de force pour faire levier, et s'épuisa vite. Quand j'approchai de son œil droit la plume rougie, il cria, ferma l'œil de toutes ses forces, et d'un coup de poignet vif, j'enfonçai la pointe de métal à travers le rideau frêle de sa paupière, jusqu'au bout. Le crissement que fit le métal sur la matière visqueuse avait quelque chose d'effrayant, mais le cri sourd et étouffé qui s'échappa du fond de sa gorge disait toute l'horreur de la douleur que je venais de lui infliger. Pour le faire taire, je vidai l'intégralité de la bouteille dans sa bouche ouverte. Il déglutit, forcé d'avaler, se mit à tousser pendant que je me plaçais derrière lui pour ne pas être éclaboussé, et frappai le second œil grand ouvert alors qu'il ne regardait pas vers moi. Je crois que la plume glissa car elle se retrouva enfoncée beaucoup plus profondément que l'autre. Alors que sa bouche s'ouvrait dans un gargouillis et que son corps se tendait comme un arc sous l'effet de je ne sais quel nerf, je vidai la seconde bouteille, et ce fut réellement comme une marmite de sorcière, un bouillonnement accéléré par les spasmes et les tremblements de sa tête, qu'il voulait déplacer sans y parvenir. J'avais un peu peur qu'il ne mourût trop vite, aussi je tentai de le calmer, caressant ses mains et lui causant doucement à l'oreille.

— Allons, monsieur Revard, c'est bientôt fini, il faut se ressaisir, pour avoir le temps de régler ses derniers comptes, penser à sa maman, à ses amis chers, à ce qu'on a réussi, ce qu'on n'a pas fait, se préparer au grand passage. Vous êtes croyant ?

— UHHRRGLL... BBBLL... MMUUURGHEUU...

— Diable, difficile à comprendre. Je voudrais vous faire un dernier plaisir, que diriez-vous d'un petit mouvement de la *Sonate* de Mendelssohn que j'ai vue sur le pupitre tout à l'heure ? Je ne serai pas long...

Je sortis de la pièce, m'assis au piano, et commençai à jouer les pages ouvertes, avec délectation, y mettant toute la ferveur possible. Quand je revins, il était en train de se tortiller faiblement. Je lui touchai la joue droite de mon gant.

— Adieu, monsieur Revard...

Je soulevai le bureau, donnai un coup de pied dans le tabouret qui vola, et laissai tomber lourdement le meuble.

— Combien, Alphonse ? Soixante kilos au moins, non ?

Il se taisait tout à fait, respirant par le nez après que le pied du bureau enfoncé jusqu'au fond de sa gorge eut bloqué tout accès à l'air. À chaque mouvement qu'il faisait, le pied s'enfonçait un peu plus. Sans être médecin, je m'imaginais bien que le canal nasal allait probablement être bouché lui aussi, et qu'il était en train d'étouffer. Je sautai sur le bureau, et m'assis juste à la verticale du pied.

— Sous le poids de tes inepties, Alphonse ! Une dernière critique, peut-être ? dis-je, au comble de l'excitation.

Un sombre craquement retentit, les os du palais se brisant un à un, le bois traversant et écrasant tout ce qu'il pouvait, faisant une bouillie des pharynx, larynx, cordes vocales, et pour finir, tronc cérébral et vertèbres supérieures. Les deux mains liées semblèrent battre la mesure quelques longues secondes, puis... plus rien.

Je replaçai toutes les affaires sur le bureau, récupérai mes effets, allai me nettoyer dans les toilettes de l'entrée, et partis après avoir jeté un dernier regard à Alphonse Revard, qui baignait dans son sang et était tout à fait mort. Je claquai la porte derrière moi et, engoncé sous mon chapeau, écharpe relevée jusqu'au nez, m'éloignai dans la nuit pour attraper un taxi place Bellecour, direction la Part-Dieu.

Chapitre 37
Lorraine

Dimanche 17 février.

J'ai tout essayé. Certains jours, à certains moments de la journée, je crois qu'il va mieux. Quand je l'entends à son piano et que les notes courent follement, je m'élance vers la pièce pour apercevoir sur son visage un sourire ou un regard qui n'aient pas l'éclat inquiétant que je lui trouve trop souvent. Mais la musique est en désaccord avec son interprète ; le plus souvent, il est éteint, ou perdu dans de sombres pensées qui n'appartiennent qu'à lui. Aucune méchanceté, de la tension, de la nervosité, et tout d'un coup, sans prévenir, sans que je parvienne à deviner ce qui a changé, il va mieux, une heure ou deux, un jour parfois.

Do, *fa*, *la*, *do*, *fa*, *la*, *sol-fa-mi-fa*... Comment peut-il jouer ainsi la première *Sonate* de Beethoven, légère, enlevée, brillante, et avoir cet air d'un prisonnier dans le couloir de la mort ? Je lui dis que je suis persuadée que son jeu retrouve la sonorité qu'il souhaite, mais en vain. Georges lui a répété que ses deux prestations de la semaine dernière s'étant très bien passées, il pouvait décompresser un peu, mais rien à faire... Son esprit systématique, son sens de la perfection, couplés avec cet état déprimé, en ont fait un être bien différent de celui que j'aimais voilà seulement un mois. Et pourtant, j'ai tout essayé...

Il est toujours tendre avec moi. Le soir dans le lit, il vient poser sa tête contre mon cœur, recroquevillé, mais ne dit pas un mot. Toutes mes tentatives pour éveiller en lui le désir ont été vaines, il semble incapable de même se souvenir avec quelle ardeur, jusqu'à ces dernières semaines, il faisait un siège permanent pour obtenir de moi diverses faveurs ou fantaisies. J'ai tenté de le provoquer, d'en parler, de jouer, de le titiller, de simuler le désir, mais rien n'y faisait. Mon Laszlo s'est changé en enfant, en eunuque, en impuissant... Parfois, je lui parle et je crois qu'il ne m'entend tout simplement pas. Est-il absorbé, sourd ? S'enferme-t-il pour se protéger ? Est-ce la musique qui l'habite ? Cherche-t-il une formule magique ? Une mélodie ? Accouple-t-il des notes incongrues ? Rêve-t-il à une reconversion ? J'aimerais pouvoir m'immiscer dans son esprit, aller explorer les recoins cachés de sa conscience torturée, pour le comprendre, l'aider, le sortir de ce gouffre... Arthur me pose de plus en plus de questions, et je ne sais quoi lui répondre. Je voudrais le préserver de ça, il n'a pas besoin de savoir. Il est si jeune... Et pourtant, sa clairvoyance un peu exagérée pour son âge, qui le fait parfois ressembler à un petit bout d'adulte, n'a sans doute pas été abusée... Comment vit-il cette instabilité ? À peine six semaines de vie chez Laszlo, à peine le temps pour lui de s'habituer à la présence d'un homme à la maison, et ce sont déjà deux personnes différentes qu'il a côtoyées. *Avant* et *après*...

J'y croyais tellement, pourtant ! Pour me persuader que notre installation commune ne posait pas de problème, Laszlo avait fait des efforts assez admirables pour séduire Arthur, et je dois dire qu'avec ses parties d'Othello, ses bandes dessinées, son cadeau d'anniversaire, les trois derniers tomes d'*Harry Potter*, il avait visé juste. Arthur s'était laissé convaincre assez facilement. Mais quel retournement ! À peine sommes-nous installés que ce papa par procuration ignore presque son garçon. J'ai du mal à supporter cette idée, mais je ne veux pas ennuyer Laszlo avec ce souci de plus ; pourtant je vois, je sens qu'il est agacé par le petit, qu'il n'en a plus la patience. Et Arthur aussi le sait. Je me demande ce qu'il rumine, ce qu'il pense le soir, seul dans sa chambre.

Je lui dis que Laszlo a été un peu malade, très fatigué par son voyage en Amérique, qu'il est triste de ne pas avoir très bien joué à ce concert et qu'il travaille beaucoup pour le prochain.

Je me suis confiée à Sophie, qui voyait bien que quelque chose clochait depuis New York, et elle m'a donné quelques conseils pratiques, hérités de sa gestion du stress de Jérôme qui travaille dans la grande distribution. Elle m'a aussi conseillé de me préserver un peu... conseil certainement très avisé mais qu'il m'est difficile de suivre ! Comment ne pas me sentir concernée, comment me protéger de celui que je veux sauver ? Comment éviter le regard de mon amour, m'isoler de sa détresse pour qu'elle ne me contamine pas ? C'est absurde et impossible. Je ne me suis pas engagée pour m'esquiver au bout de quelques semaines. Laszlo est un être fragile et exceptionnel. Il a plus que jamais besoin de moi. C'est un beau projet, non ?

Chapitre 38
Arthur

Je pars en vacances ce soir ! Chez Papi et Mamie, en Bretagne. Ça va être chouette, je serai seul parce que Maman va rester à Paris pour travailler et préparer ses cours, et aussi accompagner Laszlo à des concerts de piano qu'il doit aller donner dans toute la France en tournant. Il paraît qu'il faut qu'il joue très bien, et Maman veut lui redonner du courage, parce que les gens n'ont pas applaudi en Amérique alors ça l'a rendu triste. Il est vraiment bizarre en ce moment.

J'ai raconté à Martin, la semaine dernière, ce que j'avais vu et entendu à la maison, je lui ai fait écouter ma cassette, et il a pris un air drôlement surpris. Comme les leçons de piano qu'il prenait avec Laszlo se sont arrêtées, il ne l'a pas vu depuis un mois.

— Tu es fou de faire ça ! Ta Maman va te gronder si elle le sait.

— Mais elle ne va pas le savoir, hein, Martin ?

— Ne t'en fais pas, Arthur... Mais dis-moi, il est gentil avec toi ?

— Plus tellement, tu sais, au début on jouait ensemble, mais là, hou là là, je préfère me taire quand je suis avec lui parce qu'il est énervé tout le temps où il n'est pas triste.

— On ne comprend pas grand-chose dans ta cassette...

— Tu sais, si tu veux j'en ai plein d'autres que j'ai faites à l'école ou à la maison, et même une où on entend tante Sophie !

— Tu es un sacré petit espion, ma parole !

— C'est ma spécialité !

— Oui, n'empêche que c'est bizarre, on dirait qu'il veut se venger de quelqu'un.

— Mais de qui ?

— Peut-être de gens qui ont dit du mal de lui en Amérique ?

— Oui, je ne sais pas comment il pourra se venger... Et puis, il y a aussi autre chose, l'autre jour je l'ai surpris à dire des mensonges à Maman.

— Ah bon ?

— Oui, je l'ai vu dans la rue quand j'étais dans le car qui nous emmène au stade, et le soir il a dit qu'il était resté tout le temps à la maison.

— Euh...

— Tu vois ! C'est un *Mangemort*, je te dis. Parce que tu peux dire ce que tu veux : les sorciers ça EXISTE.

— Oui, bien sûr... Mais ton truc, là, ça ne me paraît pas bien grave... Il était sorti faire une course, ou quelque chose de ce genre...

— Déguisé ?

— Comment ça déguisé ?

— Oui, il avait un manteau différent de d'habitude, un chapeau aussi...

— Écoute, Arthur, un homme comme lui, connu, riche, il a le droit d'avoir plusieurs habits différents, non ?

— N'empêche...
— Quoi ?
— Je vais continuer à l'espionner.
— Si tu veux, pourquoi pas. Mais sois discret, je ne voudrais pas être là le jour où ta mère va découvrir que tu les regardes dans leur chambre le soir par un trou du plancher... Aïe !

Il est gentil Martin, il m'a promis de ne rien dire à sa mère, comme ça, pas de risque.

Si j'étais un peu sorcier, juste un petit peu, je voudrais d'abord être plus grand, être bon en maths, avoir un balai pour voler, que Maman redevienne amoureuse de Papa, que Noisette vive aussi longtemps que moi, et aussi Papi et Mamie, qu'Émilien, Philémon et Kevin soient transformés en vieilles chaussettes, que le poisson n'existe pas... J'ai plein d'autres idées mais je crois que je ferais mieux de ne pas trop y rêver, parce que même s'ils existent, les sorciers, ça n'est pas facile d'en devenir un. Quand on est *moldu* (c'est-à-dire pas sorcier) il faut peut-être faire des grands exploits, comme sauver la vie de quelqu'un, ou autre chose, je ne sais pas, pour y arriver. J'espère que dans le livre ils vont expliquer ça avant la fin ! J'ai encore deux cents pages à lire dans le tome 6.

Papa a téléphoné l'autre jour, comme il fait tous les mois. C'était mercredi dernier, le matin pour moi, mais en fait pour lui c'est le soir parce qu'en Australie c'est comme ça à cause du soleil qui ne nous éclaire pas en même temps qu'eux. J'étais dans ma chambre en train de regarder par le trou, Maman était partie faire une course, et

Laszlo était dans sa chambre en train d'écrire à son ordinateur, je voyais le haut de son crâne, quand le téléphone a sonné.

— Allô, il a fait.
— ...
— Arthur ? Oui il est là, de la part de qui ?
— ...
— Son papa ? Ah très bien, je vous prie de patienter, je vais le chercher.

Là, j'ai eu l'impression que mon cœur bondissait tout seul dans mon corps, il s'est mis à battre très vite, j'ai posé Noisette, et je suis descendu en courant. J'ai croisé Laszlo dans l'escalier, qui m'a regardé d'un air surpris.

— Où vas-tu comme ça ?

Heureusement, je me suis rappelé qu'il ne devait pas savoir pour le trou, alors j'ai dit que je voulais aller aux toilettes.

— Plus tard, il y a ton papa au téléphone, je crois qu'il appelle de loin. Prends-le dans la cuisine, je raccrocherai chez moi.

Ouf, je n'avais pas gaffé. J'ai couru à la cuisine et fermé bien la porte derrière moi.

— Papa !
— Oui mon bonhomme, comment ça va ?
— Bien, Papa. Tu sais que j'habite dans une nouvelle maison qui est immense, avec des arbres dedans, une chambre au premier étage pour moi qui est deux fois plus grande que l'autre...
— C'est incroyable. Tu es bien ?
— Oui et Laszlo m'a offert un lapin et les trois tomes d'*Harry Potter* que je n'avais pas encore !
— Je vois. Tu t'entends bien avec lui ?
— Ça dépend. Mais Papa ?
— Oui, mon grand ?

— Tu as lu *Harry Potter 1* ?

— Euh... non tu sais, je n'ai pas tellement le temps.

— Tu devrais, c'est trop bien. Tu m'as promis !

— Oui, c'est vrai, écoute je vais essayer... Et le sport, ça va ?

On a papoté comme ça pendant au moins une demi-heure, c'était comme s'il était à côté de moi. À la fin je lui ai demandé comme à chaque fois s'il revenait bientôt à Paris. Il m'a dit oui pour les vacances de Pâques, et il habitera dans notre ancien appartement, comme ça je pourrai le voir et aller habiter avec lui. Ça fait encore longtemps mais ça m'a fait très plaisir ! D'habitude Papa ne rentre que l'été. J'ai voulu lui demander s'il allait retourner avec Maman mais je n'ai pas osé. Je n'ose plus... Maman m'a dit que c'était impossible. C'est pour ça que je dois absolument devenir sorcier.

Chapitre 39

Laszlo

Mercredi 27 février.

Je ne sais pas pourquoi je prends encore le temps d'écrire dans ce journal. J'ai d'autres priorités. Des urgences. Je suppose que reste gravée au fond de moi la certitude que ce témoignage du cheminement d'un génie sera utile à l'humanité et à l'histoire des Arts. Non content d'avoir été le plus grand pianiste de tous les temps, dans cinquante ans, dans cent ans, bien après ma mort, je serai célébré comme le premier artiste à avoir révélé son long chemin de croix, son talent glané au jour le jour, les sacrifices nécessaires pour le bien du plus grand nombre. On parlera aussi peut-être de mes victimes, on leur érigera des statues. D'autres avant moi, des peintres, des musiciens, des poètes, ont repoussé les limites de leur art au-delà de ce qui était acceptable par leurs contemporains, pour se dépasser, pour pousser la création à son paroxysme. D'autres se sont adonnés au vice, sont allés plus loin que nul autre avant eux sur les routes de la débauche et des paradis artificiels, pour produire des œuvres éternelles. Mais que sait-on, en vérité, de tous ces immortels, dramaturges, romanciers, compositeurs, interprètes, sculpteurs qui, ayant marqué de leur génie l'époque qu'ils traversaient, et les siècles suivants, ne nous livraient pas pour autant la genèse de leur processus créatif ? J'affirme ici que nombre d'entre eux ont, comme moi, puisé dans les vies sacrifiées de leurs contemporains, la matière, l'âme en surplus, nécessaire pour nourrir leur inspiration. La bienséance, la volonté de garder pour la postérité une image moralement irréprochable les a empêchés – même les plus courageux, les moins conformistes d'entre eux – de révéler au public la vérité sur leurs ressorts intimes. Qui affirmera qu'un Michel-Ange, qu'un Léonard de Vinci n'ont pas en leur temps assassiné pour satisfaire leur connaissance intime de l'humain dans ses moindres détails ? Qui affirmera qu'un Zola, qu'un Balzac, témoins géniaux de la société française du XIXe siècle, n'en ont pas éprouvé par la pratique les recoins les plus obscurs ? Qui refusera de croire que ces forçats du travail, ces boulimiques de la création, les Bach, Hugo, Picasso, Stockhausen, et j'en passe, aient pu trouver dans le fluide vital de victimes sacrificielles l'énergie nécessaire au mouvement perpétuel qui semblait les animer ? Plus récemment, et parmi nos contemporains, on peut en nommer, des interprètes ou des chanteurs, qui pour déplacer des millions de spectateurs et faire vibrer la moitié de la planète, ne se sont certainement pas contentés de travailler gentiment leur son dans le secret d'un garage, un joint à la bouche, mais ont eux aussi trouvé dans l'exécution systématique de leurs contemporains un puissant stimulus à leur inspiration. Les *Beatles*, meurtriers en série ? C'est plus que probable. Mais je serai le seul, le premier en tout cas, à faire connaître au monde ce secret si bien gardé. Ce journal révélera en temps voulu les dessous de ma carrière et fera, j'en prends le pari dans l'au-delà, des émules. La vérité éclatera, des psychanalystes, des médecins neurologues, des historiens, en feront leurs choux gras. On recherchera, parmi les vivants et les morts, ceux qui, comme moi, avaient de leur temps servi leur Art de cette manière si absolue. On les vénérera pour cela. Et mon nom restera gravé à jamais…

Revenons deux semaines en arrière. Les jours qui suivirent mon voyage éclair à Lyon furent une véritable renaissance musicale. Tout d'abord, ma sonate intérieure reprit ses droits. Je me laissai à nouveau guider avec bonne grâce, trop heureux de retrouver des références et une rampe sur laquelle m'accrocher, dans le brouillard qui semblait m'entourer. Au premier concert que m'avait organisé Georges, tout se passa si bien que je crus l'incident clos, allant jusqu'à me demander si j'aurais besoin de continuer, ou si cette simple piqûre de rappel avait suffi. Mais dès le lendemain matin, une angoisse dans le bas du ventre me fit comprendre qu'il n'en était rien, qu'il me fallait exécuter le plan dans son ensemble et trouver de la chair fraîche pour les semaines à venir, avant la tournée de la fin du mois. Je n'allais pas m'arrêter là. Le plaisir que j'avais pris à m'occuper d'Alphonse Revard agissait comme un excitant, et je n'éprouvais aucun remords. Je n'hésitai pas longtemps avant de choisir Paul Deschanel sur la liste.

Le jeudi, après déjeuner, je pris ma mallette, quelques partitions, deux ou trois outils de travail, enfilai un vieux pardessus de Papa, des chemises et un couvre-chef que tante Marthe m'avait donné après le décès de son mari. Je partis à pied en direction de la villa Montmorency, où vivait le mécène qui avait eu l'audace de remarquer mes erreurs sur Liszt, et le culot de venir me narguer dans ma loge. Je ne pouvais pas faire de détail, la sympathie relative qu'il m'avait inspirée ne pouvait pas entrer en ligne de compte. Plus maintenant, l'enjeu était trop important.

Je marchais dans la rue, en réfléchissant au programme de la tournée qui commençait deux semaines plus tard, à Marseille. Suivraient Nice, puis Toulouse, Bordeaux, La Rochelle, Nantes et Brest. Je devais interpréter les deux premières *Partitas* de Bach, suivies de la *Sonate* n° 1 en *do* majeur de Brahms. Des œuvres dont j'étais très familier, composées au sommet de sa carrière pour l'un, et alors qu'il était encore tout jeune homme pour l'autre. Je les portais particulièrement dans mon cœur. Les *Partitas* parce que c'étaient les pièces fétiches de ma tante Marthe, celles par lesquelles tout était arrivé. Je leur devais mes premiers émois musicaux et ma vocation. La première *Sonate* de Brahms pour sa composition magistrale et ses accents symphoniques, œuvre écrite avant l'âge de vingt ans alors qu'il jouait le soir dans les cabarets.

Ce n'était pas la sonate intérieure qui m'accompagnait, sur les trottoirs de la rue Poussin, mais bien les notes du *Prélude* de la *Partita* en *si* bémol. L'*Allemande* suivit, quand je pénétrai dans l'enceinte gardée de la villa privée, qui doit renfermer les plus belles demeures de Paris, et quand je sonnai au 37, vers 15 heures et 12 minutes, la *Courante* achevait son dernier accord, *si* bémol - *ré* - *fa* - *si* bémol...

Au beau milieu de l'après-midi, il n'y avait personne dans les rues de la villa huppée, les enfants étaient à l'école, et j'étais seul quand la porte s'ouvrit. Il ne m'avait pas été difficile de noter les allées et venues du majordome de Paul Deschanel, seule personne à vivre avec le richissime mécène, divorcé pour la troisième fois récemment. J'étais venu cinq fois depuis la semaine précédente, et avais repéré qu'à 3 heures précises, il quittait la maison, revenant toujours avec des emplettes vers 5 heures. Il avait visiblement quartier libre dans ce créneau horaire, et je l'avais vu allumer une cigarette, l'air réjoui, en quittant la prison dorée de son maître. Il me paraissait raisonnable de présumer que je serais seul et tranquille pour une heure ou deux. Sinon, il serait toujours temps de changer de programme ou d'improviser. Je saluai sans me présenter quand Paul Deschanel en personne vint m'ouvrir. Il pouvait avoir une petite soixantaine, cet air de fouine qui m'avait agacé lors de notre précédente rencontre, et des manières seigneuriales. Il me reconnut instantanément.

— Maître... vous avez décidé d'honorer mon invitation ! Je vous en prie...

Je fis mine d'entrer en lui tendant la main. Il s'écarta et me laissa passer.

— Veuillez pardonner ma visite impromptue, mais passant dans votre quartier par hasard, je me suis souvenu de votre proposition... et mon envie de découvrir votre collection si célèbre l'a emporté. J'aurais dû prévenir. Vous êtes sûrement occupé, vous avez peut-être déjà des visiteurs...

— Non, vous ne pouviez pas mieux tomber. Henri, mon valet, vient de s'absenter, je suis seul. Ma seule contrainte est d'avoir à vous servir moi-même un verre, Maestro.

— Vous êtes sûr ?

— Puisque je vous le dis... Mais n'êtes-vous pas en tournée, ces jours-ci ?

— Je commence d'ici deux semaines. Un tour de nos côtes...

— Écoutez, je suis enchanté, vraiment. Vous allez me donner un avant-goût sur mes différents chefs-d'œuvre. Je vous assure que c'est beaucoup d'honneur que vous me faites.

— Allons, à un bienfaiteur des Arts comme vous... L'honneur est pour moi !

— Si j'avais su, j'aurais prévenu quelques amis... Je m'étais promis... Vous connaissez Rasson ?

— L'accordeur ?

— Entre autres. C'est lui qui me fournit en instruments anciens, il a des fouineurs pour moi dans toute l'Europe. Je lui avais juré de l'inviter si vous passiez... À dire vrai, j'étais persuadé que vous ne le feriez pas... Cela vous dérangerait si je lui passais un coup de fil ? Il pourrait nous rejoindre rapidement !

— Pas le moins du monde, à vous de voir. Cependant, je quitte Paris demain très tôt, et je devrai quitter votre domicile vers 16 heures au plus tard, pour mes derniers préparatifs.

— Oh, 16 heures... Trop juste... Dommage ! Mais je vous en prie, donnez-vous la peine, nous allons commencer la visite.

C'était un véritable passionné. Je me prêtai volontiers au jeu, sincèrement intéressé et curieux de jouer sur un clavecin de Hemsch, pièce unique, d'essayer un des tout premiers modèles de pianoforte du début du XVIIIe siècle attribué à Cristofiori, mais aussi un exemplaire de la première série d'Erard à double échappement. Je vis des instruments étonnants, presque tous rares, parfois injouables mais toujours superbement décorés, dont un Hansen à queue impressionnant. À la fin de la visite, une salle immense permettait de comparer trois modèles de concert plus récents, un Steinway, un Bösendorfer, et un Fazioli. Comme en compétition, les trois instruments semblaient se narguer au milieu de la pièce. Je ne pus refuser à mon hôte l'interprétation de quelques mouvements de la deuxième *Partita* sur chacun des claviers, pour sa plus grande joie.

L'heure avançant, il me proposa un verre de porto que j'acceptai, et nous bûmes en devisant, cernés par les trois instruments. Il était 4 heures, l'heure de passer à l'action. Je n'avais vraiment aucun ressentiment contre lui, mais la nécessité me commandait impérieusement d'agir, et de mettre de côté mes sentiments. Cependant, nul besoin de me préparer. Il y eut une sorte de déclic dans mon cerveau, un flot de notes rageur et désordonné me fit lever. Je m'approchai du Fazioli entrouvert et en soulevai le couvercle plus haut, le bloquant grâce à la baguette de bois appropriée. Paul s'approcha par-dessus mon épaule, alors que je me penchais comme pour admirer la table d'harmonie.

— Belle mécanique, n'est-ce pas ? C'est un monstre de technologie, de puissance et de rondeur. Ce n'est pas à vous que je l'apprendrai... Plus de trois mètres, près de sept cents kilos... Ah... ce n'est pas un instrument de collectionneur, plutôt un engin de course... mais je n'ai pas pu m'en empêcher !

— Magnifique, mon cher Paul... Regardez le détail des chevilles d'accord !

— Attendez, faites voir, elles sont traitées à l'or, si je ne m'abuse...

Je m'écartai pour le laisser se pencher, et quand il eut plongé son corps à l'intérieur de l'instrument géant, la tête contre le mécanisme, j'enfilai mes gants, enlevai la baguette et le couvercle lui tomba lourdement sur la tête et les épaules. Ce fut suffisant pour l'assommer légèrement. Cependant, ne voulant prendre aucun risque, je relevai le couvercle, et le laissai tomber à nouveau. La tête était protégée par son dos et je ne parvins pas à la briser malgré le poids du bois. Je sortis alors une pince de ma veste, fébrile, et coupai une corde de l'instrument, qui claqua avec violence, fouettant le visage de Paul qui se mit à gémir.

— Tais-toi, ordure, pourquoi ne veux-tu pas mourir comme je l'entends ? Tu n'as pas droit au gémissement, entends-tu ? Je voulais que ta tête éclate comme une noix de coco, dans cet instrument, je t'avais fait grâce d'une mort dans la douleur, parce que tu m'as plu avec ta collection d'instruments, parce que nous parlons le même langage, toi et moi. Mais je n'oublie pas ton crime. Tu es un des artisans de mon malheur, un des maillons de la situation inextricable où je me suis laissé entraîner. Tu n'as pas voulu mourir comme je l'entendais. Meurs en écoutant mes erreurs, toi qui fus si doué pour en repérer plusieurs quand j'ai joué Liszt. Écoute, je vais jouer Brahms pour toi. Écoute ! lui hurlai-je contre le visage, alors qu'il remuait péniblement.

Je fermai le couvercle tant bien que mal sur son corps, le laissant bras, tête et buste à l'intérieur tandis que son tronc et ses membres inférieurs pendaient le long de l'instrument, et je m'assis au clavier pour jouer la *Sonate* de Brahms en *do* majeur, qui commence par une série d'accords joués *forte*. La musique était un peu assourdie par la présence du mécène sur les cordes dont certaines étaient étouffées, mais je tâchai de marteler le clavier plus fort que je ne l'avais jamais fait, en chantant presque une litanie contre lui.

Je frappai les touches comme un damné, hurlant presque, quand il se leva brusquement, relevant violemment le couvercle de son instrument, et partit à genoux vers la sortie... Je me levai d'un bond et l'attrapai par-derrière alors qu'il avait atteint le Bösendorfer. Il avait trempé son pantalon de peur, et je le relevai par les cheveux en lui plaquant la gueule sur le clavier trois fois de suite pour l'étourdir, produisant un accord infâme et de longues traînées rouges sur le blanc de l'ivoire. Quand il fut à nouveau groggy, j'ouvris le nouveau piano, et lui fourrai la tête à l'intérieur. Il se débattit faiblement, et c'est là qu'à l'aide de la corde du Fazioli découpée plus tôt, je l'étranglai, penché sur lui pour parfaire le travail. La corde en métal serrée contre son cou eut tôt fait de l'étouffer et scia ses chairs jusqu'à ce que l'instrument allemand commence à se remplir du sang de son propriétaire. Quand le corps cessa de s'agiter des soubresauts habituels, je lâchai prise. Puis méthodiquement, avec calme, je parcourus le chemin inverse, un mouchoir à la main, et essuyai chaque clavier que j'avais joué. Je nettoyai les verres où nous avions bu dans la cuisine, et après un dernier tour de vérification, repassai mon manteau et m'éclipsai par la porte de devant. En sortant de la villa, la concierge jeta un regard distrait vers moi sans me parler. Je tournai mon regard à gauche, à droite, pour voir si le majordome ne se montrait pas, car il était près de 16 h 30, aperçus un car scolaire qui passa juste devant moi, puis m'éclipsai, le chapeau enfoncé sur mes deux oreilles.

Dans les jours qui suivirent, mon esprit s'éclaircit, mes répétitions furent plus faciles, je repris espoir et pus constater dans le regard de Georges et Lorraine leur soulagement de me voir reprendre du poil de la bête. Je gardais en moi, comme comprimée, l'énergie donnée par les meurtres d'Alphonse et Paul. Je voulais la préserver, espérant qu'elle me porterait dix jours, et laisser faire le travail de maturation, pour libérer au concert toute la puissance de mon interprétation. Parallèlement, je travaillais à choisir les erreurs à introduire pendant les représentations. Chaque jour, une différente, pour n'éveiller aucun soupçon. Je demandai à Georges de prévoir très à l'avance les listes de spectateurs, lui donnant l'impression que je retombais dans mes vieilles habitudes, ce qui eut plutôt pour effet de le rassurer. Je devais absolument revenir avec une liste de noms... Pas question de me laisser griser à nouveau.

Quant à Lorraine, qui m'accompagne avec Georges pour le début de la tournée pendant qu'Arthur ira chez ses grands-parents... j'ai besoin de sa tendresse, mais notre histoire suit une voie différente de celle empruntée durant les semaines qui ont suivi notre coup de foudre. Mes égarements, leurs conséquences que je paie aujourd'hui... tout cela n'est plus d'actualité. Je dois trouver l'équilibre entre ma carrière de pianiste assassin et cette relation trop fusionnelle. Je tâcherai, durant les trois jours du week-end de Pâques que nous passerons à Étretat, de consacrer le temps nécessaire à ma nouvelle famille. Lorraine a eu la bonne idée de nous bloquer ces jours ensemble, espérant que nous saurons nous retrouver dans l'isolement de cette maison en bord de mer. Si le concert s'est bien passé, si j'ai retrouvé une partie de mon aura, que les critiques sont bonnes, que j'ai suffisamment tué et retrouvé confiance en moi, peut-être serai-je en état de reconstruire ce que j'ai laissé s'écrouler avec Arthur. Othello, balades avec le lapin, lectures... Je parviendrai bien à regagner sa confiance, il me paraît méfiant et renfermé ces derniers temps. Pour Lorraine, je réserve le meilleur de moi-même, et pas un demi-Laszlo. Elle mérite mieux.

Chapitre 40
Lorraine

Dimanche 2 mars, dans le train Nice-Paris.

Quel soulagement ! Deux concerts déjà, et cette tournée semble bien commencer. Marseille lui a fait un triomphe jeudi soir, et hier à Nice, malgré une moyenne d'âge élevée dans la salle, les réactions étaient très enthousiastes. Je dois dire que moi-même, j'ai douté jusqu'au dernier moment, redoutant la catastrophe, guettant le moindre signe dans son regard, dans ses mouvements...

Envoûtante première *Partita*... Je crois bien que c'est son meilleur morceau ! Au commencement, un accord de deux notes, à la main gauche. *Si* bémol - *ré*. Un accord court, assez aigu, qui ne veut rien promettre, mais tout simplement ouvrir la marche, et tout de suite repris à la main droite, une octave au-dessus, par un trille sur le *si*. Ensuite, une montée lente, difficile, accompagnée en tierce décalée de la main gauche. Une hésitation régulière, une recherche, certainement. Après quelques mesures, le rythme est trouvé, et l'on disserte jusqu'au retour du thème en grave par la main gauche, la droite se faisant à son tour plus discrète, et c'est bientôt un concert à deux voix : le ton est donné, le rythme léger, la mélodie plus insistante, et on termine le premier mouvement par une série d'accords ponctués de notes aiguës, qui clôt le *Prélude* et ouvre l'*Allemande*. Ce mouvement plus rapide, enlevé, est une question sans réponse. Les notes filent, cadencées de temps à autre par une intrusion d'accords, de trilles discrets, remarques ou idées proposées par l'accompagnatrice effacée à sa camarade virtuose de droite. On n'a guère le temps de réfléchir, mais on comprend ses interrogations, ses doutes. L'autre file, insouciante, puis semblant prendre conscience soudain de sa course folle, se reprend, hésite, pour interrompre son monologue en un arpège rassurant, qui appelle une réponse plus délicate. La *Courante* qui suit est tout à fait dans le même style, avec un peu plus d'affirmation, et vient introduire la *Sarabande*, danse plus lente et majestueuse, puis les sages *Menuets*, avant la *Gigue* finale, folle, rapide et virtuose.

Il rirait de moi s'il m'entendait parler avec ces mots de cette œuvre ! Domaine réservé...

Georges est resté avec lui, et ils partent demain pour Toulouse. Je suis rassurée, et même si Laszlo est demeuré fermé comme une huître hier soir, je sentais son soulagement, la confiance retrouvée qui n'ose s'exprimer. Il m'a même caressée dans notre chambre, en silence. Discrètement, sa main brûlante a parcouru mon corps. Je n'ai rien osé dire, le laissant essayer sans le pousser. Voulait-il mesurer sa propre capacité, laissait-il son désir le guider ? Je le sentais absorbé, perdu dans ses pensées... Sa main ne jouait-elle pas des notes de musique sur mon corps ? Étais-je devenue un piano sur lequel il faisait ses premières gammes ? Un nouvel instrument à étrenner, qu'il n'osait jouer avec sa fougue habituelle ?

Chapitre 41

Arthur

Dimanche 9 mars.

Déjà la fin des vacances. C'était trop bien ! J'avais amené Noisette avec moi et le fermier a prêté une grande cage que je peux poser près du potager de Papi. Je mets des fanes de carottes, des trognons de salade, et il est très content. Par contre il n'aime pas tellement la mer. Le premier jour, quand nous sommes allés à la plage, je l'ai posé au bord de l'eau mais ça ne lui a pas plu DU TOUT. C'est vrai qu'une grosse vague l'a éclaboussé, et qu'il faisait vraiment froid ce jour-là. Mais depuis, je ne l'emmène pas avec moi quand Papi et Mamie me conduisent au bord de l'eau. J'adore la plage, pleine de rochers à escalader, de mares remplies de crevettes et de petits crabes. Je ne m'ennuie jamais là-bas, même si je n'aime pas le poisson ça ne me dérange pas du tout d'en pêcher avec mon épuisette. Je les relâche, ou je les mets dans un seau, mais souvent ils meurent au bout d'un jour.

Dans la ferme de M. Ménard, il y a des vaches, des cochons, des lapins, des poules, trois chiens et deux chats. C'est un vrai zoo, comme dit

Mamie. Tous les soirs on va chercher du lait dans un pot de fer. Quelquefois, on voit des petits veaux naître, d'autres fois c'est cinq ou six petits bébés cochons qui sortent du ventre d'une énorme truie. Je peux les prendre dans mes mains quand la fermière est de bonne humeur. Ils sont tellement mignons ! Il y a aussi des choses moins drôles à la ferme, par exemple quand ils tuent un poulet, ou quand le camion vient chercher les cochons pour les transformer en jambons. Les vaches ça va, elles donnent du lait jusqu'à ce qu'elles soient très vieilles, mais les veaux, comme leur viande est très chère ils les vendent aussi au boucher.

Hier, j'étais parti seul à la ferme. Le chat noir de la cour avait trouvé une souris encore vivante et jouait avec elle. Au début je croyais qu'il avait faim, alors j'ai retenu mes larmes parce que c'est la nature qui est comme ça, les animaux se mangent entre eux. J'étais triste pour la souris qui faisait des petits bruits, mais au bout d'un moment j'ai compris que le chat jouait juste avec elle. Il la faisait sauter entre ses pattes, lui appuyait ses griffes sur les yeux et sur le ventre, puis il la laissait partir. Une fois, il l'a prise dans sa bouche, je me suis dit que c'était fini, on voyait la petite queue remuer dans les lèvres du minet, mais en fait il l'a recrachée : c'était pour jouer ! J'étais tellement furieux que j'ai couru vers le chat en criant qu'il était méchant, cruel, qu'il allait voir ! J'avais les larmes aux yeux et le matou est parti, mais en emmenant sa victime. Il a sauté sur un vieux mur et a disparu dans les herbes. Je suis rentré pleurer dans le jardin de Papi, et il a fallu que Mamie m'apporte une crêpe à la confiture pour que j'arrête. C'est vraiment trop injuste !

Le soir j'ai fait un cauchemar, j'étais dans ma chambre à Paris, et je me levais pour regarder par le trou si Maman et Laszlo dormaient. À la place, il y avait le chat, en costume, assis sur une chaise, qui avait ses griffes super aiguisées qui brillaient, et avec il donnait des petits coups dans des souris, des oiseaux, qui bougeaient devant lui sur une table sans pouvoir s'enfuir, comme s'ils étaient collés ; le chat parlait en disant n'importe quoi, complètement fou, tout en frappant ses petites victimes très rapidement. Moi j'étais terrorisé, je relevais la tête et je voyais Maman qui regardait par un autre trou juste à côté. Elle était toute blanche, elle me faisait CHUT avec son doigt, mais moi j'avais trop peur, je pleurais en regardant sous moi, et une larme tombait dans la chambre, sur la table des oiseaux et des souris, et le chat relevait la tête et regardait vers Maman et moi. Il faisait un énorme MIAOU et partait en courant, alors Maman et moi on se regardait, on fermait la porte à clef, on se cachait, et là j'ai eu tellement peur que je me suis réveillé parce que j'avais fait pipi dans mon pyjama. C'est malin, je suis allé le faire sécher dans la salle de bains contre le radiateur mais naturellement Mamie s'est réveillée, elle m'avait entendu crier peut-être. Enfin, elle m'a passé un gant de toilette froid sur le visage, fait un bisou, donné un petit lait chaud au miel à boire, et bordé dans mon lit.

Je vais finir de ranger mes affaires car Papi vient de m'appeler : on part dans cinq minutes ! Demain, école et cantine. Aïe !

Chapitre 42
Georges

Dimanche 9 mars, dans l'avion de retour de Brest.

Une tournée en demi-teinte... Tout avait bien commencé pourtant, et je dois dire que les performances de Marseille, Nice, puis Toulouse m'avaient presque fait oublier la catastrophe américaine. Le public était conquis, et les critiques correctes. Dommage qu'Alphonse Revard, décédé récemment, n'ait pu honorer la promesse qu'il m'avait faite de venir écouter Laszlo avec une oreille dénuée de préjugés. Mais enfin, lundi dernier, je pouvais enfin respirer. Laszlo me paraissait détendu et soulagé lui aussi, nous plaisantions même sur les détails de l'organisation un peu ubuesque qu'on nous avait réservée à Nice. Il y avait certainement quelque chose de nouveau, d'indéfinissable dans son jeu, une instabilité, un déséquilibre qui en renforçaient la dynamique, avec un rendu particulièrement réussi dans le premier mouvement de la *Sonate* de Brahms, dont le thème énergique se prêtait à ce balancier. Sur les *Partitas*, il était sans surprise, proche de la perfection, avec cette sensibilité qui manque parfois chez les interprètes de Bach.

Dans la limousine qui nous emmenait à Bordeaux, Laszlo était particulièrement en forme, n'osant peut-être pas exprimer la confiance retrouvée, mais plus détendu, et visiblement heureux, regrettant que sa compagne ait dû nous quitter la veille, parlant d'elle, des projets du printemps, revenant sur les semaines passées.

— Tu vois, Georges, j'ai manqué de rigueur. À mon niveau, cela ne pardonne pas. Il faut s'en tenir au travail et aux processus mentaux qui ont permis au pianiste que j'étais de devenir l'artiste que je suis, ne pas se trahir. Le dépassement de soi est possible, mais il faut rester dans le même cadre...

— Sinon le choc est trop violent... C'est complexe, Laszlo, je ne sais pas exactement ce que tu veux dire par « processus mental » mais je peux l'imaginer...

— La préparation du concert, l'état d'esprit, l'entourage... tout compte. Je ne peux jamais être certain que tout ira bien si un certain nombre de conditions n'ont pas été remplies. Des conditions spatiales, temporelles, psychologiques... Pourquoi sommes-nous des êtres si complexes, Georges, pourquoi ne pouvons-nous jouer comme d'autres exercent leur profession ? Simplement, à heures fixes, sans se poser trop de questions...

— Ça serait trop simple, vous êtes des êtres d'exception. C'est sans doute un certain déséquilibre mental, émotionnel, affectif, qui a contribué à faire de vous ce que vous êtes. Vous devez chérir et cultiver cette différence. La recherche de l'équilibre, du bonheur, n'est pas une pulsion qui vous pousse dans la direction du perfectionnement de votre art. Elle est banale, elle vous ferait rentrer dans l'ordre, plutôt que vous maintenir en lévitation.

— Au-dessus des autres...

— Mais je suis vraiment impressionné, Laszlo, par la vitesse à laquelle tu as réagi. J'ai beaucoup hésité à te conseiller trois mois de repos, mais je ne regrette pas mon choix. Tu as senti, comme les gens étaient tendus, à l'écoute, puis vaincus. À l'interview, ce matin, tu as dit des choses très fortes. Ça va dans le bon sens, Laszlo... Si tu tiens bon, je pense que tu vas non seulement rattraper le mal fait, mais te dépasser, et aborder une nouvelle phase de ta carrière !

— C'est un peu tôt pour le dire, Georges...

— Oui, pardonne-moi, je m'emporte !

Je ne croyais pas si bien dire. Le concert du soir, au *Grand Théâtre*, ne fut pas à la hauteur de mes espoirs. Une exécution impeccable, pas d'erreurs notables, mais un véritable défaut de sensibilité, une interprétation absente.

Le lendemain à La Rochelle, la même chose en pire, à cause de l'étrange silence qu'il laissa passer à l'issue de la *Courante* dans la première *Partita*, puis de l'*Allemande*, dans la seconde. Deux minutes, interminables, alors que la norme est plutôt de quelques secondes, entre ces mouvements courts. Deux fois deux minutes. Quatre minutes d'attente insupportable, de regards lourds, le temps de se dire : « Tiens, que se passe-t-il ? Une lubie d'artiste ?... » Puis : « Là il exagère... » Et enfin : « Il a un trou de mémoire, ce n'est pas possible ! » Le style de jeu s'était encore dégradé, et il était maintenant mécanique et ennuyeux, le tempo trop lent. J'étais assis à côté du directeur de la salle, et faisais tout mon possible pour éviter d'avoir l'air de remarquer quoi que ce soit... En vain. Je n'osai même pas en parler à Laszlo tant il semblait tendu, et d'ailleurs il s'éclipsa une partie de la nuit, sans doute pour aller déprimer tout seul dans un bar. Mais c'est lui-même qui, le lendemain matin, dans la voiture qui nous menait à Nantes, aborda le sujet.

— J'étais catastrophique hier soir, et guère mieux à Bordeaux... Je suis désolé. Je vais me reprendre, ça ira ce soir. Tu peux rassurer les gens, les journaux, les critiques ; dis-leur que ce sont les suites d'une maladie qui m'a fatigué, qu'il y a encore quelques séquelles, mais que je suis guéri.

— Qu'as-tu, Laszlo ?

— Je l'ignore... Je perds le contact dès que je passe quelques jours sans...

— Le contact ?

— Oui, tu comprends. Le contact entre mes mains et mon âme si tu veux... C'est un peu compliqué à expliquer, mais c'est comme cela que je fonctionne.

— Oui, tu m'as déjà raconté... Mais tu perds ce contact régulièrement depuis un mois, c'est cela ? Qu'est-ce qui fait que de temps en temps, tu sembles aller mieux ? Comment expliques-tu Marseille, Nice, Toulouse... le grand retour... et subitement ces deux ratés ? Que s'est-il passé entre les deux ? Tu as rencontré le diable ?

— Non, j'aurais bien aimé... Il ne s'est rien passé... justement... Rien !

— Mais alors ?

— Ça va mieux. Ça ira bien ce soir, j'en suis sûr... presque sûr.

— Laszlo, je voudrais t'aider...

— Georges, je ne sais pas, vraiment...

Effectivement, sa prédiction s'avéra juste, et c'est parfaitement dans le ton, tout à fait en accord avec sa performance des premiers jours, que Laszlo termina la tournée à Brest, samedi soir, par un véritable triomphe. Assis au troisième rang, j'approuvai par d'amples hochements de tête un groupe de spectateurs qui me regardaient les larmes aux yeux, jurant que jamais personne n'avait joué ainsi les *Partitas* de Bach.

— Glenn Gould doit se retourner dans sa tombe... disaient-ils.

Alors, leur accordant l'autographe que Laszlo, débordé d'admirateurs, n'avait pu leur offrir, je me fondis dans l'enthousiasme général, renonçant à comprendre et étouffant les doutes qui m'assaillaient.

Chapitre 43

Laszlo

Lundi 10 mars.

Tout est si simple.
Je monte, je descends, je saute de noire en blanche, et de blanche en noire, de croche en double croche, d'un triolet à un éphémère arpège... Je suis le *la*, le *si* bémol, le *do* dièse et le point d'orgue. Je suis la reprise, je suis le thème de la fugue à la main gauche, je suis le contre-chant, la troisième voix qu'on joue avec le petit doigt, je suis *prestissimo*... Je suis un *Concerto* de Rachmaninov, je suis la vitalité chez Mozart, je suis Schubert chez Brendel, je suis l'insolite chez Schumann, le timbre chez Stravinski, la virtuosité chez Liszt...

Je suis Dumas, Laszlo, pianiste génial et meurtrier par nécessité.

Je suis l'ange exterminateur, je prends des vies pour en distiller l'âme. Je rends à l'humanité la substance même de la musique. Je fais don de ma personne en transformant en or ces existences misérables. Je suis celui qui donne et qui reçoit, je suis cet autre fils de Dieu révélé. Je suis le rêve de Christophe Colomb, Napoléon à Austerlitz, Bach à Leipzig pour la première de *La Passion selon saint Matthieu*...

Je suis une sonate.

Je suis la sonate de l'assassin.

Ce que j'ai découvert, durant la tournée des côtes françaises, n'est pas vraiment une surprise, mais la confirmation d'une crainte, devenue une certitude : je n'échapperai pas à mon destin.

Les premiers jours furent un véritable soulagement, et je pris, à Marseille, un plaisir particulier à retrouver avec mon public cette complicité, cette proximité qui est souvent la caractéristique des concerts réussis. Je savais que j'étais magistral dans Brahms et époustouflant dans Bach. D'ailleurs, il suffisait de voir la mine réjouie de Georges pour savoir qu'il me retrouvait, qu'il écoutait le Laszlo Dumas des grands jours. Je fis comme prévu, et introduisis quelques erreurs un peu trop difficiles à repérer au cours du concert. Personne ne tiqua, pour ce que je pouvais apercevoir, mais de toute façon l'éclairage de la pièce était très défavorable et la distance un peu trop grande pour que je puisse opérer à ma guise. Peu m'importait. Je vivais sur ma réserve... loin d'imaginer que dès le lendemain, je commencerais à ressentir un manque, et qu'inexorablement, mon jeu allait se dégrader, à une vitesse inimaginable. Je commis à Bordeaux et La Rochelle des erreurs d'interprétation graves, ma volonté était comme anesthésiée, il y avait comme un grand rideau noir jeté sur l'image musicale parfaitement construite de l'œuvre, qui m'empêchait de la lire, de la jouer. Je pris conscience petit à petit de l'horreur de ma situation : alors qu'il m'avait suffi, par le passé, de tuer une fois ou deux chaque trimestre, pour me recharger en ondes créatrices, je me trouvais, après trois jours de concert, à peine deux semaines après deux meurtres particulièrement réussis d'un point de vue esthétique et émotionnel, aussi hagard et inopérant qu'un *junkie* sans sa dose d'héroïne... Le premier soir, à Bordeaux, je voulus ignorer le problème, l'attribuant à la fatigue et au départ de Lorraine. Je passai la nuit de mardi à mercredi dans ma chambre d'hôtel, à méditer dans la position du Zazen, tâchant de me concentrer sur moi-même, d'extraire de mon corps les humeurs malignes qui empoisonnaient mon esprit. Le malaise prit dès le lendemain matin un tour qui me fit assez vite comprendre ce qui me manquait. Tous les symptômes, tremblements, peur au ventre, suées, m'accablèrent jusqu'au concert. Je n'avais aucun moyen d'y remédier, et ce ne furent certes pas les silences ou les questions embarrassantes de Georges, dans la voiture qui nous emmenait à La Rochelle, qui m'aidèrent à résoudre le problème. Je pénétrai dans la salle comme un condamné à mort, parfaitement conscient de ce qui allait m'arriver, me demandant par quel moyen je pourrais en atténuer les effets, afin d'éviter un épisode comme celui du *Carnegie Hall*. Je dus m'arrêter de jouer, à deux reprises, pour reprendre mes esprits et ne pas sombrer dans la folie... Contrôler mon regard – Lorraine m'avait dit à quel point ces regards fous que j'avais jetés sur la foule avaient eu un effet désastreux –, maîtriser la partition – le minimum vital –, et improviser quant à l'interprétation, dont la version originale, voilée par l'irrévérencieuse sélectivité de ma mémoire, était malheureusement absente. J'avais voulu assurer... Je crois que je n'en fus même pas capable, mais je mis toute l'énergie disponible à sélectionner une victime. Le mouvement lent de la deuxième *Partita* m'offrit un candidat, pendant l'*Andante* à trois temps de la *Sinfonia*. Un spectateur eut l'audace de froncer le sourcil sur trois erreurs consécutives dans la basse continue à l'italienne, en plus de l'air agacé qu'il prenait bien à raison devant ma piètre performance. Brigitte, l'assistante de Georges, avait fait son travail à merveille et je n'eus même pas à rentrer à l'hôtel pour identifier mon homme. Dans ma loge, à l'issue du concert, je sortis le papier froissé qui me positionnait les spectateurs du premier rang et repérai le nom de celui qui avait réservé la A8. Arsène de Jabumats-Petit. J'eus vite fait de constater qu'il n'était pas dans l'annuaire de La Rochelle, et qu'il devait donc résider dans un hôtel, probablement du centre-ville. Trois coups de téléphone plus tard, alors que Georges frappait timidement à ma porte et que je le suppliais de me laisser et d'aller se coucher, lui promettant que nous verrions tout le lendemain, j'identifiai l'établissement, non loin du mien, le numéro de chambre, et allai me poster en embuscade dans la voiture que Georges m'avait laissée. Par chance, j'arrivai en avance sur lui, et je le vis marcher vers le lobby de l'hôtel, parler au concierge, prendre une clef, puis ressortir. Pas très loin du port, il entra dans une brasserie et commença à regarder le menu après avoir sorti un livre de sa poche. Enfreignant les consignes de sécurité les plus élémentaires, qui m'avaient permis de survivre si longtemps sans être inquiété, je pénétrai d'un air assuré dans le restaurant et pris une table voisine de l'homme. La soif de tuer était plus forte que tout, je ne pouvais m'y soustraire, mon esprit était absorbé tout entier par l'élaboration d'un scénario improvisé pour cette victime imprévue.

Il ne fallut pas longtemps pour qu'il lève la tête de son menu, et qu'après quelques regards en coin, pour vérifier que je n'attendais personne, il se décide à m'aborder. Je gardais moi-même l'air volontairement très absorbé par la carte, et pris l'air surpris quand il m'interpella.

— Bonsoir. Excusez-moi... Vous êtes Laszlo Dumas ?

— Oui, bonsoir.

— Je ne veux pas vous déranger, juste vous dire que j'ai assisté à votre concert. Mes félicitations, c'est une très belle interprétation des *Partitas*. J'ai moi-même un faible pour ces œuvres, et quoique tout à fait amateur, je les connais par cœur...

Il hésita un instant.

— Si j'osais... Attendez-vous des amis ?

— Non, je dîne avant de rejoindre mon hôtel. Nous aussi, les artistes, sommes soumis à ces contingences...

— Voulez-vous que nous dînions ensemble ? Je suis seul moi aussi, en déplacement pour affaires.

— Écoutez, pourquoi pas... Oui, volontiers.

— Ne bougez pas, je vais demander au garçon.

— Asseyez-vous. Puis-je vous demander votre nom ?

— De Jabumats-Petit, Arsène. Pour vous servir.

Il me tendit sa carte.

— Ah, je vois que vous travaillez dans la banque. J'ai quelques amis dans ce milieu. Alors comme ça, vous êtes là en voyage d'affaires ? Et donc, vous assistez par hasard à mon concert... Pas banal, pour un Parisien.

— À vrai dire, ce n'est pas tout à fait une coïncidence. Ma mission était prévue de longue date, et je me suis arrangé pour être là aujourd'hui. Ce n'est pas tous les jours qu'on a la chance de vous entendre et de vous voir en personne !

— Merci... Voyons, que prendrons-nous...

— Laissez-moi vous inviter. Aimez-vous les fruits de mer ?

— J'en raffole. Mais je ne peux accepter...

— Je vous en prie. C'est un honneur. Je propose de commander le plateau royal pour deux... et une bouteille de Pouilly.

— Eh bien... avec plaisir.

Il avait l'air vraiment ravi. Nous passâmes une agréable soirée, à deviser sur la musique, les huîtres, les salles de marché, dans un restaurant presque vide. Quand il eut payé, je proposai après des remerciements d'aller faire quelques pas dans le port avant de rentrer à l'hôtel boire un whisky. J'avais menti en l'assurant que je dormais justement dans le même établissement que lui. Devant sa surprise, et pour empêcher les doutes de se former dans son esprit – car il semblait perturbé qu'une sommité comme moi dîne seule, sans un aréopage de groupies, d'imprésarios et de journalistes –, j'avais expliqué que mon staff m'emmerdait, et que j'avais planté tout le monde pour aller manger seul, car j'avais besoin de réfléchir.

— *Planté*... À propos, Maestro, si vous permettez une dernière impertinence ?

— Une dernière...

— Je crois bien que dans le mouvement lent de la *Partita* n° 2, sans vouloir vous offenser, vous avez changé deux ou trois fois une note à la main gauche... C'était à peine audible, dans le ton, mais je connais tant ce morceau, vous savez, et puis j'étais au premier rang... Ça m'a surpris !

— Alors là, mon cher Arsène, vous me surprenez à votre tour. Venez, ma voiture est là, je vous emmène. Nous passons par le vieux port, et je vous ramène.

— On aura tout vu... Quand je raconterai que Laszlo Dumas m'a ramené dans sa voiture... Mais répondez-moi. Vous me surprenez, je vous surprends... Mais qu'en est-il : vous les avez changées, ces notes, oui ou non ? C'est une perversion de mon esprit, ou un jeu de votre part ? Je ne puis croire que cela vous ait échappé...

— Vous ne croyez pas si bien dire. Vous êtes un redoutable spectateur. Entrez.

Il s'installa à mes côtés dans la limousine. En roulant, je proposai soudain d'aller voir les deux tours illuminées qui marquent l'entrée du vieux port.

— Ça me laissera le temps de vous expliquer cette histoire de basse continue que j'ai effectivement un peu modifiée. Vous m'avez percé à jour !

Il sembla enthousiasmé par ma proposition. J'allai me garer, et nous marchâmes au bord des quais, vers la tour Saint-Nicolas, qui marque l'ouverture du port sur la droite quand on vient de la mer. Je m'étais lancé dans une explication, la plus précise possible, et il m'écoutait, tout ouïe, débordant d'empathie tandis que je lui contais mon petit jeu des erreurs volontaires. La température était douce, malgré la saison, et une pluie fine tombait.

— Vous voulez dire que ce n'est pas la première fois ?

— Absolument, cela dure depuis dix ans.

— Mais c'est incroyable...

— Cela m'aide. Je conjure de cette manière le destin. Je prévois toutes les erreurs. Ainsi, je n'en commets jamais d'involontaires, et je suis focalisé sur l'essentiel... Et il y a leur sacrifice qui sauve tout. Je progresse ainsi. Grâce à eux. C'est simple.

Il semblait mal à l'aise.

— Je ne comprends pas... Quel sacrifice, quel salut ? De qui, de quoi parlez-vous ?

— Eux... Ceux qui déjouent mes pièges et repèrent mes erreurs...

— Comme... comme moi ?

— Oui, tout à fait, cher Arsène. Votre rôle est essentiel. C'est grâce à eux, grâce à vous que je suis ce que je suis.

— Mais... vous leur avez raconté aussi ?

— Non, vous êtes le premier !

— Mais alors...

— Je compte sur votre discrétion, Arsène. Je peux, n'est-ce pas ?

— Oui... oui, bien sûr ! Je serai une tombe... Mais pourquoi parlez-vous de sacrifice ?

— Regardez, la tour Saint-Nicolas... Nous sommes arrivés. Magnifique, n'est-ce pas ?

— Laszlo, dites-moi... Ce n'était pas le hasard qui vous a fait entrer dans ce restaurant, tout à l'heure ?

— Le hasard n'existe pas, Arsène. Vous avez deviné, n'est-ce pas ?

— Non... je ne comprends pas...

— Allons, un peu de courage. Il est évident qu'un homme intelligent comme vous est forcément en train de comprendre qu'il a affaire à un psychopathe dangereux. Mais je vous ai raconté l'histoire du sacrifice pour vous consoler de la perte cruelle de votre personne, qui ne saurait tarder maintenant...

— Vous avez le sens de l'humour très développé pour un grand artiste, Laszlo... Vous cherchez à me faire peur. Allons, rentrons, allons boire ce verre de whisky !

— Attendez, vous ne voulez pas comprendre. Écoutez-moi bien. Je tue depuis dix ans tous ceux qui ont l'audace de me surprendre en flagrant délit de faute musicale. Vous serez le cinquante-deuxième, et certainement pas le dernier, mais le premier à connaître l'histoire de ce génie du piano, qui puise dans les meurtres sa créativité, sa puissance, son jeu inventif, l'émotion musicale qu'il parvient à transmettre à des millions de personnes de par le monde. Sachez, Arsène, que l'humanité connaîtra un jour les ressorts secrets qui ont poussé Laszlo Dumas. Je les assume, ces crimes, j'en suis fier. L'Art justifie tout, Arsène, même ça !

Et, le plaquant contre le mur de la tour duquel nous nous étions rapprochés, dans sa partie la plus extérieure, je l'embrochai de mon couteau japonais emmailloté dans un large sac de plastique plié. La lame s'enfonça sans difficulté entre les côtes pour aller transpercer son cœur et il eut à peine le temps de se départir de son air ahuri avant que les stigmates de la douleur apparaissent, et qu'une lueur d'effroi le traverse un instant. Il mourut entre mes bras, très vite, et je déployai le sac autour de son torse pour pouvoir retirer l'arme et faire face au flot de sang qui s'écoulait de la plaie sans risquer de me tacher. Puis je l'allongeai à même le sol, soulagé, et me relevai pour faire quelques pas et souffler en regardant vers le large. Sans précaution particulière, je le traînai au bord du quai, retirai son portefeuille et son téléphone portable de l'imperméable, et le fis tomber à l'eau, dans le bras de mer qui sépare les deux tours. Dans l'obscurité, je vis le corps tomber, puis couler, puis reparaître, pour finir entre deux eaux, porté au gré du courant de marée qui semblait – pour combien de temps encore ? – vouloir l'entraîner en dehors du port. La pluie m'aida à nettoyer les traces et je rejoignis mon véhicule avec calme, puis allai me coucher, avec le sentiment apaisant du devoir accompli.

Comme il fallait s'y attendre, le concert du lendemain soir à Nantes, et celui qui suivit à Brest, furent de beaux succès. Georges en perdait son latin, heureux mais un peu déstabilisé par les montagnes russes que je lui faisais subir depuis le début de la tournée. Nous rentrâmes en train dans la journée de dimanche et je retrouvai Lorraine et Arthur pour un dîner presque familial dans une humeur presque joviale.

Dans les jours qui suivirent, j'arrivai à la conclusion qu'il me fallait continuer à tuer sans faiblir, le plus possible, pour éviter que ne se reproduisent les épisodes regrettables que j'avais à nouveau vécus. Je ne pouvais me permettre de remettre à plus tard ce qui devait être achevé. Ayant arrangé un rendez-vous avec ma maison de disques anglaise, je pris un Eurostar pour Londres dès le lundi midi, afin de régler le cas de Rachel Hamon, tout en gardant à l'esprit que dès le week-end suivant, les 15 et 16 mars, Josef Artman, le critique américain, devait passer à Paris pour le concert de Lang Lang et qu'il me faudrait m'occuper de lui. Je savais que je prenais de plus en plus de risques, que mon attitude ressemblait à une fuite en avant, mais avais-je le choix ? Entre d'une part une descente aux enfers artistique, la déchéance, la fin de ma carrière, les regards des autres, l'asile… le suicide… et d'autre part, le risque de me faire prendre par la police, un certain fatalisme me poussait à m'engager sans hésiter. Si j'étais pris, c'est que je devais l'être, et que l'heure était venue de la révélation au monde du mystère de mon génie. Mais je ne serais pas pris, j'en étais persuadé. Je ne croyais pas à la capacité des inspecteurs à faire un lien entre les différents meurtres de toutes ces années. Pays différents, milieux sociaux différents… Peut-être que les derniers crimes éveilleraient la curiosité d'un petit malin, mais de là à remonter jusqu'à moi ! J'avais été surpris de constater que la mort d'Alphonse Revard n'avait fait l'objet que d'un entrefilet dans la presse, sans aucune autre précision. Rien de la mise en scène, rien des pistes potentielles… Quant à celle de Deschanel, je n'avais rien trouvé d'autre qu'un faire-part dans *Le Figaro*. À croire que tout le monde se moquait de ces insignifiants personnages.

Quand j'arrivai à la gare de Saint-Pancras vers 15 h 30 le lundi, mon plan était arrêté. J'allais jouer le séducteur auprès de la violoncelliste, après l'avoir croisée « par hasard » vers 17 heures à la sortie des studios de la BBC où elle animait une émission de musique classique en compagnie d'un célèbre baryton. Je savais qu'elle devait se rendre au *Barbican Hall* à 20 heures pour un concert du London Symphony Orchestra où elle officiait comme premier violoncelle. Je gageais qu'elle n'aurait pas le temps de repasser chez elle, mais qu'elle aurait quelques minutes à m'accorder pour aller boire un verre ou faire quelques pas avant de rejoindre l'orchestre pour une répétition probable. Tout était dans l'approche. Notre dernière rencontre avait été houleuse mais empreinte d'une sensualité violente qui ne m'avait pas échappé. Il faudrait être rapide et prudent. Ne pas l'aborder tout de suite si elle était accompagnée. Ne pas la laisser téléphoner, changer mon fusil d'épaule si quiconque faisait mine de me reconnaître, et trouver le moyen adéquat pour me débarrasser d'elle le plus vite possible. Je n'avais pas emporté mon couteau japonais ni la corde à piano pour éviter les questions lors du passage aux détecteurs de métaux de la gare du Nord, mais mon poison favori, un flacon de Strychnine, que j'avais utilisé à de nombreuses reprises par le passé, ainsi qu'une arme que je souhaitais étrenner, un authentique casse-têtes en bois de Tahiti, hérité d'un ancêtre qui l'avait rapporté au siècle dernier. C'était une massue de toute beauté, au manche lisse et évasé, et à l'extrémité ovoïde très grosse et très lourde. Redoutable, mais guère discrète. Je la portais dans ma valise, emmitouflée dans un pull, au cas où.

Arrivé aux abords de Marylebone en taxi, après avoir déposé mes affaires dans une chambre d'hôtel proche de la gare, je me postai dans un café sur High Street, en observation à proximité du bâtiment de la BBC. J'eus un peu de mal à l'apercevoir dans le flot d'allées et venues qui commença vers cinq heures moins le quart, mais au bout d'une trentaine de minutes, je la vis sortir en compagnie d'une femme plus jeune, qui la laissa au coin de la rue suivante. Je sortis du café, roulant ma valise derrière moi comme un chien en laisse, la rattrapai puis, prenant l'air affairé, la dépassai en traversant la rue. La chance me sourit, et ce fut elle qui m'aborda.

— Laszlo ? Ça alors !

— Ah, Rachel... Quel hasard, le monde est petit... Mais, oui, j'y suis. Tu étais à la BBC ! Je suis passé devant l'immeuble. L'émission marche bien ?

— Oui, merci bien. Mais toi, que fais-tu ici ? Tu joues, ces jours-ci ?

— Non, je finis juste une tournée en France. Je suis allé voir une maison de disques... disons, concurrente.

— Dans le plus grand secret...

— Euh, si l'on veut. Mon agent me rejoint.

— Écoute, on aurait pu se voir, je regrette, j'ai un concert ce soir avec l'orchestre. Je ne peux pas dîner avec toi. J'aurais bien voulu qu'on discute d'un prochain duo, tous les deux. J'ai bien aimé ce que nous avons fait en novembre.

— Moi aussi... Le public aussi, d'ailleurs, à ce que m'a dit Georges !

— Georges ?

— Mon agent.

— Ah oui ! Absolument. On a eu une excellente presse, je crois qu'on devrait continuer... si tu as le temps. Je ne cherche pas à te voler ta notoriété ; je suis consciente qu'un artiste comme toi n'a pas forcément de temps à perdre à jouer avec une violoncelliste de second plan, mais... il y a quelque chose à creuser.

— Écoute, Rachel, pourquoi pas ? J'y ai pris plaisir moi aussi. Que voudrais-tu jouer ?

Elle était visiblement surexcitée à l'idée de pouvoir rejouer avec moi. Avec cette arrogance incroyable des filles qui ont de la poitrine (comme chantait Brel), elle se retourna vers moi, buste en avant, et commença à énumérer des propositions de programme que j'écoutai distraitement, plongeant mon regard dans le sien un peu plus profondément que le naturel ne l'eût permis.

— Veux-tu aller boire un verre ? proposai-je.

— Pourquoi pas ? J'ai une demi-heure. Ou plutôt... Si nous allions marcher dans Regent's Park ? C'est à deux pas, et il fait beau...

— Entendu. Alors raconte-moi, que joues-tu ce soir ?

Elle avait choisi sa mort. Au bar, j'aurais sorti la Strychnine et versé les 30 mg dans son thé ou sa bière. Au jardin, mon casse-têtes s'imposait.

Nous avions insensiblement basculé dans le flirt sans que je sache qui de nous deux jouait le plus avec l'autre. Alors que je faisais mine d'être sous le charme, elle roucoulait comme une colombe, semblant si véritablement admirative et séduite que je me demandai un instant si ce n'était pas une tactique pour me faire baisser la garde et, inversant les rôles, m'assassiner tranquillement. Au fond, m'en aurait-elle voulu ? Je n'y voyais plus clair. Marchant sous le soleil de mars, avec en bruit de fond les cris des corbeaux du parc, alors que nous approchions des chemins ombragés sous les arbres, je posai ma main sur le manche de bois dans ma sacoche pour me rassurer. Je n'entendais plus ce que racontait Rachel. Ma sonate avait pris le relais et me guidait vers l'inexorable. Au détour d'un chemin, alors qu'elle s'approchait d'un banc isolé, je vérifiai que nous étions seuls, sortis la masse, puis balançant mon bras d'un moulinet puissant, frappai son crâne de plein fouet. Il éclata en faisant le bruit d'une noix de coco que l'on casse au marteau. Elle tomba doucement, sans un cri, au pied du banc, et son corps se retourna, découvrant pour moi une dernière fois sa gorge et son corsage. J'approchai la main de son cou blanc pour prendre son pouls. Il avait cessé de battre, mais les yeux de la musicienne restaient ouverts et comme surpris. Je la laissai et continuai ma promenade comme si rien ne s'était passé, traversé par des sentiments contradictoires, mais encouragé par la musique au fond de moi, qui saluait mon acte par une succession majestueuse d'arpèges.

Je rentrai à l'hôtel, commandai à dîner et me couchai tôt. Le lendemain, après mon rendez-vous de politesse au siège de la maison de disques, je montai dans un train et rentrai à Paris, fébrile comme un enfant à la veille de Noël. Il me restait tant à faire.

Chapitre 44

Lorraine

Jeudi 13 mars, midi, en salle des professeurs.

Je sors le journal que Laszlo m'a conseillé d'acheter en partant, pour lire l'article sur l'assassinat de Rachel Hamon à Londres, la violoncelliste qui avait joué avec lui à l'automne. Une femme de mon âge, française, dont le jeu m'avait émue jusqu'aux larmes dans son interprétation de la *Sonate pour arpeggione* de Schubert l'année dernière. Elle ne me connaissait pas, mais sa proximité avec Laszlo, la peine que semble lui avoir causée cette nouvelle, l'identification inévitable qui vient troubler mon esprit, m'ont mise dans un état proche de l'hystérie. Aux dires de la presse anglaise relayée par l'article, cette affaire fait peut-être écho à une série de meurtres observés depuis plusieurs années dans le milieu de la musique, sur lesquels enquêtait secrètement la police française en collaboration avec Interpol. Ils sont furieux que l'histoire ait été révélée dans son entier suite à une fuite d'un inspecteur britannique. Laszlo m'a avoué avoir été contacté, ainsi que Georges, et avec eux un nombre impressionnant d'interprètes, de concertistes, de chefs d'orchestre, de critiques, par des inspecteurs qui les ont mis en garde contre les agissements d'un tueur en série visiblement focalisé sur ce milieu, et qui pourrait en provenir. Des mesures de sécurité élémentaires leur ont même été communiquées, pour se protéger, eux et leurs familles. Un numéro vert a été mis en place... Je devrais, paraît-il, recevoir moi aussi une visite prochaine... Charmant ! J'arrive à peine à avaler mon sandwich, en regardant autour de moi, dans la grande salle où se côtoient les enseignants, évitant le regard de ma collègue professeur de musique, songeant que vraiment rien ne va plus dans cette vie qui est la mienne depuis plus d'un mois... Laszlo absent, l'amour éteint, et maintenant, voilà que sa vie est en danger... Et que dois-je faire de ces informations ? Me taire ? Me battre ? L'accompagner à ses concerts à vélo, un canif dans la poche ? Je délire... je crois que j'ai besoin d'air. Vivement le week-end de Pâques à Étretat : nous retrouver tous les trois, buller, se balader... Encore deux semaines à attendre ! Heureusement, j'ai assez de travail pour me détourner passablement des questions qui font mal. Me suis-je trompée ? M'aime-t-il encore ? Je suis hantée par ces interrogations lancinantes mais n'ai ni le temps, ni le courage, ni l'énergie d'y répondre. Je m'abrutis avec mes copies et tâche de dormir la nuit. Histoire de ne pas faire rejaillir sur mes cours et sur mes élèves ce passage à vide.

Il me semble parfois revivre les prémices de la séparation avec Jérémie. Ce moment intemporel qui précède les crises, et durant lequel on réalise que malgré les efforts, malgré une bonne volonté encore vivante, malgré l'amour qui subsiste, malgré tout, il est trop tard. J'ai peur de revivre ces instants. Ils ne sont plus loin, et c'est pour cette raison que je me raccroche à ces trois jours de vacances ensemble qui doivent nous permettre de nous retrouver. À l'échelle de notre histoire, ce mois difficile pèse déjà beaucoup, et j'en viens à oublier la période magique antérieure à ces épreuves. Comment puis-je être si versatile ? Cette histoire ne m'a-t-elle pas apporté les meilleurs moments de ma vie depuis bien des années ? Comme j'ai vécu, ces derniers mois... légère, transportée, amoureuse, heureuse ! Puis-je balayer cela d'un trait ?

Peu de sorties cette semaine : une balade à vélo jusqu'au parc de Saint-Cloud le mardi, et un dîner chez ma sœur vendredi soir, seules car Jérôme était en voyage d'affaires et Martin en master class à Aix pour le week-end. En discutant avec elle, je m'aperçus qu'Arthur avait dû parler à son cousin de Laszlo et de son comportement étrange. Une histoire invraisemblable d'enregistrement était parvenue jusqu'aux oreilles de Sophie, et je me promis d'éclaircir ce point avec lui. Il était bien capable d'avoir fait des siennes avec son magnétophone ! Des détails curieux, comme quoi Laszlo crierait seul dans sa chambre, ou encore une histoire de sorcier et de *Mangemort* sortie tout droit d'*Harry Potter*, me revenaient par bribes dans la conversation de Sophie, et j'avais un peu de mal à suivre. Je me promis d'en parler à mon petit bonhomme après son retour de Bretagne, et d'ailleurs nous sommes jeudi et je ne l'ai toujours pas fait. Ce dîner me montra à quel point Arthur avait été marqué par la transformation de celui qu'il venait juste d'accepter. Encore un nœud à dénouer ; il faudrait que j'en parle à Laszlo dès ce soir pour que nous nous accordions sur la façon d'aborder le sujet avec lui, sans doute pendant le week-end en Normandie.

Arthur est rentré dimanche dernier, en pleine forme, parlant crabes, cochons, arcs, flèches et sorcellerie. Il est absorbé par le tome 6 de la saga et a pris de l'avance sur moi dans la lecture. Partir lui a fait un bien fou, et j'aurais besoin de la même cure...

Chapitre 45

Laszlo

Jeudi 13 mars, très tard.

Je suis épuisé. Le voyage à Londres lundi et mardi, puis hier matin cet article sur le site du *Guardian*. Il relatait le « crime de Regent's Park », comme on l'appelle déjà, et un officier de Scotland Yard révèle que son département va coopérer avec Interpol, et notamment la police française qui enquête sur des cas similaires « qui pourraient être l'œuvre d'un meurtrier en série opérant dans les milieux de la musique d'orchestre ». J'ai senti comme un vent glacé dans le dos, avalé ma salive alors que derrière moi, encore couchée, Lorraine s'étirait.

— C'est affreux ! ai-je dit.
— Quoi, se lever le matin ?
— Non, Rachel Hamon, tu sais, la violoncelliste.
— Oui, eh bien ?
— Elle a été assassinée…
— Quoi ? C'est incroyable !

Elle se leva, nue, pour venir lire par-dessus mon épaule.

— C'est invraisemblable, cette histoire... Quand je pense que tu étais encore à Londres hier !

— Je vois Georges ce matin. Je vais essayer d'en savoir plus... Ça doit être la panique... le tueur en série de la musique classique ! Pourvu qu'il ne s'intéresse pas à moi...

Lorraine se taisait, choquée. Je l'étais moi aussi, mais tâchai de ne pas le révéler outre mesure. Mon tempérament me poussait plutôt à la placidité, et pour ne pas éveiller les soupçons j'étais persuadé que je devais éviter d'exagérer mes émotions, au risque de paraître un peu froid.

Une agitation curieuse s'empara de moi quand je partis un peu plus tard pour me rendre boulevard Haussmann. Un mélange de peur et d'excitation, qui me faisait trembler les mains, une envie d'agir, de continuer. Ma séance de travail, mardi après-midi, avait été extraordinaire. Comme si je m'étais rechargé... Ces derniers meurtres, cette fin de tournée réussie... Ma créativité était décuplée et je brûlais de jouer en public, d'enregistrer, d'exister. J'allais en parler à Georges, bien sûr. Lui demander de m'organiser un événement médiatique de grande ampleur. J'allais travailler, tuer, travailler, tuer... jusqu'à atteindre la perfection. Je me sentais capable de mettre un public en transes, de faire vendre une interprétation des *Polonaises* de Chopin à un million d'exemplaires. Je n'avais plus de limites. Et ce début d'enquête, les pistes brouillées qui allaient mener les enquêteurs sur mes traces d'une façon ou d'une autre, agissaient comme un puissant catalyseur. Je devais accélérer. Tuer plus. Jouer plus. Avant que tout ne soit révélé au monde, il pouvait bien se passer encore quelques années. Je redoublerais d'attention. Il est vrai que depuis New York mon esprit malade m'a fait quelque peu baisser la garde, et que les meurtres de Revard, Deschanel, Jabumats-Petit et Hamon n'ont pas été commis avec le même soin que les précédents. Avouerais-je qu'ils sont également ceux qui m'ont procuré le plus de... plaisir ? J'ai risqué d'être pris... mais pour la bonne cause. Les crimes précédents étaient une thérapeutique de longue haleine, comme une ordonnance de comprimés à ingérer à intervalles réguliers, comme les piqûres d'insuline d'un diabétique. Ces nouveaux assassinats sont une intervention chirurgicale, un traitement de choc. On fait moins dans le détail. C'est une question de vie ou de mort de l'Art, avec un grand A.

Quand j'arrivai au bureau de Georges, j'étais dans un état second. Je tâchai de me contrôler pour l'écouter me raconter les premiers échos qu'il avait recueillis parmi ses clients, ses amis dans le milieu, et les théories que tout un chacun tentait d'élaborer.

— J'ai cru comprendre que le flic de Londres avait drôlement gaffé et s'était fait remonter les bretelles sérieusement. La PJ ne tenait pas du tout à ce que cette affaire s'ébruite. Ils préfèrent travailler dans l'ombre. Mais tu sais, il paraît qu'ils avaient commencé à faire le lien entre plusieurs affaires depuis des années. Des musiciens avaient déjà été entendus comme témoins, je ne le savais pas... Mais Gaspard Metcherk, par exemple, ou Virginie Pouillasse, la directrice de l'Orchestre national de Lyon, m'ont dit que des inspecteurs les avaient interrogés récemment au sujet d'Alphonse Revard. La disparition de plusieurs amateurs éclairés, qui fréquentaient les grandes salles en Europe, est un mystère qu'ils essaient d'éclaircir. Je crois que c'est un vrai micmac, mais ce qui est sûr, c'est qu'ils vont lancer une grande opération pour prévenir et faire des appels à témoins. L'Orchestre national de Paris a déjà rendez-vous après sa répétition de cet après-midi. Tu te rends compte !

— Revard ? Je ne savais pas qu'il avait été assassiné ?

— Moi non plus, je le savais mort, mais... apparemment, ils ont fait le lien avec d'autres victimes. Je ne sais pas comment. En tout cas la pauvre Rachel – quand je pense que tu as encore joué avec elle il y a quelques mois... – a été retrouvée le crâne fendu. Dieu ait son âme, pauvre fille...

Le téléphone sonna. Je plongeai dans mes pensées quelques instants, mais en fus tiré par Georges qui me faisait de grands signes.

— Ils veulent te voir. Tu es libre, cet après-midi ?

— Qui ? Qui veut me voir ?

— La Police. Ça ne durera pas longtemps. Ils ont demandé à voir tous mes artistes, pour leur protection. Il faut que j'appelle tout le monde. Attends. *(Il reprit son dialogue avec les policiers.)* Oui... Un moment, je note... Au Quai ? D'accord pour moi, je transmets aux autres... L'inspecteur Chapon, ou l'inspecteur Dedieu... Entendu, merci... Au revoir.

— Si tu es libre, tu vas au Quai des Orfèvres entre 14 heures et 17 heures aujourd'hui, pour rencontrer...

— L'inspecteur Chapon.
— Ou l'inspecteur Dedieu.
— Très bien, j'irai. Allons-y ensemble, si tu veux. On déjeune d'abord ?
— Bien volontiers. Mais, dis-moi, qu'as-tu pensé de cette tournée ?
— Écoute, j'ai un peu planté Bordeaux et La Rochelle, j'en suis conscient. Je crois que j'ai retrouvé ce qui me manquait. La fin était mieux, non ?
— Tu le sais bien, Laszlo. La fin était... magistrale. Je t'ai retrouvé tel que tu as été dans tes meilleurs concerts, comme à Rome en 2005, ou à Prague l'an passé. Tu m'as fait peur, tu sais... C'est bien fini ?
— C'est fini, tout ça. Je vais mieux, je suis en forme, j'ai de l'énergie à revendre. Je veux jouer. Je sais que tu as plutôt déchargé le programme jusqu'à l'été...
— Pour que tu te reposes... Tu as quand même *Pleyel* dans trois semaines, le *Konzerthaus* à Berlin début mai.
— Un ou deux soirs à chaque fois...
— Une semaine de tournée en Australie fin juin.
— Georges, je voudrais jouer plus. Beaucoup plus. Partout. Je veux qu'on change d'échelle. Je veux devenir encore plus célèbre, enregistrer des disques, je pensais même oser Les *Variations Goldberg*...
— Pas à ton niveau... Aucun pianiste aussi haut placé ne prendrait ce risque après Gould...
— Eh bien moi, si ! Dans cinq ans on aura oublié comment Glenn Gould jouait ces *Variations*. Il n'y aura plus que MOI.

— Euh... allons manger, tu veux ?

— Et je veux aussi... Il est indispensable que nous organisions, je ne sais pas où, un concert immense, dans une salle plus grande que tout, dans un stade, sur une plateforme flottant sur la mer... Quelque chose d'unique et de grandiose.

— Écoute, Laszlo, il faut y réfléchir. Pourquoi pas ? Jusqu'ici, tu étais plutôt hostile à ce genre d'idées mais...

— Je serai celui qui démocratise la musique classique, je ferai aimer le piano jusque dans les bidonvilles de Manille. Je ne veux plus jouer seulement pour les *Happy Few*. Nous devons changer d'échelle, tu comprends, Georges ! CHANGER D'ÉCHELLE !

— Oui, oui, calme-toi, Laszlo... Tu es sûr que tout va bien ?

— TRÈS BIEN ! Tu es mon imprésario, non ? Tu devrais être content ! CONTENT !

— Je suis très content, Laszlo. Mais là, tu n'es pas vraiment en train de me rassurer, pas du tout. Allons-y. L'air te fera du bien.

— Je... Excuse-moi, je me suis un peu emporté, c'est que je déborde de projets, j'ai peur de ne pas avoir assez de temps pour finir ma carrière...

— Que me chantes-tu là ?

— J'ai réalisé que je n'allais pas assez vite. Je ne peux pas continuer ainsi. Regarde Arrau... Plus de cent concerts par an à la maturité. Et les jeunes ! Plus de cent cinquante, parfois... Et moi, tu peux me dire combien, en moyenne, sur les dix dernières années ?

— Quarante, cinquante, peut-être un peu plus... Ce n'est pas la quantité qui compte, Laszlo. Et c'était ton souhait.

— C'est vrai. Mais j'ai changé. Comment veux-tu que je laisse une trace dans le monde, avec quarante concerts par an ! Je compte sur toi, Georges, mon ami. Et ne boude pas comme ça, tu vas t'enrichir !

Nous partîmes déjeuner. J'avais conscience de l'avoir un peu brusqué, et je n'aurais pas su dire quel démon m'habitait ce matin pour m'exprimer de la sorte. C'était tout simplement plus fort que moi. Un second Laszlo, sorti des ténèbres de mon esprit, prenait le pouvoir sur l'autre. J'avais l'impression étrange d'être à la fois victime et témoin de ce rapt, mais une victime consentante. Je parvins à me maîtriser pendant le repas, et nous eûmes une conversation plus sérieuse sur le programme des mois à venir.

L'après-midi, nous nous rendîmes ensemble aux bureaux de la Police judiciaire, où les inspecteurs nous reçurent séparément. J'étais aux mains de Chapon. Il commença par me résumer l'affaire, s'excusa de m'avoir fait venir en personne, me remercia, et m'expliqua qu'ils étaient très inquiets de voir se reproduire des crimes similaires en France, parmi une population de professionnels de la musique.

— Tout d'abord, sachez que je suis moi-même un modeste mélomane, suffisamment averti pour comprendre de quoi vous parlez, donc ne vous censurez pas si vous voulez me parler de musique. Le meurtrier – nous pensons qu'il s'agit d'un homme de grande taille, très fort physiquement – semble avoir changé de cible. Nous avons repéré une douzaine d'assassinats, plutôt parmi des amateurs, au cours des dernières années, mais plus récemment, il s'agit de professionnels, interprètes, critiques, collectionneurs, ce qui nous fait d'une part craindre pour votre sécurité et celle de vos semblables, et d'autre part nous donne une opportunité de mieux cibler nos recherches. Je vais me permettre de vous soumettre le questionnaire que nous avons préparé et qui sera vraisemblablement soumis à plusieurs centaines de musiciens en France.

— Je vous en prie.

— Merci. Avez-vous des ennemis, monsieur Dumas ?

— Pas de sérieux, que je sache... Dans mon métier, il y a toujours des jalousies attisées par les succès des uns et les échecs des autres. Je dirais... que je suis plus populaire auprès de mon public que parmi mes pairs.

— Avez-vous remarqué des comportements suspects dans votre entourage ?

— Non.

— Connaissiez-vous Rachel Hamon ?

— Oui, j'ai joué avec elle.

— Alphonse Revard ?

— Pas personnellement, mais par voie de presse.

— Paul Deschanel ?

— Non.

— Pierrick Moatt ? Cristobal Menet ? Françoise Lucet ?

— Non.

— Anne-Gaëlle Dellac ? Jean-Paul Houet ? Gregory Vivienne ?

— Non, vraiment, je...

— Attendez, j'en ai encore trois : Ralph Billot, Gontran de Baille, Frédéric Ducros.

— Vraiment non, je suis désolé, je ne vous suis d'aucune aide...

— Avez-vous une famille, monsieur Dumas ?

— Je vis avec ma compagne et son fils.

— Bien. Il est probable qu'ils recevront une visite de routine dans les jours prochains. Pratiquez-vous un sport dangereux ?

— Non... Jouer en public, peut-être !

— Avez-vous des informations à me communiquer qui puissent d'une façon ou d'une autre aider la justice dans cette enquête ?

— Je crains que non.

— Pourriez-vous me donner votre emploi du temps approximatif des trois semaines précédentes en remplissant les tableaux que voici, et en nous les faisant parvenir à votre convenance ? Nous allons traiter cela informatiquement.

— Bien, je vais essayer de me souvenir...

— Je voudrais vous mettre en garde, monsieur Dumas, contre une possible agression. Nous pensons que le tueur est probablement pianiste. Il y a un certain nombre de personnes, dont vous faites partie, qui pour des raisons particulières nous paraissent plus exposées que d'autres. Je vous passe les détails de l'enquête, mais n'hésitez pas à m'appeler si vous avez le moindre soupçon ou si on cherche à vous atteindre, vous ou votre famille. Je vous remercie.

— Bien. Au revoir...

Je m'éclipsai sans demander mon reste, un peu refroidi par l'ampleur que prenait cette chasse à l'homme. Avais-je laissé tant d'indices concordants ? Deux fois de suite une corde à piano, ça n'avait pas été très intelligent. Sans doute avaient-ils vérifié les concerts auxquels les victimes que l'inspecteur m'a citées avaient assisté dans les semaines précédant leur mort, de quel instrument elles jouaient, et d'autres détails qui leur avaient permis de faire ces recoupements. Sur les douze noms que m'a cités Chapon, seuls dix m'appartenaient. Moatt et Dellac, je ne les connaissais pas. Pour les autres, j'aurais pu réciter par cœur à l'inspecteur la façon dont je les avais occis, la raison exacte, la date, l'heure et maints autres détails. Je trouvais assez admirable et inquiétant que les enquêteurs aient trouvé dix noms sur mes cinquante-quatre meurtres. Avaient-ils déjà des soupçons ? Mon emploi du temps risquait de leur mettre la puce à l'oreille, et je décidai de temporiser. Après tout, j'étais probablement le énième sur une longue liste, à qui ils posaient des questions de ce type. Je n'enverrais rien pour le moment.

En attendant la suite de l'enquête, je vais occuper mon temps, les deux prochaines semaines, à préparer le concert que je donne à la fin du mois, les 28 et 29 mars à la *Salle Pleyel*. Les *Vingt regards sur l'enfant Jésus*, d'Olivier Messiaen. Une œuvre colossale à l'architecture complexe, une véritable épreuve, plus de deux heures de jeu, cent quatre-vingts pages de partitions, que je n'ai jamais interprétée en public à ce jour, bien que je la connaisse presque parfaitement pour l'avoir étudiée il y a des années. J'ai une image musicale très précise de cette œuvre et de ce que je souhaite révéler, mettre à jour, dans les moindres nuances. Je vais m'atteler au travail, répéter comme un damné, plusieurs heures chaque jour, entraîner mes doigts aux passages délicats, faire des exercices physiques au club de gymnastique, courir, boire beaucoup d'eau, méditer, pratiquer le Zazen une heure chaque nuit avant d'aller au lit... Je dois donner le meilleur de moi-même et préserver toutes mes forces pour cette mise à l'épreuve. Je suis sur la corde raide – la police aux aguets, l'esprit malade, ma réputation encore vacillante... Il n'y a qu'une voie. Une seule. Je dois continuer à tuer. Tuer pour exister, tuer pour faire vivre la musique, tuer pour sauver le monde et me sauver avec. Pas de salut sans meurtre. Qui est le prochain ? Josef Artman, samedi, à Paris, avant le concert, bien sûr. Qu'il n'aille pas vomir sa prose tiède sur ce cher Lang Lang qui donne un *Concerto* de Liszt. Le président de la République... il me paraît plus sage de remettre à plus tard, si l'actualité me le permet ou si la pression de mon autre moi-même devient insupportable. Quiconque a fauté doit payer, d'une façon ou d'une autre. Je sais bien que c'est moi qui payerai sinon...

Je rentre à pied, marchant le long des quais de la Seine en songeant aux précautions à prendre, et à la meilleure façon de tenir Lorraine et Arthur éloignés de toute cette agitation. Notre échappée en Normandie à Pâques sera bienvenue. Le temps de mettre entre parenthèses la fureur du monde, le temps de se retrouver. Cette histoire d'amour, ainsi que mon amitié avec le petit garçon qu'elle a suscitée, me semble si lointaine, que je n'arrive plus à m'y raccrocher, et que ma mémoire trop sélective en a effacé les moments heureux pour n'en conserver que l'ennui abyssal, le tort invraisemblable qu'elle m'a causé.

La pensée m'est apparue en rêve, durant la nuit que j'ai passée seul à Londres avant-hier. Si je n'avais pas connu Lorraine, je n'aurais jamais glissé sur la mauvaise pente. Comment ai-je pu me laisser emporter par le mirage de cet amour impossible ? Pourquoi y ai-je cru ? Comment ma sensibilité musicale a-t-elle pu se laisser abuser par ce simulacre de plénitude que provoquent les bons sentiments, la satisfaction des corps et je ne sais quelle autre supercherie ? Étais-je à ce point aveugle, moi qui parlais de rédemption avec des sanglots dans la voix, pour ne pas voir que c'est un profond abrutissement musical, un engourdissement, une mise en sourdine du talent, de la créativité, que j'ai subis, imbécile volontaire, pendant plusieurs mois ? Tout cela pour quoi ? Pour me prouver que j'étais capable d'aimer ? La belle affaire. J'ai quitté le royaume des élus pour aller me fondre dans la masse, j'ai délaissé ce que j'ai de plus précieux pour aller chercher ce que tout le monde peut obtenir... Cette aventure m'a détourné de mon destin, et j'en ai payé le prix. Comptant. Et pourtant...

Et pourtant je ne parviens pas à leur en vouloir. Il y a toujours cette part de nostalgie en moi – les historiens diront « cette part d'humain en lui » –, comme une gratitude pour celle qui a eu le courage de venir me chercher, dans les bras de qui je me suis, pour la première fois, abandonné, et qui a tenté de me soutenir quand j'ai flanché. Je veux continuer à vivre avec eux, pour le moment, et laisser une chance à la vie de m'offrir à nouveau Lorraine, sans perdre le reste. Étretat nous accordera, je l'espère, l'éclaircie, le rayon de soleil, qui nous permettra d'y voir plus clair et de nous aimer à nouveau... Je ne sais plus ce que j'écris... Un mois au moins, presque deux, que je ne l'ai plus touchée... Comme elle doit en souffrir... Comme tout cela me laisse indifférent... Comme je suis insensible à ma propre indifférence... Retrouver la paix, ma paix, ma musique, ma sonate, l'autre Laszlo... lui... moi... enfin !

Quand j'arrive à la maison, je croise Arthur qui me jette un regard sombre et monte dans sa chambre sans me dire bonjour. Lorraine est dans la cuisine et m'annonce qu'un inspecteur a pris rendez-vous avec elle pour le lendemain soir. Elle me paraît éteinte, fermée. Comme je lui en demande la cause, elle me répond simplement :

— Je suis fatiguée. Un peu chamboulée. Ce n'est rien. Vivement la semaine prochaine.

Nous dînons dans un silence glacial. J'ai perdu mon enthousiasme du matin. Je n'ai plus envie de jouer aux quatre coins du monde. Je voudrais me coucher et ne plus rien entendre. La sonate retentit dans mes oreilles, j'ai l'impression qu'on joue dans la pièce à côté. Pour la première fois de ma vie, ce son me paraît insupportable. Je ne parviens pas à dormir, me retourne comme une crêpe dans mon lit. À bout de forces, au milieu de la nuit, je descends nu au sous-sol pour jouer du clavecin, une heure durant, jusqu'à l'épuisement, pour faire taire mes voix. Une bonne partie de Couperin y passe et je m'arrête au dix-huitième ordre, le *Tic-Toc-Choc*, vaguement apaisé, avant de rejoindre ma couche où Lorraine fait semblant de dormir.

Et si elle savait ? A-t-elle fouillé mon ordinateur ? A-t-elle pu deviner mon secret ? Nul ne me connaît mieux qu'elle... Les inspecteurs ne vont-ils pas éveiller des soupçons dans son esprit encore amoureux ? Comment réagirait-elle si elle apprenait ? Et Arthur ? Je m'endors en pensant que je DOIS savoir.

Le jeudi se passe sans problème. Je travaille à la maison toute la journée. Je vais même chercher Arthur à l'école, parce que Lorraine me l'a demandé. C'est à ce moment que je croise l'inspecteur Chapon, qui se rend chez moi pour la voir. Je le salue, tremblant, je pense que c'est un coup monté. Je me jure que je ne vais pas rentrer, que je vais partir avec Arthur. Chapon me salue de la main en souriant.

— Vous pensez à mon papier ?

Ce sourire crétin me rassure. Ils ne sont pas si avancés. Ils font leur enquête tranquillement. Il ne faut surtout pas perdre son sang-froid. Rendre le document, ne pas cacher que j'étais à Londres. C'est une coïncidence... Je me calme, parviens à l'école, dis un mot à Arthur qui m'emboîte le pas sans rien répondre. J'essaie en vain de proposer un pain au chocolat, de jouer un peu de musique en rentrant, une partie d'Othello, mais le cœur n'y est pas et je dois avoir l'air terriblement hypocrite parce que le petit garçon ne détourne même pas la tête. Quand j'y repense, en arrivant à la maison, je ne sais même plus si je lui ai parlé ou si j'ai imaginé le faire. L'inspecteur est déjà parti. Lorraine me lance un regard plein d'inquiétude, mais je l'évite et retourne travailler les *Regards*. *Le Père*, *L'Étoile*, *La Vierge*, *Le Temps*... Un peu avant 20 heures, elle rentre dans la pièce, referme la porte derrière elle et s'approche gravement de moi.

Je m'arrête de jouer.

Elle me regarde.
Elle va parler.
Elle sait.
Je me fige.
— Tu viens dîner, mon amour ?

Elle ne sait pas.

Chapitre 46
Lorraine

Samedi 15 mars.

La visite de l'inspecteur, jeudi soir, m'a appris que la police avait tenté d'établir un profil psychologique du tueur et de cerner ses motivations. Apparemment, Laszlo et quelques autres musiciens connus se trouvent au centre de l'enquête, parce qu'ils pourraient être le point commun reliant entre elles un certain nombre de victimes. Ils ont peur que le psychopathe ne s'attache à faire disparaître, par exemple, toutes les personnes ayant un certain rapport avec l'un ou plusieurs de ces musiciens. Le critique lyonnais Revard, le collectionneur Deschanel qui habitait dans le quartier, villa Montmorency, et d'autres encore, leur font imaginer une stratégie d'encerclement.

— En tant que compagne de Laszlo Dumas, vous devriez rester sur vos gardes, et nous signaler tout comportement suspect. M. Dumas n'est pas le père de votre fils, n'est-ce pas ?

— C'est exact.

— Je ne pense pas qu'il y ait le moindre risque pour lui. Aucun enfant dans les victimes que nous avons identifiées jusqu'ici. Mais ne le laissez pas seul ces temps-ci.

— Ça n'arrivera pas, il a tout juste huit ans... Mais dites-moi, c'est une véritable psychose, cette histoire. Le milieu musical parisien est en ébullition. Georges, l'imprésario de Laszlo, me confiait qu'on ne parle plus que de ça.

— Encore plus que vous ne l'imaginez, madame. Nous avons d'autres dossiers qui ressortent, et l'affaire a peut-être beaucoup plus d'ampleur que nous ne le pensions au début de l'enquête. Je vous remercie, voici ma carte.

Laszlo semble aller mieux ces derniers jours. La perspective de notre week-end, peut-être. Hier, il m'a suggéré d'emporter mon violoncelle, pour que nous jouions ensemble. J'ai parfois l'impression qu'il me fuit, d'autres fois, qu'il veut renouer, mais la plupart du temps il semble absent, absorbé par sa musique, son inspiration, ses démons... Il règne dans la maison une atmosphère délétère qu'il est urgent de faire disparaître à n'importe quel prix. Je vois jour après jour qu'Arthur en pâtit. Il demande tout le temps à aller jouer chez sa marraine, et ne perd pas une occasion de se faire inviter par des camarades.

Laszlo s'est absenté ce matin, mais il a passé toute la semaine à son piano pour préparer ses *Vingt regards sur l'enfant Jésus*. Messiaen est un compositeur qu'il semble affectionner particulièrement, et je l'ai entendu plus d'une fois me dire qu'il avait apporté au piano un renouveau inégalé depuis Debussy. Il se réjouit de ce concert, je vois bien qu'il veut se prouver que l'épisode New York est passé, qu'il était encore convalescent durant la tournée, et qu'il jouera sa carrière à quitte ou double pendant cette représentation-marathon *Salle Pleyel*. Mais comment être optimiste ? Comment y croire ? Je n'ose le lui dire, bien sûr, mais je suis horriblement inquiète que son état empire, qu'à la date du concert il n'ait pas retrouvé cet équilibre perdu, et que de prochains ratés le rendent encore plus irascible et désemparé qu'il ne l'est aujourd'hui. Et moi, malmenée sur ce radeau qui nous entraîne tous les deux, que puis-je faire pour l'aider ? Je ressasse sans cesse les mêmes pensées. Mon incapacité à l'aider m'obsède jour et nuit.

De l'air...

Chapitre 47

Arthur

Jeudi 20 mars, après l'école.

On part en Normandie ce week-end. Je l'ai dit à Noisette cet après-midi, et il a eu l'air de me comprendre. Je lui raconte tellement de choses en ce moment qu'il est peut-être en train d'apprendre à parler !

La grande nouvelle, c'est que j'ai terminé *Harry Potter 6*, qui est horriblement triste parce qu'à la fin, Dumbledore meurt. J'ai énormément pleuré, je ne pouvais pas m'en empêcher. Et quand on sera à la mer dans la maison de Laszlo, je vais lire le tome 7 ! C'est le dernier... Je n'arrive pas à m'imaginer que je vais bientôt terminer cette histoire. Ce n'est pas POSSIBLE !

En tout cas, j'ai préparé un gros sac en tissu qui ferme tout seul avec une espèce de ficelle élastique au bout, et j'ai réussi à mettre dedans les sept livres. Je veux tout emmener avec moi. Je ne les quitte plus. Comme ça, si je veux me souvenir de n'importe quoi à n'importe quel moment, ça sera facile. Maman a éclaté de rire quand elle m'a vu avec mon sac : elle dit qu'il doit peser plus de cinq kilos ! J'essayais de le faire tournoyer au-dessus de ma tête en criant comme un fou... Je courais dans la maison en riant, tapant dans les coussins des canapés avec mon arme, et j'ai même réussi à faire sourire Laszlo. Je me suis cogné dans son ventre au bout du couloir, et il a rigolé en me soulevant dans ses bras. Je me suis méfié, normal, c'est un *Mange-mort* et Martin m'a dit qu'il avait réfléchi à ce que je lui avais raconté et qu'il trouvait tout ça très bizarre. Laszlo a continué à rigoler en me faisant tourner. Il a l'air très content qu'on parte ensemble. Moi en plus j'aime bien sa voiture, elle est grande, toute lisse, bleu marine avec du cuir à l'intérieur. C'est très confortable sauf que la dernière fois Noisette a griffé les sièges et Maman n'était pas du tout contente.

Il se passe quelque chose en ce moment que je ne comprends pas. Ils sont tous les deux excités, ils bougent tout le temps, parlent au téléphone, regardent par la fenêtre, se fixent les yeux dans les yeux et sortent de la cuisine pour parler sans que je les entende... Ça dure depuis au moins dix jours et Maman n'a rien voulu me dire, mais je crois qu'ils ont peur de quelque chose ou de quelqu'un. Maman ne veut plus que je sorte tout seul, même pour aller au jardin ou pour acheter une baguette de pain. Et il y a ce journal que j'ai trouvé ouvert sur la table de la cuisine, hier matin, qui racontait une histoire horrible qui est arrivée à un monsieur américain qui visitait Paris la semaine dernière. Je recopie le début dans mon cahier, parce qu'ils parlent de Laszlo :

« *La police enquête sur la disparition du célèbre critique musical Josef Artman. De passage à Paris, cet Américain, pianiste de formation et âgé d'une cinquantaine d'années, devait assister au concert donné par l'artiste chinois Lang Lang à la* Salle Pleyel, *samedi vers 20 heures, mais à la surprise de son collègue parisien Pierre-Albert Duval qui devait l'accompagner, il ne s'est pas montré le soir. Il a été vu pour la dernière fois à l'hôtel* Costes, *après avoir enregistré sa chambre, quelques heures auparavant, et a parlé à M. Duval au téléphone pour confirmer leur rendez-vous, ainsi qu'un dîner à l'issue du récital. L'homme n'a plus donné signe de vie depuis, et ne s'est pas présenté à l'embarquement de son vol le lendemain soir. Cette disparition intervient dans un contexte très tendu dans le milieu de la musique classique, et fait suite à une série de meurtres attribués à un tueur psychopathe qui se serait déjà attaqué à plus d'une dizaine de victimes, toutes liées de plus ou moins près au monde pianistique, professionnellement ou en tant que simples mélomanes. Alphonse Revard, le critique lyonnais, Paul Deschanel, un mécène, Rachel Hamon, la violoncelliste, et peut-être le malheureux Josef Artman, sont les plus illustres personnages de cette liste macabre. Une dizaine de pianistes français, dont le plus célèbre d'entre eux, Laszlo Dumas, bénéficient d'une protection rapprochée à l'heure actuelle, car il semble que le criminel gravite dans leur entourage. L'inspecteur Chapon, qui dirige l'enquête, n'a pas souhaité faire de déclaration, se contentant d'évoquer la trop grande médiatisation de l'affaire suite à une gaffe anglaise lors de la découverte du corps de la violoncelliste française, la semaine dernière à Londres, la mobilisation d'un grand nombre d'agents et la collaboration avec Interpol sur une affaire qui semble avoir une dimension internationale, et peut-être plus de victimes que les premières estimations françaises ne le laissaient penser. On apprend notamment que Rome, Berlin et Tokyo ont transmis... »*

Incroyable, cette histoire. Je ne comprends pas tout, mais quand même, je ne suis pas idiot ! Ça veut dire que quelqu'un nous veut peut-être du mal... J'ai montré ça à Martin, qui est seul toute la semaine parce que ses parents sont en vacances sur une île déserte je ne sais pas où, et il a eu l'air très surpris.

— Écoute-moi, Arthur, il faut quand même que tu montres à Lorraine ta cassette et les histoires que tu m'as racontées. Peut-être que Laszlo sait quelque chose, qu'il connaît l'assassin. Ça ne te fait pas peur ?

— Je t'ai dit, c'est un *Mangemort*. Il est le serviteur du Seigneur des ténèbres !

— Arrête tes bêtises. Je suis sérieux. Si tu n'en parles pas, je le ferai moi. Je le ferai de toute façon, d'ailleurs. Dès le retour de Papa et Maman. Tu me promets que tu lui en parles ?

— Non, je SAIS que je vais me faire gronder. Et ils vont tout découvrir, le trou dans le plancher, ils vont me confisquer le magnétophone...

— Arthur... c'est sérieux. Laszlo a été malade, tu sais, peut-être qu'il fait une enquête de son côté et qu'il n'a rien dit à la police. Moi, je le trouve de plus en plus louche, ce type. Il a beau jouer du piano comme un dieu ! Tu me promets, ou je le fais moi. Je peux appeler Lorraine, si tu veux.

— Non, non... D'accord, je te promets. Je lui dirai.
— Bientôt. Ce soir !
— Oui... Bon, on joue à Othello maintenant ?
— D'accord, canaille.
— Je prends les noirs.
— Comme d'habitude...

Le soir, après que Martin m'a ramené à la maison, je suis allé chercher mon magnétophone que j'avais caché sous le piano du petit salon, et je suis vite remonté dans ma chambre, mais il n'y avait que de la musique. J'aurais dû y penser. Après le dîner, je me suis couché par terre avec mon oreiller pour regarder par le trou, j'ai vu Maman et Laszlo qui parlaient mais je n'entendais pas bien, et puis elle est allée regarder la télévision à côté et Laszlo s'est assis à son ordinateur pour écrire des choses en rigolant un peu bêtement. J'avais l'impression de regarder un film, c'était drôle et un peu horrible à la fois, parce que même si je sais que les adultes font les idiots quelquefois (et mon papa, par exemple, faisait tout le temps des grimaces ou bien le monstre), ils le font pour faire rire les autres, ou pour leur faire peur. Laszlo était dans son bureau, sans personne pour le regarder, et il faisait l'idiot comme ça, tout seul, en faisant de drôles de bruits. À un moment, je me suis même dit qu'il faisait ça pour moi, parce qu'il me voyait, et j'ai eu très peur. Il est resté un grand moment la tête en arrière, à regarder le trou avec mon œil derrière, puis il a ri très fort, et moi j'en ai fait pipi dans ma culotte de peur. En fait il ne m'avait pas vu, et il s'est rassis. Après je ne me souviens plus, et le lendemain matin, quand Maman est entrée dans ma chambre, je dormais par terre et elle m'a réveillé en rigolant.

— Et alors, Arthur ! Qu'est-ce que tu fais là ? Tu te prends pour ton lapin ?

— Oups ! j'ai fait. Bonjour, Maman ! Et je l'ai embrassée en posant ma couette sur le plancher : pas question qu'elle connaisse mon secret !

Chapitre 48
Laszlo

Jeudi 20 mars, tard. Sur le Steinway.

Josef Artman n'est peut-être pas mort.
Pas encore...
Avec une minutie et une concentration confinant au mystique, j'ai préparé le scénario de cette exécution pendant deux semaines en y apportant tout le soin nécessaire pour une grande discrétion, mais également pour le statut particulier que j'avais conféré à ce misérable. Artisan et témoin de mon échec au *Carnegie Hall*, ayant eu le triste privilège de le retransmettre au monde par son article destructeur, ce nain pathétique méritait bien toute mon attention. Je brisais ainsi une dernière fois – une toute dernière – la règle suivie des années durant, mais mise à mal depuis mon retour de New York, qui voulait que je ne m'attaque pas à des professionnels reconnus du milieu musical, mais plutôt à des inconnus. Il me semblait toutefois que la soif de tuer était plus vive quand la victime sortait du processus habituel de sélection, et surtout que ma jouissance en était plus forte. Histoire de chimie, d'adrénaline ou d'hormones secrètes... Josef Artman pro-

mettait d'être un bon cru. Je me promis de lui dédier tout particulièrement le concert de Messiaen.

Le plan était le suivant. Je possédais en banlieue parisienne, dans la ville de Saint-Denis, une grande cave que j'utilisais comme garde-meuble, dans une usine désaffectée qui avait été transformée en hangar de stockage, et dont les propriétaires avaient vendu par lots leur sous-sol à des particuliers ou des petites entreprises. J'y rangeais des vieilleries, et surtout cinq pianos en mauvais état hérités ou rachetés dans des brocantes, aux puces de Montreuil ou ailleurs. L'endroit était desservi par une rampe permettant l'accès de camionnettes, et contenait six lots d'une cinquantaine de mètres carrés, fermés par une porte blindée. L'un des pianos, auquel j'avais réservé le rôle prépondérant dans la tragédie qui allait se dérouler, avait la particularité de n'avoir plus ni cordes, ni table d'harmonie, ni mécanisme sous son couvercle. C'était la carcasse d'un grand Erard en bois de palissandre, long de 2 m 50, un modèle de 1892 qui avait dû servir dans une salle de concert avant d'atterrir dans la famille vers les années 1920 où, relégué dans une maison de campagne peu entretenue, il avait fini par mourir, la table d'harmonie fendue. Je l'avais désossé moi-même une quinzaine d'années plus tôt, renforçant sa structure inférieure en utilisant une planche de noyer découpée pour épouser la forme de la ceinture et placée sous le barrage, afin de créer un espace de rangement assez large et profond. Il ne conservait du piano original que son enveloppe extérieure, et avait gardé beaucoup d'allure avec son clavier d'ivoire et ses décorations.

Je fis une visite à la cave le vendredi matin, garant ma voiture juste devant la porte de mon local, pour décharger du matériel. Je faisais la navette presque chaque jour depuis mon retour de tournée, et pris un moment pour un inventaire. Trois couvertures, deux trépieds d'aluminium réglables en hauteur, un pot de colle à bois industrielle, quatre mètres de corde tressée, un feutre rouge, un gros rouleau de scotch double face, une lampe de poche à batterie longue durée, un cutter, un lecteur MP3 d'une mémoire de 2 Gb muni d'écouteurs et d'une batterie spéciale permettant deux cents heures d'écoute, deux lourds matelas doubles, un fauteuil roulant, un costume de maître d'hôtel, une seringue et un puissant somnifère à effet rapide, deux moustaches et une barbiche postiches, une perruque de cheveux blancs, une noire, un chapeau, des verres solaires, un miroir et un nécessaire à maquillage.

Je commençai par ouvrir l'instrument, qui contenait de vieux livres et des revues des années d'après-guerre gardées précieusement par mon grand-père, le vidai entièrement, puis le déplaçai vers le point le plus reculé de la pièce, en m'aidant des roulettes. Ensuite, je disposai au fond, contre le barrage, la planche, et à l'intérieur de la ceinture les trois couvertures, les découpant à l'aide du cutter, puis les collant contre le bois avec la bande adhésive. Une fois ce travail achevé, j'installai les deux trépieds sous le piano, comme supports de la planche, et ajustai leur hauteur afin qu'ils soient bien calés. Je déposai le reste du matériel dans le coin de la pièce et partis en laissant le piano grand ouvert.

J'avais obtenu les détails du séjour de Josef Artman, ses horaires de vol, son lieu de résidence et son programme approximatif en téléphonant à son bureau de New York deux semaines plus tôt, me faisant passer pour un journaliste qui souhaitait l'interviewer.

Deux semaines pour tout prévoir. J'avais réservé au nom de M. Cazolo une chambre pour le même soir dans le même hôtel que lui, expliquant que c'était pour mon père âgé, qui circulait en fauteuil roulant et souhaitait être logé au même étage qu'un ami qu'il devait retrouver, M. Artman. La chambre était déjà réglée, par une enveloppe d'argent liquide déposée après la réservation.

Le samedi 15 mars, je partis le matin tôt de la maison, pour Saint-Denis. Arrivé dans le local, j'allumai en grand les lumières et commençai à me grimer, me déguisant en un vieillard respectable. Quand ce fut fini, je chargeai le fauteuil roulant dans mon véhicule, avec un sac contenant le costume de serveur, les postiches restants, la seringue et le produit. Je conduisis jusqu'aux Tuileries et allai me garer au parking du Carrousel du Louvre. Il était dix heures et quart. L'avion de l'American Airlines venait juste d'atterrir, et j'avais calculé que mon homme ne devrait guère mettre plus d'une heure à arriver. Je sortis de la voiture, à un endroit isolé du sous-sol, montai le fauteuil roulant et m'assis dessus, muni seulement du sac. Poussant les roues avec mes mains gantées, je sortis en utilisant les rampes et les ascenseurs, pour me retrouver rue de Rivoli. De là, il me fallut une dizaine de minutes pour rejoindre la rue Saint-Honoré et l'entrée de l'hôtel. J'y pénétrai en me drapant d'un air digne et avançai vers la réception en roulant. Je portais un large chapeau à la texane sur mes genoux, ainsi qu'une paire de lunettes noires sur les yeux.

— Monsieur ? fit l'employé.

— Jacques Cazolo. Mon fils m'a réservé une chambre.

— Cazolo... Attendez, s'il vous plaît... Absolument, monsieur. Votre chambre est déjà réglée. Je vais vous faire accompagner. Avez-vous des bagages ?

— Mon fils doit venir tout à l'heure. Il va me les apporter. Merci de le laisser monter à ma chambre. Il porte une moustache, comme moi.

— Ne vous en faites pas, monsieur.

— Je voudrais aussi une bouteille de champagne. Et deux coupes. Dans ma chambre.

— Certainement, monsieur.

On me mena à la suite, où j'attendis qu'on me livre, patiemment assis devant la télévision. Le garçon arriva avec, sur une petite table roulante, une bouteille de champagne dans son seau de glace ainsi que des flûtes, et déposa le tout près de moi après que je l'eus encouragé à entrer par des borborygmes qui couvraient à peine le son de la série imbécile que je faisais semblant de suivre sur le poste. Je lui donnai vingt euros de pourboire en lui demandant de refermer la porte derrière lui, et dès qu'il fut parti, me levai pour aller la verrouiller. Il était 11 h 05. Je disposais d'une bonne heure avant de passer à l'action.

On m'avait donné une chambre située au même étage, à deux numéros de celle d'Artman.

Vers 11 h 30, je l'appelai, et raccrochai dès qu'il décrocha. Je laissai passer une vingtaine de minutes, puis passai le costume de serveur, déposant dans une poche la seringue remplie de somnifère. Je sortis dans le couloir. J'approchai d'abord le fauteuil roulant de sa porte, avec le sac attaché à un accoudoir, puis retournai chercher le seau à champagne, et sonnai. Une minute ou deux passèrent avant qu'il ne réagisse, et la porte s'ouvrit sur l'homme, vêtu d'un peignoir blanc. Il était encore plus petit que je ne l'avais imaginé, moins d'un mètre soixante, et venait visiblement de raccrocher son téléphone portable, qu'il tenait dans une main.

— Mister Artman, fis-je avec un accent français accentué.
— *Yes. What is it ?*
— Cadeau de bienvenue de la direction. Puis-je entrer vous déposer cela ?
— *No, no, there's a mistake. I didn't order anything...*
— Euh... *It is a present for you from our manager.*
— *A present. Nice ! Get inside...* Bounne aidée. Merci.

J'entrai et poussai la table jusqu'à la fenêtre proche de son bureau, laissant à la porte le temps de se refermer et de claquer. Il s'approcha de moi, un billet à la main. Je le pris et m'inclinai légèrement tandis qu'il me dévisageait avec une subite attention.

— *Eh, I know you, don't I ? How...*

Je ne le laissai pas terminer et le fis basculer sur le lit d'une poussée. Un coup violent du revers de la main sur le cou suffit à l'étourdir les quelques instants qu'il me fallait pour lui faire dans l'intérieur du coude l'injection. Au bout de trois minutes, il fit mine de bouger et de se relever. Je le laissai faire, confiant, et il ne parvint pas à se mettre debout. Deux minutes plus tard, il dormait tout à fait. J'étais tranquille pour plusieurs heures.

Je sortis dix secondes pour faire entrer le fauteuil, bloquant la porte de la chambre avec un coussin, puis me mis au travail. Je commençai par le déshabiller, lui enfilai non sans difficulté la tenue de M. Cazolo père, posai la perruque, collai barbe et moustache, et enfin le portai pour l'asseoir dans le siège. Une ceinture de sécurité à la hauteur de la taille me permit de le maintenir stable. Après avoir testé l'ensemble en faisant deux ou trois allers-retours dans la pièce, satisfait du résultat à peu près correct si je tenais d'une main une de ses épaules, je me changeai dans la salle de bains. Je me collai la seconde moustache, enfilai la perruque noire, puis rangeai mes affaires dans le sac que j'accrochai à une poignée de poussée du siège. J'affublai Artman des lunettes de soleil et du chapeau, pour compenser l'effet visuel que pourrait donner sa petite taille comparée à la mienne. Quittant la chambre, tendu mais extérieurement très calme, je marchai lentement dans les couloirs et, arrivé à la réception, me mis à parler tout haut, comme si je m'adressais à mon père. Le concierge nous jeta un regard aimable, le portier se précipita et me demanda si je souhaitais un taxi.

— Non, merci, mon père veut se promener au jardin des Tuileries. Je l'accompagne.

— Bonne promenade, messieurs.

J'étais sorti. Sans accélérer, continuant à prononcer une phrase anodine de temps à autre, je refis à l'envers le chemin jusqu'au parking. Plus je m'en rapprochais, plus la peur m'envahissait, comme si un écueil imprévu allait m'empêcher de terminer mon œuvre. Étais-je sujet aux erreurs en scène pendant mes meurtres, ou celles-ci restaient-elles réservées à mes concerts ? Il ne fallait pas flancher... Résister à la tentation de le laisser là et de partir sans demander mon reste, surtout lorsque, longeant le jardin vers le Louvre après avoir croisé trois agents qui nous dévisageaient un peu trop longtemps à mon goût, je réalisai quelques dizaines de mètres plus loin qu'ils avaient fait demi-tour et faisaient maintenant mine de nous suivre. Finalement, j'arrivai sans encombre jusqu'à mon véhicule, et réussis à installer Josef Artman sur le siège avant et à lui passer la ceinture de sécurité. Une fois le fauteuil rangé dans le coffre, je démarrai, soulagé.

Je roulai en écoutant le 21e *Concerto*. Merveilleux Lipatti... Personne n'a compris Mozart comme lui. Et personne n'a si bien décrit notre rôle : « La musique doit vivre sous nos doigts, sous nos yeux, dans nos cœurs et nos cerveaux, avec tout ce que nous, les vivants, pouvons lui apporter en offrande. »

Notre mission. Nos offrandes... la musique... les sacrifices... Je ne sais ce qui m'arriva, mais je fus soudain rempli d'une rage aveugle contre mon passager, et me mis à lui réciter, d'abord doucement, puis de plus en plus fort, la phrase prononcée par le virtuose italien un demi-siècle plus tôt. Au bout d'un moment, un éclair traversa mon cerveau, et je me mis à hurler, accompagné par le *Concerto*. Il me sembla que je perdais l'esprit, et je criai plusieurs minutes d'affilée en direction de mon prisonnier, qui ne réagissait pas. Au bord de l'apoplexie, je dus me ranger le long d'une avenue pour respirer un peu et tâcher de me maîtriser. Je devais éviter d'envoyer la voiture dans le décor. Après avoir soufflé cinq minutes, je repartis.

Arrivé à Saint-Denis, je m'assurai que personne n'était présent avant de décharger le tout devant la porte de la cave, et me verrouillai de l'intérieur en enlevant les postiches. Artman était toujours inconscient. Je savais que je disposais encore d'une bonne heure avant qu'il ne se réveille, et il me restait beaucoup à faire.

Je lui ôtai ses chaussures, le détachai et le soulevai pour l'emmener vers le piano ouvert, à l'intérieur duquel je le déposai. Je découpai dans la corde six brins d'une cinquantaine de centimètres, et commençai à l'attacher. J'utilisai les larges poutres du barrage pour lier ses quatre membres, un à un, de façon qu'il ne puisse même pas les déplacer. Puis je lui fixai la taille et le cou. Il était littéralement cloué, le dos contre le fond irrégulier du piano, dans un inconfort total, les yeux fermés tournés vers le plafond. Les trépieds, en renforçant le support de la planche inférieure, l'empêcheraient d'essayer de passer au travers de l'instrument.

Ensuite, à l'aide du feutre rouge, j'écrivis à l'intérieur du couvercle la phrase « *Meilleurs souvenirs de Laszlo Dumas* », juste au-dessus de ses yeux, et « *Josef Artman transforme l'Art en merde* » au-dessus de ses genoux. J'allumai, fixai la lampe de poche au fond de l'instrument, et fourrai dans ses oreilles les écouteurs reliés au lecteur de musique dont j'avais chargé la mémoire avec l'intégralité de mes enregistrements. Une centaine d'heures, que je programmai en boucle. Enfin, je découpai un morceau de couverture, le fourrai dans sa bouche que je fermai avec abondance de scotch, faisant le tour derrière sa nuque. Il s'étouffa un peu, l'air ne passant plus, et se mit à respirer bruyamment par le nez, toujours endormi. Après avoir tout vérifié une ou deux fois, j'enduisis de colle les bords du couvercle et refermai l'instrument, la lampe toujours allumée, après avoir testé la musique et entendu quelques mesures de la *Valse Impromptu* de Liszt dans mon enregistrement de 1999. Je déposai les deux lourds matelas sur le couvercle, remis un peu d'ordre dans mes affaires et quittai le local après avoir refermé soigneusement.

Je rentrai rue Pergolèse, me lavai et me changeai, avant de me rendre au concert de mon ami Lang Lang en compagnie de Lorraine. En l'écoutant jouer le *Concerto* de Liszt, fouillant des yeux les premiers rangs pour y trouver la place vide de Josef Artman, je ne pouvais m'empêcher de songer à son réveil, et aux sentiments qui avaient dû l'assaillir quand il avait réalisé ce qui lui arrivait. Pouvait-il deviner où il se trouvait ? J'avais à dessein laissé le volume fort dans ses écouteurs, et je ne doutais pas que m'entendre jouer des heures durant lui fût particulièrement insupportable. Plus tard, dans les jours qui suivirent, il m'arriva souvent de penser à lui. Je me demandais s'il vivait encore, quelles idées lui traversaient l'esprit. Je voulais aller lui rendre une petite visite mais n'en eus pas le loisir. Combien de temps met un homme enfermé à mourir de faim et de soif ? Ses pensées le torturent-elles plus que sa détention ? S'est-il mis à aimer ma façon de jouer ? Je l'imaginais, se tordant du mieux qu'il pouvait, essayant de détendre ses liens, mais avec moins de force et d'énergie à chaque fois, s'épuisant, ne trouvant aucun repos à cause de la musique, faisant ses besoins sur lui, sous lui, incommodé par leur odeur, apercevant la phrase au-dessus de ses jambes. Pleurant de rage et de honte. Imaginant qu'on allait le sauver. Essayant de crier, mais en vain, la gorge irritée par la laine qui la bouchait. Faiblissant... n'y croyant plus... abandonnant... se repentant.

Tous les jours, je me disais : *Josef Artman n'est peut-être pas mort. Pas encore...*

Ces pensées furent un soutien pendant quelques jours, mais je voulais déjà aller plus loin. Progresser encore. Rattraper le temps perdu, régler tous mes comptes. À partir de dimanche, je m'abîmai dans le travail, jouant douze heures chaque jour, exerçant mon corps, pratiquant la méditation pour calmer mon cœur affolé.

Je savais que j'étais à la croisée des chemins. J'avais probablement repris la bonne voie, mais peut-être trop tard, et il n'était rien que je n'eusse fait pour l'assurer.

Je pressentais l'imminence d'un événement capital sans avoir assez de clairvoyance pour le définir. Comme un condamné à mort dans le couloir avance vers son destin, lentement, inexorablement, je marchais vers le mien avec l'assurance de ceux qui ont laissé leurs doutes derrière eux, de ceux qui n'ont plus le choix. La grandeur est à ce prix, me disais-je. Elle nous happe et l'on ne peut s'en départir, elle guide nos moindres décisions vers le point final que nous a réservé notre destinée. Les points d'orgue de notre existence sont des silences pendant lesquels nous prenons le tempo du monde qui nous entoure et la mesure du chemin qui reste à parcourir.

Chapitre 49
Arthur

Vendredi 21 mars, après le dîner, avec ma lampe de poche sous mes couvertures, parce que Maman est venue éteindre dans ma chambre.

Les vacances ! Youpi !

Ça va être chouette ! Tout le monde est en forme. Maman avait une belle robe à fleurs aujourd'hui, il faisait très beau, et la maîtresse a dit que le printemps était arrivé. Le printemps, ça veut dire sûrement beaucoup d'herbes, de fleurs et de carottes pour Noisette. On ira sûrement se balader, on pourra jouer dans le jardin. Moi j'aime bien les balades, mais là je préférerais qu'il pleuve quelques jours, comme ça je pourrai lire *Harry Potter* en entier sans me faire gronder par Maman dix fois par jour.

« Va jouer, mon chéri. »

« Arthur, sors t'aérer ! »

« Ça fait trois heures que tu es couché sur ce canapé ! Tu vas te transformer en statue ! »

« On n'est pas partis au bord de la mer pour que tu restes toute la journée dans ton bouquin ! »

Je commence à avoir l'habitude. Alors, un peu de pluie, je ne dirais pas non…

De toute façon nous allons faire plein de choses. Je ne sais pas ce qui est arrivé à Laszlo, mais depuis hier il est vraiment très gentil et tout excité. On dirait un enfant ! Moi ça ne m'étonnerait pas qu'il fasse semblant, il ne faut pas oublier que c'est un *Mangemort*, mais en attendant de décider si c'est vrai ou non, c'est beaucoup plus agréable à la maison.

Il m'a dit cinq choses, que je note pour m'en souvenir et les lui rappeler s'il oublie : qu'on ferait une course dans le jardin, des parties d'Othello au coin du feu, qu'on mangerait des crêpes au chocolat en buvant du jus de pomme, que je pourrais lire mon livre en les écoutant jouer de la musique pour moi, et qu'on n'était pas prêts d'oublier ce week-end de Pâques.

Plutôt pas mal comme programme…

Tout à l'heure, j'ai vu Maman sourire d'une façon incroyable. Un joli sourire comme je n'en avais pas vu depuis longtemps. Un sourire de la bouche, des yeux, mais aussi de l'intérieur. C'est difficile de décrire un sourire comme ça. Mais il m'a fait chaud au cœur et je l'ai regardée sans bouger avant de courir dans ses bras pour me faire faire un câlin. Même si je suis un garçon, les câlins, je ne suis pas contre. Évidemment je n'en parle pas à l'école, sinon les trois brutes se moqueraient de moi. Mais je suis bien content d'avoir huit ans, parce qu'il paraît que quand on grandit on a moins de câlins de ses parents, c'est Martin qui me l'a dit.

Demain, on part le matin après le petit déjeuner. Ma valise est déjà prête, Maman s'en est occupée parce que je ne trouvais rien, et moi je suis allé poser mon super sac de 6 kilos 300 grammes devant la porte d'entrée, pour être sûr de ne pas l'oublier.

Chapitre 50
Laszlo

Vendredi 21 mars. Dans le jardin, près de la harpe de Maman.

C'est au cours d'un banal incident mercredi soir que m'est apparue la vérité et que j'ai découvert la voie à suivre. Aussi douloureuse soit-elle.

Ce jour-là, après le dîner, Lorraine commença à me poser des questions sur l'enquête, me demandant si les inspecteurs m'avaient revu, si Georges en savait plus, si je pensais que la disparition d'Artman était liée à cette histoire. Elle semblait inquiète.

— Tu comprends... on dirait que c'est à ton entourage qu'il s'en prend. Ça me rend nerveuse. J'ai peur pour toi, pour moi, et surtout pour Arthur. La police t'a-t-elle proposé une protection ?

— Non. Je ne suis pas le seul sur la liste, tu sais. Bon nombre de mes collègues ont les mêmes soucis, et je peux te dire que d'après Georges, il règne une sacrée pagaille dans le milieu... C'est la panique au ministère, dans les conservatoires, un orchestre autrichien a annulé une tournée en France... La police ne peut malheureusement pas offrir un garde du corps à tous les gens qui touchent à la musique classique de près ou de loin...

— Écoute, Laszlo. Je pense que nous devons être prudents. Toi, surtout. Que faisais-tu toute la semaine dernière, quand tu n'étais pas à la maison pour travailler ? Tu es sûr que tu ne prends pas de risques ? J'ai l'impression que tu t'intéresses à tout ça, que tu en sais plus que tu ne veux le dire !

Je fus pris d'un léger tremblement.

— Mon amour, je ne veux pas t'inquiéter. C'est vrai que je me pose pas mal de questions sur un certain nombre de gens, mais rien de...

— Tu enquêtes, c'est ça ? Tu crois vraiment que c'est à toi de le faire ? Tu joues Messiaen la semaine prochaine...

— Lorraine, je n'enquête pas vraiment. C'est vrai que j'ai quelques doutes, mais je ne veux vraiment pas en parler avant d'être sûr... Tu comprends, il y va de la réputation de...

— Quoi ! Tu veux dire que tu sais qui est le... meurtrier ?

— Mais non. Disons qu'il y a plusieurs personnes dont j'ai trouvé le comportement suspect dans les dernières semaines.

— C'est la paranoïa... Vous êtes tous comme ça, parmi les musiciens ? Tu ne veux pas m'en dire un petit peu plus, Laszlo ?

— Désolé, je préfère pas.

Elle me jeta un regard noir et sortit pour aller border Arthur dans son lit.

J'étais très mal à l'aise. Je n'avais jamais haussé le ton avec Lorraine, et j'avais toujours fait attention de la laisser en dehors de cette histoire. Mais l'histoire la rattrapait. Nous rattrapait.

La vérité m'apparut à cet instant précis. Comme une évidence dont la simplicité m'étourdissait. Le rêve de Londres me revenait... Pourquoi refusais-je de voir la vérité en face ? C'était elle la cause de tout. Elle pour qui j'avais arrêté de tuer, elle qui m'avait transformé, elle surtout que j'avais épargnée, alors qu'elle aurait dû mourir pour avoir décelé les erreurs introduites dans les *Études* de Chopin, durant ce concert où elle et son fils étaient venus me voir. J'avais été aveuglé par l'amour, aveuglé surtout par cet extraordinaire concours de circonstances qui avait présidé à notre rencontre. Inconsciemment, j'avais attribué à ce hasard quasi divin un tel poids qu'il m'était devenu possible d'enfreindre, pour la première fois, la règle sacrée qui commandait la sélection des victimes, et à laquelle personne ne devait échapper. C'était là ma plus grande erreur. Depuis le début. J'aurais dû le savoir, je m'étais fait abuser, berner, tromper, comme le plus benêt des débutants.

Et si tout n'avait été qu'un complot, orchestré depuis le début par mes ennemis, par ceux qui m'enviaient, tous ceux qui ne joueraient jamais aussi bien que moi... Ils avaient réussi à ébranler l'implacable mécanique en place depuis dix ans, et espéraient me voir chuter... Oh, je sentais bien qu'ils me jugeaient à bout. J'étais à terre, et ils n'attendaient qu'un mouvement de moi pour m'écraser sous leurs pieds, avec des grognements de joie... Je les entendais presque, je sentais l'odeur rance de leur petit plaisir mesquin, de leur satisfaction... Ils avaient un traître dans la place... tout avait été plus facile... Comment ne l'avais-je pas deviné ? Lorraine, Arthur... Rien n'était le fruit du hasard... Quel enfant je faisais, moi, Laszlo Dumas ! Et comme l'ennemi avait su exploiter ma faiblesse, mon talon d'Achille ! Moi, le génie, le virtuose, il fallait que je fusse un novice en amour, et que cette ignorance fût exploitée par ceux qui voulaient ma perte. Mais je saurais bien les doubler, et rirait bien qui rirait le dernier.

Plus j'y réfléchissais, plus j'étais convaincu. Et si elle essayait de me piéger... pour eux, bien sûr, mais aussi, pourquoi pas, pour la police... Tout n'était peut-être qu'une gigantesque machination destinée à me perdre. Voulaient-ils me prendre en flagrant délit ?

Arthur aussi était de mèche avec eux. Son air faussement innocent, ses attitudes troubles à mon égard, ces derniers temps. Ses mimiques étranges, cette insulte qu'il m'avait lancée le jour où je l'avais grondé : *Mangemort*... Je comprenais maintenant ce qu'il voulait dire par là... Sa mère lui avait-elle parlé ? Et à d'autres ? Aux inspecteurs ? Non, sinon je serais sous les verrous. Je devais agir. Vite.

Je me mis à réfléchir : il fallait d'abord calmer leurs soupçons, au moins jusqu'au week-end. Ces trois jours en Normandie seraient l'occasion parfaite... Un accident est si vite arrivé. Une chute depuis les falaises... Quelle fin tragique !

Dès le jeudi matin, je m'attachai à changer d'attitude vis-à-vis de Lorraine et d'Arthur. Je me montrai enjoué, ravi d'aller passer quelques jours là-bas. J'accompagnai Arthur à l'école le matin et jouai avec lui le soir en dégustant des éclairs au chocolat. Il me fallut à peine une heure pour le dégeler, et quand Lorraine rentra en fin d'après-midi, nous étions en train de finir une partie endiablée de Monopoly, que naturellement il gagnait. Ce soir-là, je jouai à nouveau le jeu de la séduction avec Lorraine. Je n'eus guère de mal à retrouver les mots et les caresses oubliés depuis plus d'un mois, et elle ne s'aperçut pas de la supercherie, prenant peut-être ma gêne pour une émotion mal contrôlée. Le lendemain, je feignis à nouveau la joie et l'excitation, passant chercher Lorraine à la sortie du lycée avec un bouquet de fleurs, tout en élaborant le scénario du week-end. Le soir, tandis que nous préparions ensemble les bagages, il régnait dans ma maison une atmosphère de fête. Nous choisîmes ensemble les partitions pour piano et violoncelle que nous allions jouer, je rappelai à Arthur d'emporter son jeu d'Othello, il ne manquait plus que les lampions et les cotillons pour parfaire l'insouciance collective qui semblait nous animer. Tout n'était qu'apparence, je le savais. J'aurais pu dessiner la noirceur d'âme de Lorraine, son souci permanent de la dissimulation, depuis toutes ces semaines, ces mois, où elle œuvrait à ma perte. Simulatrice, menteuse, perverse… Quant à Arthur, comment savoir s'il méritait lui aussi le même sort que sa mère ? D'un point de vue purement théorique, il était peu probable qu'il eût également remarqué mes erreurs durant le concert. Trop jeune, bien sûr… Mais il existait un doute raisonnable, et Lorraine ne lui avait-elle pas fait part de ses découvertes ? Il était plus logique qu'il disparût avec elle. Je n'éprouvais plus aucun attachement pour lui ; plus je m'immisçais dans le rôle du second papa sympathique, plus je réalisais à quel point j'étais indifférent à ce morveux ennuyeux qui avait tout le temps l'air de fouiner dans mes affaires et faisait des messes basses avec sa mère et son cousin dans mon dos. Je n'avais jamais tué d'enfant, mais cela ne devrait pas poser de problème. Devais-je l'égorger, le noyer, l'écraser ? Il était plus plausible de travailler sur la thèse d'un accident pendant une balade au bord de la falaise à la nuit tombée, durant laquelle Arthur aurait glissé dans le vide en s'approchant trop près du bord. Je pourrais témoigner par la suite que je n'avais pas réussi à empêcher sa mère de se précipiter à son secours et de glisser à son tour. *Est-ce par désespoir ou parce qu'elle a vraiment trébuché, elle aussi ? Je ne saurais le dire. Elle était très déprimée, ces derniers temps, monsieur l'agent... Je ne sais pas... Voir son fils disparaître sous ses yeux... elle n'aura pas supporté... Je ne sais pas... je ne sais plus... je les aimais tant. Je suis brisé.*

Coda

Chute

Chapitre 51
Lorraine

Dimanche de Pâques, 2 heures du matin.

Je suis enfermée à double tour dans la buanderie du rez-de-chaussée.

Je suis terrorisée. Il s'est passé ce soir quelque chose d'inimaginable et d'horrible. Je profite des heures ou des minutes dont je dispose encore pour raconter la tournure qu'ont prise les événements et révéler qui est vraiment Laszlo Dumas. Je tâcherai de cacher le cahier afin qu'une autre personne que lui puisse le trouver… Peine perdue, mais que me reste-t-il à faire, et comment ne pas sombrer dans le désespoir sinon en me forçant à une activité, pour rester digne jusqu'au bout, ne pas perdre pied devant mon petit garçon ?

J'ai les larmes aux yeux en écrivant ces lignes. Que celui ou celle qui les lira, si ce n'est pas toi, monstre sanguinaire, les fasse parvenir à l'inspecteur Chapon, quai des Orfèvres à Paris, de toute urgence. Si c'est toi qui es le premier à déchiffrer mon écriture, Laszlo, je ne sais pas encore quel sort tu nous as réservé, mais sache que tu ne l'emporteras pas au paradis.

Commençons par le commencement. Nous chantions dans la voiture sur la route pour Étretat. J'avais trouvé Laszlo très en forme depuis jeudi, comme s'il était subitement guéri, réveillé de ces six semaines de cauchemar depuis le concert du *Carnegie Hall*. Je le retrouvais tel que dans les premières semaines de notre installation, tout le temps gai, curieux, amoureux. C'était une divine surprise pour moi, qui commençais à ressentir les effets de sa déprime contagieuse. Arthur aussi, après avoir hésité, s'était rangé à la bonne humeur générale, et c'est sur un air d'Offenbach chanté à tue-tête que nous arrivâmes, samedi à l'heure du déjeuner. Un léger crachin nous fit rester à la maison ce premier après-midi, et Arthur s'assit dans un grand fauteuil devant la cheminée, pendant que je préparais les chambres et que Laszlo vaquait à différentes activités dans le jardin, ramassant du bois, s'occupant de la cage de Noisette... Nous nous installâmes tous au niveau bas, pour profiter de la chaleur.

Arthur lisait le tome 7 d'*Harry Potter*. Il ne lâchait ni le livre ni son sac qu'il ouvrait parfois pour vérifier tel ou tel détail dans un tome précédent. Avec ses lunettes rondes, il me faisait penser à un archéologue en train de déchiffrer un manuscrit récemment découvert. Il faisait plaisir à voir. Laszlo arriva avec des bûches, et la maison fut bientôt remplie de craquements et d'odeurs de résine caractéristiques. Je préparai une pâte à crêpes, un chocolat, et après le goûter Laszlo proposa que nous nous attaquions à la *Sonate pour arpeggione*. Nous commençâmes à jouer Schubert, jusqu'à ce qu'éclate l'incident.

À un moment donné, Laszlo commit une erreur au clavier, une fausse note sans doute due à un doigt qui avait dérapé. Il se tourna vers moi d'un air effrayé, comme pour observer ma réaction. J'étais occupée par ma propre partition et n'émis aucun signal particulier, mais il sembla soudain très nerveux. Arthur, qui s'était levé pour nous écouter, avait visiblement remarqué l'erreur manifeste et le fixait avec une intensité rare, comme prostré. Laszlo soutint son regard, mais après d'interminables secondes, il se leva d'un bond.

— Alors c'est comme ça ! Vous me cherchez... Vous voulez me pousser à la faute ! Tu en sais quelque chose, toi, hein !

Je posai mon instrument et me levai pour aller le calmer, mais il sortit en claquant la porte. Pendant que j'expliquais à Arthur que Laszlo s'était trompé une fois pendant un concert, et que depuis, il avait horreur de ça, je l'entendis ouvrir et fermer des portes, et s'agiter comme un fou dans la maison. Je continuai à parler à Arthur, pour ne pas l'inquiéter, tout en réfléchissant à la manière d'arranger les choses. Un peu plus tard, Laszlo revint, et sans dire un mot, s'assit à mes côtés.

— Ça va ? On recommence à jouer ?

— Oui, si tu veux. Je suis désolé, je ne sais pas ce qui m'a pris... Allons-y, puis dînons et couchons-nous tôt.

— Je ferais bien un petit tour...

— Euh, j'ai déjà fermé la maison. Et puis, il fait nuit. Regarde...

— Bon... Alors, laisse-moi juste appeler Sophie, j'ai deux ou trois choses à lui dire.

— Tu sais, le téléphone est en dérangement. Je ne sais pas ce qui se passe. Il faudra que j'appelle quelqu'un demain.

— Demain, on est dimanche. Et lundi est férié.

— Oui, bon, je ferai ça une fois rentré à Paris.

— Bon, je téléphonerai tout à l'heure avec mon portable.

— Viens, on joue !

Pourquoi ne suis-je pas allée, à ce moment précis, chercher mon téléphone ?

Une heure et dix pages de partitions plus tard, épuisée mais heureuse, je me permets un regard amoureux qu'il me renvoie avec un air si complice qu'en ce moment où j'écris, il faut vraiment que je me remémore ce qu'il m'a avoué tout à l'heure pour mettre sa sincérité en doute.

Arthur nous a écoutés d'une oreille, plongé dans son livre favori dont je dois l'arracher pour lui demander d'aller se laver les mains avant le dîner. Nous mangeons des galettes et une bolée de cidre, et décidons d'aller nous coucher tôt. Laszlo me dit qu'il est fatigué et part directement dans sa chambre. Je vais coucher Arthur.

Alors que je suis penchée sur lui pour l'embrasser après l'avoir bordé, il m'interpelle.

— Maman ?

— Oui, mon grand ?

Il baisse les yeux.

— J'ai quelque chose à te dire.

— Je t'écoute. Tu as fait une bêtise ?

— Euh…

— Raconte-moi.

— En fait à Paris, tu sais quelquefois quand tu me retrouves couché par terre près de l'armoire dans ma chambre ?

— Oui ?
— Eh bien, en fait, il y a un trou.
— Un trou ?
— Un trou dans le plancher.
— Ah, et alors ? Tu cherches des fourmis ?
— Non, ce n'est pas ça...
— Mais pourquoi tu me dis ça, Arthur ? Il y a autre chose ?
— Moi je ne voulais pas, c'est Martin qui m'a dit de te le dire mercredi mais j'ai oublié, alors...
— Qu'est-ce que Martin a à voir avec un trou dans ta chambre ? C'est lui qui l'a fait ?
— Mais non, c'est parce que c'est un trou où on voit dans ta chambre. Et je regarde souvent, et je l'ai raconté à Martin, et d'autres choses aussi. Alors il m'a dit que je devais t'en parler, mais j'avais un peu peur que tu me grondes et j'ai oublié.

J'avalai ma salive, craignant qu'il ne nous ait surpris dans l'intimité et en soit choqué.

— D'accord, je comprends. Donc tu nous espionnes dans la chambre... C'est du joli ! Et qu'est-ce que tu as vu de si incroyable ?
— J'ai vu souvent Laszlo qui travaillait à son ordinateur, toi qui lisais des livres, ou des choses comme ça...
— Et alors ?
— Une fois, j'ai vu Laszlo qui poussait des cris bizarres, il écrivait en disant n'importe quoi très fort.
— Il était sans doute énervé, ça n'est pas grave. Je t'ai expliqué qu'il était un petit peu malade en ce moment.
— Comme je ne comprenais pas ce qu'il disait, j'ai...

351

— Tu as fait quoi, Arthur ?

— J'ai posé mon magnétophone à côté de ton lit. Tu sais, en l'allumant en cachette, comme j'avais fait à l'école.

— Petit coquin... Écoute, c'est ça ta bêtise ? Ça n'est pas bien grave, mais tu aurais dû lui demander. On n'espionne pas les autres comme ça... C'est tout ?

— Ça, et le trou. Pour les bêtises, c'est tout, oui.

Il se tut, le souffle retenu. J'étais sûre qu'il cachait encore quelque chose.

— C'était ça que Martin voulait que tu me dises ? Ces bêtises ?

— Oui, mais ce n'était pas pour les bêtises. C'était à cause de Laszlo !

— Comment ça à cause de Laszlo ?

— À cause de ce qu'il disait, dans ma cassette...

— Ah, parce que tu l'as fait écouter à Martin ! C'est du joli... Et de quoi il se mêle, Martin ?

— Maman, c'est parce qu'il trouvait que Laszlo disait des choses bizarres. Je vais te faire écouter.

Sans me demander mon avis, il sortit le magnétophone de sous son oreiller, et appuya sur le bouton.

C'était assez curieux, des bruits de pas, des borborygmes incompréhensibles, d'où ressortaient parfois un ou deux mots intelligibles, et puis une séquence claire :

« *Je n'ai plus le choix (...) cet après-midi, et l'autre jeudi prochain (...) ça serait bien (...) une belle collection (...) rappelle ce qu'il m'avait fait cette ordure (...) celui-là avec son article il va regretter son week-end à Paris (...).* »

À nouveau, un blanc de quelques minutes, avec des froissements de feuilles, et un bruit de fond de clavier. Puis la voix reprit :

« *Tu n'es pas sur terre (...) heureux, Laszlo, n'oublie jamais (...) important que tout (...) plus que New York (...) pour le prochain concert (...).* »

Et enfin, sur un ton démentiel, après une longue pause :

« *Sonate sonate sonate sonate sonate sonate sonate sonate sonate sonate...* »

Puis des pleurs.

Arthur arrêta la cassette, pendant que je réfléchissais, très vite, aux conséquences de ce que je venais d'entendre. Cela ne pouvait signifier qu'une chose...

— Arthur, écoute-moi : quand as-tu enregistré ça ?

— C'était avant les vacances de février, je ne me souviens plus... Oui, le samedi quand il est parti l'après-midi.

— Que sais-tu de plus, Arthur ? Dis-moi, c'est important. Tu aurais dû me dire ça mercredi.

— Il y a aussi...

— Quoi ?

— Un jour, en revenant en bus du sport, j'ai vu Laszlo qui sortait de la villa des millionnaires.

— La villa des millionnaires ?

— Tu sais, là où habite le copain d'Alexandre qui a un avion à lui.

— La villa Montmorency. Et alors ?

— J'étais assis dans le car, et j'ai vu Laszlo déguisé dans la rue. J'ai essayé de lui faire coucou mais je crois qu'il ne m'a pas vu.

— Déguisé, comment ça déguisé ?

— Oui, enfin, je veux dire qu'il n'avait pas ses habits comme d'habitude. Un chapeau, un grand manteau, des gants noirs.

— Bon, c'est tout ?

— Oui.

— Bien. Lève-toi, mets tes chaussons et viens avec moi. Ne fais pas de bruit. On va sortir tout doucement tous les deux. Laszlo... euh, il dort, il ne faut pas le réveiller.

— Il dort déjà ? Pourquoi tu veux sortir la nuit en pyjama ?

— Je... je me demande si on a donné assez d'eau à Noisette, tu ne crois pas qu'il faudrait aller le voir ?

Je réfléchissais en tâchant de ne pas le paniquer. Paniquée, je l'étais. Quelles étaient mes options ? Téléphoner, partir en voiture avec Arthur. Mon téléphone, où était-il ? Dans mon sac, dans l'entrée... La clef de la voiture de Laszlo ? Aucune idée, sans doute dans son manteau, s'il ne se méfiait pas de moi. Il fallait tenter. Je pris mon petit garçon par la main et sortis lentement dans le couloir, dont la lumière était éteinte. Marchant à pas de velours, nous nous avançâmes de quelques pas, progressant vers la salle de séjour. Notre chambre était de l'autre côté, donc nous n'aurions pas à passer devant pour sortir, si tout allait bien. Mon cœur battait à rompre, il me semblait qu'il allait éclater à chaque pas. La clarté du séjour où subsistaient quelques braises m'aida à y voir plus clair, et nous arrivâmes près du piano. Mon sac à main était là, curieusement. Je le pris, et fouillai pour chercher mon téléphone, en priant pour que tout cela ne soit qu'un mauvais cauchemar, qu'un délire de mon imagination, et soufflai de soulagement quand je le sentis au bout de mes doigts. Tremblante, je le regardai, constatai qu'il était éteint, l'allumai dans l'ombre, comptant les secondes avant que le message d'accueil n'apparaisse à l'écran.

« *Insérer carte SIM.* »

Le malade... Je ne m'étais pas trompé. Il avait désactivé le poste de téléphone, enlevé ma carte SIM de mon appareil. Il fallait fuir d'urgence. J'avançai vers l'entrée en tirant Arthur et en lui faisant *chut* de l'index. Au bout du couloir principal, la lumière de notre chambre était allumée et la porte entrouverte.

— Tu vois, il ne dort pas, me dit Arthur.

— Chut ! fis-je, effrayée.

À ce moment, je sentis quelque chose de chaud se poser sur mon épaule. Je hurlai.

— Ah ! Qu'est-ce que c'est ?

La lumière s'alluma. Laszlo était là, posté sur le pas de la porte de la cuisine. Je ne l'avais pas deviné dans la pénombre. Il avait un bras posé sur la hanche, l'autre sur mon épaule... Il souriait.

— Eh bien, que faites-vous ? Pourquoi chut ? Arthur a raison, je ne dors pas.

— Ah... tu nous as fait peur... Nous allions donner à laper au mangin... manger au lapin ! Allez, viens Arthur !

— Boire, Maman. Lui donner à boire.

— Oui, c'est ce que je voulais dire.

— Pas besoin, je lui ai rempli son réservoir tout à l'heure. Je lui ai posé trois feuilles de salade également. Vous irez le voir demain.

Je m'avançai de l'air le plus indifférent possible vers la porte.

— Ça nous fera faire un petit tour...

Je posai ma main sur la poignée, tournai, le cœur battant.

— La porte est fermée... Laszlo, où est la clef ?
— Je l'ai rangée. On verra ça demain, je te dis.

J'avalai ma salive, et me retournai sans perdre ma contenance.

— Bon, pas de problème. Je retourne coucher Arthur.
— Je vous accompagne.

Arthur commençait à trouver que quelque chose ne tournait pas rond. Il me jeta un regard interrogatif auquel je tâchai de répondre de la façon la plus compréhensive sans me trahir.

Dans la chambre, Laszlo embrassa mon petit garçon et j'eus un spasme de dégoût qui me fit presque vomir. Le salaud prit un air suave et demanda à Arthur s'il voulait une petite histoire avant de s'endormir.

— Oui, je veux bien.
— Écoute-moi bien.

« Il était une fois un petit garçon. Sa Maman était fermière et l'aimait beaucoup. Ils étaient très pauvres, et elle avait dû voler pour qu'ils aient à manger, plusieurs fois de suite, un hiver qu'il faisait froid. Son fils l'aidait à commettre ces larcins, et sa petite taille était bien utile pour se glisser dans les poulaillers ou sous les clôtures des vergers. C'est mal de voler, et un jour, un groupe de soldats du seigneur vint à la ferme pour arrêter la fermière et son enfant. À cette époque, on condamnait tous les voleurs, hommes, femmes et enfants, pour

l'exemple. Elle prit grand peur et se jeta à genoux devant le capitaine pour l'implorer.

— Je vous en prie, ne prenez pas mon petit garçon. Je ferais n'importe quoi pour le sauver.

— Relève-toi, femme. Tu as fait beaucoup de mal avec ton petiot. Il faut payer. Mais si tu me promets de ne pas tenter de fuir et de faire le travail toi-même, nous épargnerons l'enfant.

— Je ne comprends pas ce que tu dis, capitaine, mais je promets.

Et ils les emmenèrent tous les deux. Au premier chêne qui se présenta, la troupe s'arrêta. Le capitaine tendit une corde et un tabouret à la malheureuse.

— Tu as promis de faire le travail. Je m'éloigne et reviendrai dans dix minutes. Si le travail est fait, il n'arrivera rien à ton fils. Sinon...

Ils partirent, et quand ils revinrent, le petit ébahi découvrit le spectacle de sa mère...

... assise sur une balançoire bricolée avec le tabouret et la corde suspendue à une grosse branche. »

— Ah là là, Laszlo, elle est bien ton histoire. Mais j'ai eu un peu peur !

— Bonsoir, mon gros, osa-t-il.

Et se retournant vers moi, il ajouta, s'adressant à la volée.

— Bien comprise, l'histoire, hein ?

Il passa près de moi avec un regard de pierre.

— Tu es bien pâle. Ça ne va pas ?

— Si... si. J'arrive.

J'ai réfléchi pour savoir quel parti prendre. Prévenir Arthur, lui demander d'essayer de fuir pendant que je retiendrais Laszlo... Ne risquais-je pas de l'inquiéter ? Saurait-il comment faire ? Non, c'était une mauvaise idée. La porte d'entrée était bouclée, les fenêtres difficiles à ouvrir pour lui, les volets posés, même dans le séjour. J'étais persuadée que Laszlo avait barricadé la maison de l'extérieur, de l'intérieur, et tout prévu pour que ni Arthur ni moi ne puissions nous échapper. S'il était le meurtrier dont parlaient les journaux, avec plus de dix crimes à son actif, il était probablement préparé à toute éventualité et je devais trouver mieux. Je me penchai vers Arthur, l'attrapai par le cou et lui glissai à l'oreille :

— Tais-toi et écoute bien. Essaie de ne pas dormir cette nuit. Si tu m'entends crier, c'est que je t'appelle pour un grand cache-cache de nuit. C'est une surprise, je n'en ai pas parlé à Laszlo. Dans ce cas, tu vas te cacher au premier étage dans la meilleure cachette que tu connaisses ; tu te souviens à Noël, tu avais exploré toute la maison. Tu vas au meilleur endroit, et tu ne bouges plus. Tu restes caché et tu ne te montres surtout pas à Laszlo. Je crois que tu avais raison et qu'il est un petit peu *Mangemort* la nuit, donc **IL NE DOIT PAS TE TROUVER**. Si je n'appelle pas, on fera le jeu demain ne t'inquiète pas.

Je continuai plus fort :

— On verra avec le fermier. Bonsoir, mon chéri.

Arthur me regarda avec surprise mais sans répondre. Je m'éloignai, emboîtant le pas à Laszlo qui ferma la porte derrière moi. L'heure de vérité approchait. Je ne tenterais certainement rien tant que mon petit garçon était à la portée du monstre. La parabole était on ne peut plus claire à ce sujet. Je redoutais l'interprétation du second message. Quand nous entrâmes dans notre chambre, Laszlo la boucla et commença à se déshabiller.

— Pourquoi as-tu fermé à clef ? Que se passe-t-il ? Tu peux m'expliquer ?

— Viens te coucher, mon amour.

— Laszlo... Il faut qu'on parle...

— De quoi veux-tu parler ? Je suis sûr que tu as très bien compris. Tu savais tout depuis le début, n'est-ce pas ? C'était un coup monté. De qui ?

— Un coup monté ?

— Oui, ta présence, notre rencontre, l'amour, tout... le royaume de l'illusion. Pour me tromper, pour me perdre. Mais tu t'es prise à ton propre jeu. Tu as trop attendu pour me livrer. Il y a encore dix jours, tu aurais pu. Je ne me serais pas méfié.

— Je ne comprends pas de quoi tu parles. J'ai toujours été sincère avec toi, depuis le début. Tu le sais, non ? Est-ce qu'on n'a pas eu des instants extraordinaires ensemble ?

— N'essaie pas de me séduire à nouveau, sorcière : je suis guéri, je suis insensible à ton charme.

— Laszlo, je veux savoir... je veux comprendre... Comment as-tu pu me tromper, me mentir, me cacher tout ? Tu as vraiment tué ces gens... Mais pourquoi ? Pourquoi eux ? Pourquoi toi ?

— Il faut que tu comprennes. Tu n'es qu'une existence en sursis. Chaque seconde de ta vie, depuis que nous nous connaissons, est un don que je t'ai fait. J'ai été plus généreux avec toi qu'avec quiconque auparavant.

— Explique-moi. Je ne vois pas...

— Le concert où nous nous sommes vus la première fois, tu te souviens ?

— Avec Arthur, au premier rang... Oui, bien sûr...

— Ce jour-là, tu as été sélectionnée, choisie. Tu ne peux y échapper. Tu n'aurais jamais dû. Tu es déjà morte. La musique t'attend, tu comprends. Elle s'est arrêtée depuis ce soir d'octobre, depuis que je suis tombé amoureux au lieu de t'exécuter. Ça a été ma grande erreur. J'ai fait porter un risque majeur à l'humanité tout entière. Depuis près de six mois, le monde vit sans moi, sans mon talent, mon génie, ma virtuosité... parce que j'ai été assez égoïste, assez faible pour me laisser tromper par une petite prof de banlieue et son gosse. J'ai mis entre parenthèses ce don extraordinaire, ce présent des dieux, en croyant que je pourrais continuer à être le meilleur sans sacrifier à ma mission sacrée... Ce jour-là, tu as disparu du souvenir des hommes, Lorraine.

— Tu es malade, Laszlo. Il faut te soigner. Tu es très malade !

— Je vais t'expliquer, tout...

— Non, plus tard, laisse-nous partir, Arthur et moi. Je ne dirai rien. On essaiera de t'oublier.

— Tu n'as pas compris, Lorraine !

— **LAISSE-NOUS PARTIR**, je te dis.

Il me balança une gifle d'un revers de la main. Ma lèvre saignait à présent, je m'assis sur le bord du lit. Laissant libre cours à mon désespoir, je me mis à pleurer sans pouvoir m'arrêter. Je m'en voulais de me donner ainsi en spectacle, de ne pas avoir le courage de lui tenir tête. Après cinq minutes sans un mot, il reprit :

— Je pense avoir été clair. Je ne tiens pas spécialement à te tuer. Mais tu dois disparaître, pour que je vive, pour que je joue, pour que j'atteigne de nouveaux sommets et que je rattrape le temps perdu.

— Combien, Laszlo ?

— Quoi, combien de temps à vivre ? Ça dépend de toi.

— Non, combien de meurtres ? Depuis quand ?

— Cinquante-quatre. Depuis le début. Dix ans... Mon succès est venu avec eux, avec toutes ces victimes qui m'accompagnent, je pourrais tous te les citer, te les décrire, te raconter leurs derniers moments, et les œuvres que j'ai transformées grâce à eux. Avant, je n'étais rien. Personne ne m'écoutait. Ma voix restait silencieuse... Depuis que j'ai commencé à tuer, la célébrité est venue, j'ai été révélé au monde. Tout est écrit, Lorraine, je ne suis pas le seul. Beaucoup de très grands interprètes dans l'histoire ont eu la même expérience que moi...

— Mais... tu es complètement fou...

— Écoute... pas du tout... tu entends cette musique, cette sonate...

— Que dis-tu ? Personne ne joue !

— Si, écoute, écoute bien ma sonate. Je l'entends tout le temps... comme une synthèse en mouvement perpétuel, un patchwork de tous les moments forts de ma vie et de ma carrière, de mes meilleurs concerts. Écoute, tu dois l'entendre... Chacune de mes victimes y a joué un rôle, à chacune d'entre elles je dois une découverte, une interprétation particulière, je leur ai dédié l'œuvre dont ils sont en quelque sorte les anges gardiens, celle que j'ai jouée immédiatement après leur exécution... Demarolle pour *Islamey* de Balakirev, Menet, les *Arabesques* de Debussy, de Baille, les *Tableaux d'une exposition* de Moussorgski, Billot, les *Rhapsodies hongroises* de Liszt, Tanaka, les *Variations sur un thème de Haendel* de Brahms, Deschanel, les *Partitas* de Bach... et combien d'autres encore... L'œuvre de Messiaen que je joue la semaine prochaine sera dédiée tout particulièrement à Josef Artman...

— Artman... Lui aussi, c'est toi ?

— Je n'ai rien fait, vraiment... Disons qu'il est au calme, en excellente compagnie. Un jour, forcément... mais je ne sais pas, vraiment. Ha ha ha !

— Dément... Tu es dément ! Tu l'as toujours été... un fou... Dire que je t'ai aimé... Dire que j'y ai tant cru... que j'ai essayé de te sauver, de te sortir de la dépression qui te gagnait... Je suis vraiment pathétique.

— Ne pleure donc pas, Lorraine, tu auras, de façon posthume bien sûr, ton heure de gloire. Je trouverai une œuvre digne de toi, et ta mort, n'en doute pas, me servira à l'interpréter avec tout le génie dont je suis capable. Et ne t'inquiète pas de ma déprime, elle va déjà beaucoup mieux depuis que j'ai compris mon erreur en revenant de New York, et mes doigts me disent que l'épisode se refermera avec ta disparition... tragique. Tu as compris ce que j'attends de toi, n'est-ce pas ?

— Tu dois nous laisser partir, Laszlo. Aller te faire soigner dans une institution...

— Jamais. Tu franchiras le *do* de la dernière octave... comme les autres... Tu... je vais t'emmener, avec Arthur, faire un tour sur la falaise. Comme dans la parabole, tu seras sage, sinon... Tu m'as compris, Lorraine, tu m'as compris ?

— Misérable... Que vas-tu faire de lui ? Je sais que tu le tueras également. S'il t'a vu me tuer, il parlera.

— Tu n'as toujours pas compris. Tu vas te jeter de la falaise toute seule, sous ses yeux, ainsi il saura, il croira, il pourra raconter. Il sera avec nous, mais si tu lui dis un mot, un seul, il saute avec toi.

Je me tus, accablée, préférant ne pas continuer la conversation et canaliser le peu de courage qui me restait vers un plan intelligent pour sauver Arthur. Avec ce que j'avais réussi à lui glisser à l'oreille, il fallait lui envoyer le signal d'aller se cacher. Même si les chances étaient minimes qu'il échappe au monstre, il fallait tenter. Mais comment être sûre que demain, plus tard, quand il finirait bien par sortir et être retrouvé... Je ne pouvais pas croire une seconde que Laszlo l'épargnerait. Beaucoup trop risqué pour lui... Je me sentais pitoyable, impuissante, folle de rage... Au comble du désespoir, je me mis à hurler sur Laszlo afin de provoquer la fuite de mon petit garçon, tant qu'il était encore temps. Je priai pour qu'il comprenne, et interprète mon cri comme le top de départ du jeu de cache-cache...

— SALAUD ! SALAUD ! POURQUOI TU NOUS FAIS ÇA !

— La douce Lorraine est bien remontée. Il n'y a rien de personnel, note-le bien...

— QUOI ! NOTE-LE BIEN... NON MAIS ÉCOUTEZ-MOI ÇA ! LE SUMMUM DU COURAGE ! CONNARD ! ENFOIRÉ ! LÂCHE !

— Calme-toi, Lorraine. Pense à Arthur.

— ON JOUE DEVANT TROIS MILLE PERSONNES EN FAISANT DANS SA CULOTTE, EN BÉGAYANT, EN HÉSITANT COMME UN DÉBUTANT... AH, IL EST BEAU LE VIRTUOSE INTERNATIONAL !

— Tais-toi, tu ne sais pas ce que tu dis ; je te pardonne...

— JE NE LE FERAI JAMAIS, TU M'ENTENDS ? TU DEVRAS ME TUER TOI-MÊME... JE NE TE FERAI PAS LE PLAISIR DE ME JETER DANS LA MER DEVANT ARTHUR. IL FAUDRA QUE TU Y METTES LES MAINS SI TU VEUX EN FINIR AVEC MOI, AVEC NOUS ! C'EST TROP FACILE...

— Lorraine, ne me pousse pas à bout !

— CONNARD ! ORDURE ! PEDZOUILLE ! Je vais te dire, moi, c'est Arthur qui avait raison. TU ES UN *MANGEMORT*. UN *MANGEMORT* !

Je mis une intonation particulière dans cette dernière insulte, espérant qu'Arthur avait été assez rapide pour monter se cacher en silence, espérant peut-être aussi qu'il saisirait les mots au vol, et tenterait par tous les moyens à sa disposition de se cacher ou de fuir.

Laszlo se tint prostré pendant d'interminables minutes, ne sachant que répondre, sans doute perdu dans des pensées sordides, essayant de se décider à agir. J'en profitai pour subtiliser une clef de la porte d'entrée qui traînait sur le tapis devant sa table de nuit, et la glissai dans ma poche. Avec un peu de chance... Finalement, il se leva lourdement, marcha vers sa sacoche qu'il ramena sur le lit, en retira un couteau, puis un filin d'acier, et me regarda.

— On y va. Suis-moi.

Nous sortîmes de la chambre, retournâmes vers le salon où j'attrapai au vol mon sac à main. Il me fit entrer dans la buanderie, une petite pièce sans fenêtres, et ferma la porte à clef.

— Ton sac, tu peux le garder. Plus rien de dangereux pour moi à l'intérieur... Je vais chercher le petit. Je dirai qu'on va aller voir la lune sur la mer. Tu fais semblant que tout va bien ou je l'étrangle devant toi. C'est compris ?

La buanderie est très proche de la chambre d'Arthur. Dès qu'il fut parti, je collai mon oreille contre la paroi de bois, en priant comme jamais je n'avais prié, qu'il m'eût entendue et ne soit plus couché au fond de son lit.

Laszlo fit grincer la porte, et j'entendis un grognement suivi d'une cavalcade. Il revint vers moi et se mit à parler doucement à travers la porte.

— Tu savais, sorcière ! Maintenant dis-moi où il est. Sinon, je te jure que je le tue dès que je le trouve. Sa vie est entre tes mains.

Je pleurai de joie qu'il ne l'ait pas trouvé.

— Il s'est enfui, Laszlo. Il est sans doute loin, déjà.

— Que dis-tu, enfui ? C'est absurde, voyons ; j'ai tout bouclé...

— Tu as perdu, Laszlo. Il est en sécurité maintenant. Et sans vouloir t'inquiéter, c'est toi qui devrais fuir maintenant. Il y aura du monde d'ici peu, dans cette maison.

— Tu bluffes de À à Z. Arthur est toujours là. Je le sais.

— En plus, Sophie devait absolument me parler ce soir. Mon portable éteint, le téléphone d'ici en dérangement, l'enquête, Martin qui a tout deviné… ça fait beaucoup ! Ils ne vont pas tarder à débarquer.

— Chère Lorraine. J'ai eu moi-même ta chère sœur au téléphone tout à l'heure, sur mon portable, pendant que tu manigançais ton coup avec ton fils. Elle va très bien, et je lui ai dit que tu te reposais. Elle t'embrasse et rappellera demain ou lundi… après le terrible accident ! Tant pis, je pars à la chasse.

Je mordis mes lèvres jusqu'au sang pour m'empêcher de hurler à Arthur de rester caché quoi qu'il advienne. Je me figurais qu'il avait bien compris le message, peut-être même entendu les phrases que j'avais prononcées dans la chambre, et préférais que Laszlo crût jusqu'au bout qu'il restait une possibilité que je l'aie fait sortir. Je tenais la clef fermement dans ma main, espérant qu'elle me servirait au moins d'alibi pour faire passer mon mensonge.

Je l'entendis parcourir toutes les salles au rez-de-chaussée, appelant gentiment Arthur. Je n'avais jamais autant désiré que Dieu existe. Je m'étais métamorphosée en prière, chaque centimètre de ma peau, chaque cellule de mon corps, chaque parcelle de mon âme l'implorait d'épargner mon petit garçon, de l'extraire sain et sauf des griffes du monstre. Mon propre sort m'importait peu à cet instant précis. Avoir à sauver mon fils m'empêchait de sombrer dans le désespoir.

Au bout d'un moment, après avoir ouvert tous les placards possibles à la cuisine, à la salle de bains, fait grincer le piano, déplacé les rideaux dans un grand froissement, Laszlo monta l'escalier dans un craquement sinistre du plancher, susurrant d'une voix mielleuse des noms d'oiseaux qui m'échappaient. Je retenais mon souffle, attentive à la moindre vibration de l'air, redoutant chaque seconde d'entendre une voix d'enfant, un cri, des rires... Mais rien n'arriva. Qu'avait fait Arthur ? Dix bonnes minutes passèrent et Laszlo descendit. Il vint pour me parler et entra dans la buanderie avec l'air beaucoup moins sûr de lui, menaçant, son couteau brandi verticalement.

— Tu ne perds rien pour attendre. Dis-moi où tu lui as dit de se cacher. Tout de suite, ou tu y passes, ça ne sera pas drôle...

— Je te l'ai dit. Il est parti. Ça doit faire au moins vingt-cinq minutes. Il doit être à la ferme à l'heure qu'il est. En train de tout raconter. Le bon petit.

Il voulut me gifler mais arrêta sa main sans l'avoir voulu. Surpris lui-même de ce geste, il commença à m'insulter, puis me sauta dessus pour m'immobiliser, s'assit à califourchon sur moi, commença à vider mon sac à main, laissant s'échapper mon cahier que j'avais rangé précipitamment, sans y prêter une attention particulière, puis il se mit à me fouiller au corps, et trouva vite la clef dans la poche de mon jean. Il resta interdit.

— Comment... Où as-tu pris ça ?

— Je te l'ai dérobée tout à l'heure, j'ai pu le faire sortir. Pendant qu'on hurlait dans la chambre...

— Qu'est-ce que tu racontes ? La clef était dans la chambre, et tu n'es pas sortie sans moi !

— Je l'ai fait glisser sous la porte sans que tu t'en aperçoives. Mes cris étaient un signal pour qu'il quitte sa chambre et vienne jusqu'ici en silence. Il a pu prendre la clef, ouvrir, sortir...

— Et comment est-elle à nouveau en ta possession ? Tu me fais marcher, Lorraine. Je ne suis pas tombé de la dernière pluie...

— Il devait refermer et la pousser le plus loin possible sous le pas de la porte d'entrée... pour que tu ne te méfies pas, et que je tente ma chance à mon tour à l'occasion... Ça a raté...

— Je ne t'ai pas vue te baisser pour la ramasser tout à l'heure. J'étais derrière toi.

— Il y a beaucoup de choses que tu n'as pas vues, psychopathe pathétique.

— Lorraine, je pourrais te faire crier un peu, ça le ferait sûrement venir, non ?

— Tu n'oserais pas.

— Ah non...

Il s'avança avec le couteau, puis reprit, soudain hésitant :

— C'est impossible... Je suis certain de tous les mouvements que tu as pu faire cette dernière demi-heure. Je vais le trouver.

Il partit en claquant la porte, et ferma derrière lui. Je recommençai à trembler d'émotion. Il n'allait pas laisser passer deux fois de suite la cachette. Il fallait créer une diversion. Prendre plus de risques.

Et me voilà, écrivant probablement les dernières lignes de ma vie. Quelle ironie pour une prof ! J'ai décidé de me mettre à crier, à hurler pour le provoquer jusqu'à ce qu'il vienne s'occuper de moi. Je vais jouer sur cette inhibition qu'il semble avoir à mon égard. Il n'osera pas me tuer, probablement. Il voudra m'emmener au bord de la falaise, et me forcer à me suicider. S'il ne trouve pas Arthur avant, ce sera du temps gagné pour mon petit garçon, avec une mince chance de salut tout de même. Sinon... Sauterai-je si mon tout petit est à mes côtés ? Dieu seul le sait. Pour ce qui me concerne, je passe à l'action. J'ai trouvé une cachette pour le cahier, dans le carton du fer à repasser... Si nous sommes tous morts d'ici quelques jours, peut-être que la prochaine femme de ménage qui passera trouvera ces quelques pages d'explications sur nos dernières heures et pourra divulguer la vérité. Mince espoir...

J'ai aimé la vie, l'histoire, la musique, deux hommes dont l'un est un des pires meurtriers, et un petit garçon aux lunettes rondes plein de tendresse et d'espièglerie. Quelle existence !...

                      Lorraine Lascaux, dimanche 23 mars.

Chapitre 52
Arthur

Quand Maman et Laszlo ont refermé la porte, j'étais tellement excité que je ne risquais pas de m'endormir. Mais pour être sûr, j'ai préféré sortir la petite lampe de poche que m'a donnée Papi, et continuer mon livre sous ma couette. C'est tellement bien que je peux à peine m'arrêter quand je commence, je n'entends pas ce qu'on me dit, mais là quand Maman a crié pour me prévenir que la partie de cache-cache commençait, je me suis vite levé de mon lit, j'ai enfilé mes chaussons et un pull parce qu'il ne faisait pas si chaud, et je suis sorti tout doucement. En arrivant dans l'entrée, j'ai enlevé mes chaussons pour monter l'escalier en bois sans faire de bruit, mais j'ai entendu que Maman continuait à crier, je me suis approché de la porte de sa chambre, dans le noir, pour écouter ce qu'elle disait si fort, parce que j'avais entendu mon nom !

Je me suis accroupi par terre contre la porte, et j'ai entendu une histoire pas très claire de pipi dans la culotte, et surtout que Maman avait l'air de se disputer très fort avec Laszlo. Elle lui disait qu'il voulait la jeter dans la mer ou quelque chose comme ça... À la fin, elle a dit qu'il était un

Mangemort, et alors là, je me suis mis à avoir vraiment peur. Quand moi je le disais, c'était un peu pour faire peur à tout le monde, mais je ne savais pas trop, mais si Maman le dit, alors c'est forcément vrai. Je suis parti emportant mes pantoufles dans la main et je suis monté à l'étage au-dessus.

Je connaissais une cachette tellement incroyable que personne ne pourrait la trouver. Pour une partie de cache-cache, c'était sûr que ça irait. Mais puisque Laszlo est VRAIMENT un *Mangemort* et que ce n'était plus un jeu, je ne savais plus… Je l'avais découverte à Noël, et j'avais même laissé un morceau de pain et du chocolat parce que c'était devenu ma cabane secrète. Voilà comment on y va : en haut des escaliers, on prend le petit couloir à gauche, on laisse les deux chambres, et on entre dans la salle de bains bleue qui a un grand réservoir d'eau chaude à côté de la baignoire. Quand on escalade ce ballon (c'est Maman qui m'a dit que ça s'appelait comme ça) en grimpant sur la baignoire, on touche presque le plafond avec sa tête (enfin, moi, mais ça dépend de la taille) et là il y a un carré sur le plafond qui se soulève et qui ouvre directement sous le toit de la maison. C'est penché, on ne peut même pas s'asseoir et il fait tout noir mais personne ne peut me trouver là.

J'ai refait le chemin, tout doucement, je me suis hissé dans le trou avec mes bras, et j'ai refermé le carré qui bouchait le plafond. Heureusement j'avais emporté ma lampe de poche, donc je n'ai pas eu besoin une seule fois d'allumer la lumière, je ne me suis pas cogné, et quand je suis arrivé là-haut, je n'ai pas eu trop peur. Par contre le problème c'est que mon pain et mon chocolat avaient disparu. Ça devait être les souris. Je sais qu'il y en a dans la maison, et quelquefois je les entends qui courent la nuit. Je me suis tu pour écouter les bruits de la maison, j'ai réfléchi à ce que j'avais entendu derrière la porte, et tout à coup je me suis aperçu que quelqu'un montait les escaliers. C'était Laszlo qui arrivait. Il m'appelait. Vite, j'ai éteint ma lampe.

« Arthur, où es-tu ? »

« Arthur, mon gros lapin ! »

« Arthur, tu viens jouer avec nous ? »

Il marchait dans toutes les pièces, il ouvrait les placards. Je savais que j'étais tranquille, mais j'avais quand même tellement peur que je voulais pleurer. Laszlo faisait semblant de jouer à cache-cache, mais j'avais tout compris. Au moment où je l'ai entendu entrer dans la salle de bains, je me suis souvenu que j'avais enlevé mes chaussons avant de grimper sur la baignoire, et que j'avais oublié de les reprendre.

La lumière s'est allumée sous moi et ça dessinait des petits carrés sur mon plancher. C'était très joli mais je ne pensais pas vraiment à ça. S'il trouvait mes pantoufles, j'étais mort. Cramé ! Brûlé ! Cassé ! Il penserait tout de suite que j'étais monté là-haut. C'était sa maison, quand même. J'avais horriblement envie de faire pipi mais heureusement ma peur était plus grande. Je me suis mis à compter dans ma tête pour passer le temps et penser à autre chose en retenant ma respiration.

Quand je suis arrivé à trente-deux, la lumière s'est éteinte et j'ai entendu des pas qui sortaient et qui continuaient dans le couloir. J'ai respiré très vite en reprenant mon souffle, et je me suis mis à réfléchir : qu'est-ce qu'il allait faire maintenant ? Maman avait dit de ne pas sortir. Oui mais s'il allait lui faire du mal ? La jeter dans la mer ? Il fallait que je fasse quelque chose... Plus j'essayais de m'imaginer comment aider Maman et la délivrer, plus je me rendais compte que j'étais un tout petit garçon et que ce n'était pas en le bourrant de coups de pied et de coups de poing que je pouvais y arriver. À un moment, je me suis mis à bouger pour faire passer l'envie de faire pipi, mais ça a augmenté, alors j'ai décidé de descendre dans la salle de bains pour faire pipi dans la baignoire. J'ai soulevé le morceau de plancher-plafond, commencé à sortir un pied, l'autre, en cherchant le haut du ballon d'eau chaude. Enfin, je l'ai trouvé, et juste à ce moment j'ai entendu Laszlo qui criait et remontait à toute vitesse les marches de l'escalier. Je me suis dit que j'étais fichu, je ne bougeais plus, comme si on m'avait paralysé. Les pas se sont rapprochés, il fouillait encore toutes les chambres, il allait se rapprocher, venir ici, c'était sûr. Je me tenais dans le noir, immobile comme une statue du musée Grévin où m'a emmené tante Sophie. Tout à coup, il y a eu un hurlement au rez-de-chaussée. C'était la voix de Maman. J'ai failli crier, mais j'ai réussi à me taire. Elle a continué, comme si un horrible monstre l'attaquait. Je pensais que c'était un autre *Mangemort*, mais Laszlo s'est arrêté de marcher dans le couloir, il a dit un très gros mot, et j'ai entendu ses pas qui repartaient à toute vitesse dans l'autre sens. On aurait dit un éléphant qui courait quand il a descendu l'escalier, pendant que ma pauvre maman continuait à crier comme si elle voulait prévenir quelqu'un sur la lune. J'essayais d'écouter ses paroles, pour comprendre si elle essayait de me dire quelque chose, mais ça faisait surtout du bruit. Au bout d'un moment une porte a claqué, et il y a eu des cris, je crois que Laszlo ne devait pas être du tout content. Ils se sont grondés, puis tout s'est calmé. J'ai soufflé, je tremblais comme une feuille, et j'ai senti tout à coup quelque chose de chaud qui bougeait le long de ma jambe. Je me suis rendu compte que j'avais fait pipi dans ma culotte sans m'en apercevoir et que ça coulait par terre en faisant *plic plic*.

Pendant que j'hésitais à remonter ou à rester là, j'ai entendu du bruit. Ils étaient tous les deux en bas de l'escalier, en train de se préparer à partir. Il y a eu le bruit d'une porte qui s'ouvrait, et Laszlo a crié :

— Arthur, si tu es là, attends-moi bien sagement. On va faire un tour avec Lorraine.

Il a attendu, comme s'il voulait que Maman me parle aussi, elle lui a dit quelque chose doucement que je n'ai pas entendu, et puis la porte a claqué, il y a eu un bruit comme quand on ferme à clef, et plus rien.

Je n'arrivais pas à croire que j'étais tout seul. Il fallait que je prévienne la police, pour qu'ils viennent nous sauver. Je suis descendu de ma cachette, doucement, j'ai pris l'escalier. La lumière était restée allumée.

Je suis tout de suite allé dans ma chambre pour changer mon pyjama tout mouillé et je me suis habillé avec des vêtements dans mon sac. J'ai marché jusqu'à la chambre de Maman, mais je n'ai rien trouvé d'intéressant. Après j'ai essayé d'ouvrir la porte d'entrée mais elle était fermée et je n'avais pas la clef. J'ai essayé toutes les fenêtres du salon, mais elles sont trop dures pour moi, à cause des poignées qui sont vieilles et qu'il faut changer. Au premier étage, il y avait deux fenêtres toutes neuves que je pouvais ouvrir dans une des chambres, alors je l'ai fait, vite, et j'ai poussé les volets pour regarder. J'ai essayé de regarder si je voyais Maman ou quelqu'un d'autre. Je n'osais pas crier parce que Laszlo risquait de m'entendre. Il y avait un petit croissant de lune qui éclairait le champ sur le côté, et je voyais la cage de Noisette près du petit arbre sous le mur en pierre. Loin, on voyait l'ombre des falaises comme un découpage en papier noir, et derrière je crois qu'il y avait la mer mais je ne voyais rien du tout. Je me suis penché pour regarder comment sortir mais c'était beaucoup trop haut et dangereux pour sauter. J'ai imaginé que j'avais des ailes ou un balai magique pour m'enfuir, mais bon, il fallait trouver autre chose. J'avais de plus en plus peur pour Maman. Les mots qu'elle avait dits quand j'attendais contre sa porte revenaient dans ma mémoire.

(...) PAS LE PLAISIR DE ME JETER DANS LA MER DEVANT ARTHUR. IL FAUDRA QUE TU Y METTES LES MAINS (...) C'EST TROP FACILE (...) TU ES UN MANGEMORT *(...).*

Laszlo le *Mangemort* avait emmené Maman au bord de la mer pour la tuer. Je ne pouvais pas laisser faire ça. Je DEVAIS sortir pour aller l'aider. Même si je n'étais qu'un petit garçon, il fallait que j'essaie quelque chose pour la sauver.

Je me disais qu'elle devait être tellement triste de mourir sans me revoir, et qu'elle espérait sûrement que je serais assez intelligent pour faire quelque chose.

D'abord, sortir. En allant aux toilettes, j'ai eu une idée. Il y a une petite fenêtre à la vitre floue, comme une espèce de lucarne au-dessus de la chasse d'eau. J'ai réussi à l'ouvrir en montant debout sur le cabinet, et j'ai vu que je pouvais passer par là, même si j'allais tomber dans l'herbe ce n'était pas grave. Je suis retourné dans l'entrée pour mettre mes baskets et mon manteau, je suis allé dans ma chambre chercher mes crayons de maquillage et dans la salle de bains j'ai passé du noir sur mes joues mon nez et mon front. Comme ça il ne me verrait pas dans la nuit. Dans le grand sac de tissu, j'ai vérifié que les sept tomes d'*Harry Potter* étaient là, j'ai mis le sac sur mon épaule, pris la lampe de poche, et le couteau que m'a donné Papa, et je me suis retrouvé dans les toilettes, debout sur le siège, à faire passer d'abord mon sac, puis moi, par la petite fenêtre. Je me suis fait un petit peu mal en tombant, mais j'étais trop content d'être libre. Je pense que si Maman avait pu me parler, elle m'aurait dit de courir à la ferme des voisins qui est à moins d'un kilomètre, pour tout leur raconter et leur dire de téléphoner à la police, et surtout pas d'essayer de la retrouver. Mais je n'ai pas pu m'en empêcher. Je l'aime trop. Et de toute façon, si elle meurt, moi je ne peux pas continuer à vivre. Alors je suis parti, mon sac à la main, sur le chemin qui mène à la mer. Je connaissais bien la balade des falaises, avec Laszlo et Maman on s'était promenés plusieurs fois pendant les dernières vacances, on était même allés jusqu'à un rocher incroyable qui est creux. Grâce à la lumière de la lune, je n'avais pas besoin de ma lampe, et au bout de cinq ou dix minutes je suis arrivé aux falaises, sur le chemin des douaniers, en traînant mon sac qui était vraiment très lourd. Je me suis mis à quatre pattes pour ne pas être vu, et j'ai regardé des deux côtés, aussi loin que je pouvais, pour essayer de les apercevoir. Comme je n'y arrivais pas, j'ai décidé de marcher dans la direction opposée des lumières de la ville d'Étretat. Je me suis dit que Laszlo irait sûrement là où il risquait de rencontrer le moins de gens possible. Je ne savais pas, mais il fallait bien choisir. À un moment, le chemin s'est séparé en deux, à droite ça partait dans les rochers juste au-dessus de la mer et je suis allé par là. J'ai marché dans le chemin et ça faisait peur parce qu'il y avait de très grands rochers. J'ai marché cinq minutes et j'ai escaladé sur un petit sommet pour regarder autour de moi. Et là, je les ai vus.

Ils étaient assis sur un banc posé juste au bord de la falaise pour regarder la mer. Je m'en souvenais, on avait goûté sur ce banc à Noël. Laszlo tenait Maman par la main comme la dernière fois, sauf que la dernière fois elle avait l'air contente, et là pas du tout. Elle bougeait dans tous les sens mais il devait la tenir très fort. Heureusement que je n'avais pas continué le chemin, car il arrivait juste à l'endroit du banc et Laszlo m'aurait vu, c'est sûr !

J'ai continué derrière les rochers, en faisant attention de ne pas tomber, je suis arrivé tout près d'eux, et j'ai écouté ce qu'ils disaient.

— Il est l'heure, Lorraine.
— Laisse-moi. Je n'ai pas fini.

— Je t'ai laissé les dix minutes que tu m'as demandées. Par égard pour ces quelques mois passés ensemble. Lève-toi. Tu sais, je voudrais avoir un piano et jouer pour toi. Je m'installerais, dehors, sous la lune, et je te jouerais ma sonate. Je te dois bien ça...

— Ta sonate, tu composes, maintenant ?

— La sonate de ma vie. La Sonate de l'Assassin.

— Je croyais que j'étais la cause de tous tes maux ?

— C'est vrai. Mais tu seras aussi ma résurrection. Je penserai à toi, souvent...

— Tu es fou !

— Allons. Il est temps. Lève-toi simplement, et marche vers le bord sans t'arrêter. Je voudrais te demander de tomber avec élégance.

— Jamais !

— Lorraine, ne complique pas tout. Tu vois bien que j'ai des prévenances pour toi, n'en abuse pas. Je t'assure que ceux dont je m'occupe personnellement ne passent pas un bon moment !

— Tu devras faire toi-même le boulot, Laszlo. Je ne me laisserai pas faire.

— Pense à la parabole. Pense à Arthur.

— Arthur est libre, mon pauvre. Tu es fini. Perdu.

J'ai failli crier en entendant que Maman savait que je m'étais échappé. J'avais un peu de mal à comprendre pourquoi elle le lui disait, mais à ce moment Laszlo s'est mis à parler plus fort, et quand j'ai regardé, je l'ai vu tirer Maman vers le bord de la falaise qui plongeait dans la mer. Alors j'ai pris le sac à deux mains et je suis descendu de mon rocher. J'ai couru sans faire de bruit en tirant le sac. Laszlo me tournait le dos et il était tout près du bord. Maman avait l'air d'avoir très peur et elle se battait avec lui mais il lui avait pris ses deux bras et la poussait petit à petit dans le vide. Quand je suis arrivé à trois mètres de lui je me suis mis à hurler de toutes mes forces en fonçant. Laszlo s'est retourné très vite en lâchant Maman, il a à peine eu le temps de me voir et je crois que je lui ai fait peur avec mon visage tout noir, parce qu'il a pris un air vraiment effrayé, et juste après, je lui ai lancé mon sac dans la figure en hurlant encore plus fort. Il a essayé de l'attraper entre ses bras mais comme il était dos à la falaise, ça l'a fait basculer en arrière, tout doucement, et je l'ai vu tomber dans le noir en emportant tous les tomes d'*Harry Potter* qui étaient sortis du sac et lui pleuvaient dessus. Le *Mangemort* rejoignait son maître, le Seigneur des ténèbres, c'est sûr. Il y a eu un grand cri qui venait du ciel :

— La Sonate ! La Sonate ! Pas finie... PAS FINIIIIIIIE !

Et puis il y a eu un bruit dans la mer. Et après, Maman m'a pris dans ses bras et on est rentrés.

Paris, 5 mai 2008.

Remerciements

Anne-Laure, Arthur, Gwendoline, Marjolaine et Augustin, pour leur accompagnement et leurs encouragements.

Yves, Éliane, Jean-Noël, Pasquale, Romain, Emmanuelle, Bruno, Laurent C., Frédéric V., Emmanuelle V., Sophie M., Alice M., Amélie Z., Ned C., Sophie C., Bertrand G., Frida M., Jean-Luc S., Sandrine S., Jean-Luc M., Corinne M., pour leurs conseils et leur lecture critique.

Stéphane L.

Mon éditeur, Luis de Miranda, et toute l'équipe de Max Milo, pour leur enthousiasme et leur efficacité.

Table

Exposition : Un pianiste singulier 11
Développement : Un étrange amour 97
Réexposition : Descente aux enfers 201
Coda : Chute 345
Remerciements 381

9227

Composition
PCA

Achevé d'imprimer en France (La flèche)
par CPI BRODARD ET TAUPIN
le 2 juin 2010. 58184

1ᵉʳ dépôt légal dans la collection : mars 2010
EAN 9782290021989

ÉDITIONS J'AI LU
87, quai Panhard-et-Levassor, 75013 Paris

Diffusion France et étranger : Flammarion